淫話《いんわ》 ～淫花シリーズ短編集～

YUKI ITOH
いとう由貴

Illustration
Ciel

SLASH
B-BOY NOVELS

淫花シリーズ キャラクター紹介

Profile

シリーズ1 淫花《いんか》～背徳の花嫁～

向《むか》井《い》俊也《しゅんや》
旅行先で怪しい宗教団体の不思議な儀式により神子にされそうになる。儀式は失敗したものの、影響で淫らな身体に変化する。
ラジーブ
傲慢で快楽主義。マハラジャの家系。
ダヤラム
何事にもクールな政界の名門一族の御曹司。
マハヴィル
俊也に優しく接してくれるインド有数の財閥の御曹司。

シリーズ2 淫月《いんげつ》～運命の花嫁～

レジー
黒髪に端麗な容貌をした成り上がりの中国系アメリカ人実業家。
フランツ
金髪碧眼で王の風格がある公爵家の血筋のドイツ人。
杉浦《すぎうら》佳久《よしひさ》
前世で神子だったという記憶はなかったが、前世で想い合いながらも非業の死を遂げたフランツとレジーの二人に出会い記憶を取り戻し現世で結ばれる。

シリーズ3 淫夜《いんや》～二人の花嫁～

シリーズ4 淫雨《いんう》～捧げられた花嫁～

シリーズ5 淫楽《いんらく》の神が住む都～淫花シリーズ番外編～

目次 Contents

始まりは濃密な夜から

淫花～背徳の花嫁～

§ 一

「時間ができしだいすぐに会いに行きます、シュンヤ」

ダヤラム・ワーディヤーがギュッと抱きしめて、言う。三人の中では比較的線の細い、知的な印象の男だ。肌はインド人にしては褐色が濃くなく、灯《あか》りの下では金色に見える時もある。代々政治家の家系で、彼も将来はワーディヤー家初の大統領にと期待されている男性ということだった。

ダヤラムとの別れがすむと、待っていたマハヴィル・パテールに替わる。

「できるだけ早く行く、シュンヤ」

こちらも強く、俊也《しゅんや》を抱きしめてくる。ダヤラムよりももっとインド人らしさを感じさせる男だ。浅黒い肌、しなやかな体躯《たいく》、けれど、目尻が少し垂れていて、それがなんともいえない愛嬌《あいきょう》を醸《かも》し出している。人によっては母性本能をくすぐられるという感じだろうか。

彼は、ダヤラムとはまた別の、名家の御曹司《おんぞうし》だ。パテール家は自転車の製造販売から始まった財閥で、今では車・バイクはもちろん鉄鋼、鋼材、化学製品などにも手を広げ、インド有数の一大グループ企業となっている。

その長男がマハヴィルだったが、一般的には親を泣かせる放蕩者《ほうとうもの》ともっぱらの評判の男であった。しかし、実際には裏でインド政府の工作員として活動していた。

「そのへんでいいだろう」

そう言って、俊也の肩を摑んできたのは、ラジーブ・シュリーヴァースタヴだ。

どこかで欧米系の血が入ったのだろうか。彼の肌は明らかに白い。三人の中でももっとも傲岸不遜《ごうがんふそん》な態度であり、生まれながらの威厳とでも言おうか、威圧感とでも言おうか、そんな空気を漂わせる男であった。

それもそうだろう。彼はナンディのマハラジャの子孫であるからだ。世が世であれば殿下と呼ばれ、俊也などがお目にかかる機会などけしてなかったに違いない。

今後、誰が俊也を庇護《ひご》するかでさんざん揉《も》めて、結局、特に仕事というものを持たないラジーブがその役を勝ち取っていた。

秘書として政治家となる道を歩みつつあるダヤラムや、パテール財閥の御曹司の上、インド政府の工作員まで引き受けているマハヴィルでは、俊也から目を離さざるをえない時間が多いだろうという論だった。

目を離してはならない——。

それは、俊也に関わるある事情ゆえであったが。

俊也を保護する役が自分に決まったからか、なんとはなしにラジーブは機嫌がいい。しかし、ダヤラムもマハヴィルもまだ諦めてはいない眼差《まなざ》しだ。

それぞれに魅力的な三人に囲まれて、向井《むかい》俊也はひそかにため息を押し殺した。

——いったい……いつまでこんな関係が続くんだろう……。

三人に比べるべくもなく、俊也は彼らに釣り合わないごく平凡な日本人だった。

家柄はもちろん、財産だって持っていない。容姿も際立って美しいとか、子供の頃からモテモテだったとか、そんな話とは無縁のいたって十人並みの青年だった。

それが、ほんの思いつきで初めての一人旅の地にインドを選んだばかりに、とんでもない運命に巻き込まれてしまった。

この地に降り立ってから、まだほんの二ヶ月と少ししか経《た》っていないのが信じられない。

だが、その二ヶ月強で、俊也の人生は変えられてしまった。異常な教団にさらわれ、強制的に神子《みこ》となり、淫靡《いんび》な儀式に供《きょう》せられ――。

もし、あの秘儀がグル――ヴィスワナート・アドヴァーニーの考え出したただのまやかしであったなら、どれだけよかったことだろうか。

ラジーブ、ダヤラム、マハヴィルという三人の男たちに無理矢理抱かれた傷は長いこと疼《うず》き続けただろうが、教団を壊滅《かいめつ》させた後、俊也はすんなりと日本に帰れたことだろう。そうして、しだいに傷は過去のものとなり、元の暮らしに戻っていけたはずだ。

しかし、異端の秘儀はまやかしではなかった。ヴィスワナートの野心は実に世俗的だったが、彼が探し出した秘法は本物だった。復活した古代神――もしくは、なんらかの自然パワー――は俊也の中に沁《し》み入り、凡庸《ぼんよう》だった日本の大学生を異教の神子へと変貌させた。

なによりも原初の欲望を好むという神は、その目的を達するために、俊也の中からフェロモンとでも言うしかない、ある性的な魅力を引き出した。

時々いるだろう。顔立ち自体は別に整っているというわけではないのに、妙に異性を惹《ひ》きつける人物が。

今の俊也はそれだった。十人並みの平凡さは未だ変わっていないのに、放つ雰囲気が圧倒的に変貌した。

見る者を捉《とら》えずにはいられない香気。

その肌に触れずにいられない滴《したた》るような艶。

そして、その身体を抱く者にもたらされる、極上のエクスタシー。

三人三様に経験豊富であったはずのラジーブ、ダヤラム、マハヴィルたちを虜《とりこ》にしたものが、俊也の帰国を許さなかった。

もしも今、日本に帰ったら――。

かつて一度、秘儀から逃げて日本に戻った時の出来事を、俊也は思い出す。

俊也を淫らな目で見つめてきた電車の乗客たち。

いい匂いがすると誘いかけてきた男たち。

そして、友人であった内藤《ないとう》——。

ただ相談をしただけだったのに、息を荒らげ、押し倒してきた彼のことを、俊也は苦い思いで回想する。

教団を壊滅させたことで、秘儀は完遂《かんすい》されなかった。もう俊也は神子ではない。

しかし、依然《いぜん》としてラジーブ、ダヤラム、マハヴィルたちが俊也に情欲を覚える現状を考えると、日本に戻って以前の暮らしにすんなり戻れるとは考えにくい。

もう二度と、友人をあんなふうにおかしくさせたくはなかった。俊也の友人たちはごく真っ当な連中ばかりで、本来男を押し倒すような性癖など持っていないのだ。その彼らの人生を狂わせたくない。

自分はいつ、日本に戻れるのだろう。

俊也は泣きたい思いで俯《うつむ》いた。帰国できないどころか、三人の世話にならなくては生きていくこともできない身の上だ。自分の身ひとつ以外なにも持っていない俊也は、彼らの庇護がなくては路頭に迷うしかなかった。

そして、庇護を受けるということは、無償ではありえない。マハヴィルには愛ゆえに、ダヤラムにはその想いゆえに、ラジーブには代償として、彼らの求めを拒むことはできなかった。

いや、拒めないという言い方は卑怯《ひきょう》だろう。俊也自身も、彼らに抱かれるとわけがわからなくなって、淫らに応じてしまうのだから。

「では、後始末を頼んだぞ」

悠然《ゆうぜん》と俊也の肩を抱き、ラジーブがダヤラム、マハヴィルに言う。頼むというわりには、命令の色合いが強い。

ダヤラムは不快そうに片眉を上げ、マハヴィルは肩を竦《すく》めてそれぞれに答えた。

「ホテルの口止めは任せてくださってかまいません」

「教団関係者への追及は、俺のほうでなんとかしておく」

「けっこう」

ゆったりと頷《うなず》くラジーブは、二人に面倒を押しつけることをなんとも感じていない様子だ。父親が、ヴィスワナートから先代の巫女《みこ》を与えられ、没落《ぼつらく》を阻止できたマハラジャ家であるラジーブは、まさに生まれながらの支配者であった。

しかし、俊也はそうはいかない。ダヤラムはまだしも、本来は教団関係者への内偵のために潜入していたマハヴィルにとって、俊也たちを見逃すという行為はすなわち、インド政府への裏切りでもあったからだ。

マハヴィルがそれをするのは、ひとえに俊也のためだ。

「あ……！　マハヴィル、ごめんなさい……ありがとう。ダヤラムも……」

申し訳なくて、謝る。

フッと柔《やわ》らかに表情を変えて、マハヴィルが微笑んだ。クシャリと、俊也の髪を撫でてくる。

「なにを謝ることがある。おまえの無事こそが、俺の喜びだ」

「わたしもですよ、シュンヤ」

俊也さえ幸せならばとでもいうふうに、ダヤラムも目を細めて微笑む。愛しげなその眼差しに、俊也の胸がトクンと鳴った。

もっとも愛しているのはマハヴィル。それは間違いないのに、ダヤラムにも胸は騒ぐ。

けれど、それだけではない。マハヴィル、ダヤラムの愛情が嬉しいくせに、同時に俊也はラジーブの傲慢にも惹かれる。

自分で自分の心がわからない。

本来、自分の中には多淫の種が眠っていたのだろうか。それがこんなことになって、表に引き出されたのだろうか。それとも、自分の心の動きもまた、秘儀によって宿された古代神の影響なのだろうか。

わからなかった。

シュンと俯いた俊也の頰を、マハヴィルが慰める

ように撫でてくれる。その一方でダヤラムは髪を、ラジーブは強く肩を抱くことで所有欲を表してくる。

「――先にデリーに行っている」

きりをつけるようにラジーブが言い、俊也はマハヴィル、ダヤラムから引き剝《は》がされた。振り向きながら何度も頭を下げて、ホテルの部屋を出る。

その後、ウダイプルからデリーまでの長い時間を、俊也はラジーブの腕の中で過ごした。

様々な疲労から寝入ってしまった俊也に、ラジーブは珍しくなにも仕掛けてはこなかった――。

どれくらい眠ってしまったのだろう。ホテルから空港に向かい、プライベートジェットに乗せられてデリーへ、それから再びリムジンで移動していた俊也は、目を擦りながら起き上がった。

あ、と頰が赤らむ。いつの間にか、ラジーブの膝を枕にしていたらしい。

幸い、ラジーブが運転席と後部を仕切っておいてくれたので、俊也のだらしない様子は運転手に見られずにすんだが、飛行機でも車でも眠ってばかりいた自分が恥ずかしくなる。

もちろん、ウダイプルのホテルでさんざん、三人に抱かれたためであったが。

「あ……ご、ごめんなさい、ラジーブ。重かったよね」

「おまえごときが？」

ふん、とラジーブが肩を竦める。いかにも傲慢な態度だったが、そのくせずっと俊也を膝枕してくれていたのだ。しかもなにもせず。

ラジーブなりに節度というか、気遣いというかがあるのだろう。

少し、俊也はホッとした。三人のうちでもっとも淫事に容赦ないのがラジーブで、だから、主にその彼の世話を受けて暮らすことに、俊也はある種の警戒心を持っていたからだ。

秘儀の縛りはもうない以上、毎日でもラジーブは俊也を抱くかもしれない。

けれど、この様子ならそこまで心配しなくてもいいかもしれなかった。

内心ホッとしながら、俊也は車外に目を走らせた。すっかり暗くなっていて、外の様子はあまりよく見えない。

いったいここはどの辺りなのだろう。

そんな心の声が聞こえでもしたかのように、ラジーブが教えてくれる。

「もう我が家の敷地内だ。そろそろ着く」

その説明に、俊也は目を瞬いた。

「敷地内？　ここが……？」

起こされてからも、かなりの距離を走っている。住まいというにはあまりに広い気がする。

少し青褪《あおざ》めながら、俊也は訊《き》いてみた。

「あの……それはたとえば、どれくらいの広さなんですか？」

「たとえば……？　そうだな、ここはそれほど広くはないが……さっき降りた空港の半分程度か」

「く、空港の半分……！」

俊也は啞然《あぜん》と口を開ける。空港の半分の敷地が、それほど広くないという形容になるのが信じられなかった。

驚く俊也に、ラジーブは不思議そうだ。

「狭くて驚いたか。まあ、我慢しろ。いずれ父の後を継いだら、空港の二倍程度の敷地に移れる。デリーではな。ナンディの宮殿に戻ったら……そうだな、見渡す限り我が家だ」

「見渡す限りって……」

俊也の頭では理解するのも難しい。そもそも、最初の説明で驚いたのも、広さにであって、狭さにではない。空港の半分の敷地が狭いだなんて、どこの世界の基準だ。

しかも、ラジーブの地元の住まいは『宮殿』。

彼がマハラジャの子孫であることを、改めて、俊也は思い知らされた。はっきり言えば、身分が違う。いや、インド風に言えばカーストか？

「さあ、見えてきた。あれが、今後おまえが住む屋敷だ」

クラクラしている俊也に、ラジーブが指し示す。前方に目を移すと、眩《まばゆ》い灯りが浮かび上がっていた。

「で……でっかい……」

思わず日本語で呟《つぶや》く。

「デッカイ？」

訊いてきたラジーブに、俊也は呆然《ぼうぜん》としたまま説明した。

「大きいって、意味です。すごいお屋敷……まるで博物館みたいだ」

ポカンと口を開けている俊也に、ラジーブは軽く肩を竦める。

「なんだ、広いと思っていたのか。ああそういえば、日本でおまえが住んでいたのは、小屋のような建物だったな。あれに六世帯が住んでいるとダヤラムから聞いたが……そんなに狭くて不自由ではなかったか？」

逆に不思議そうに訊かれる。

ガクリ、と俊也は肩を落とした。日本ではごく標準的なアパートをそんなふうに言われて、改めてラジーブと自分の生まれ育った環境の差異を意識する。

――そうだよな……庶民と王侯貴族だもんな。理解できなくて当たり前か……。

それに、と気づく。気安いマハヴィルも、やさしいダヤラムも、どちらもやはり御曹司だ。つまり、ラジーブが持つこの屋敷と同等の暮らしをしていても不思議ではない、ということである。

考えてみれば、今、俊也が身に着けているスーツも、彼ら三人から与えられたものだった。スーツなど堅苦しいものだと思っていたのに、着心地がよくて苦しくない。

急ごしらえだと言っていたが、やはり相当いいものに違いない。生地だって仕立てだって、きっと最高だ。

そんなものをポンと用意できる男たちなのだ。

——オレ……ついていけるのかな……。

急に不安になる。他人の家にちょっと居候《いそうろう》するという感覚でいたが、居候は居候でも想像もできないほど豪勢な居候になりそうだ。家族の生活に入り込んでしまうことのほうを心配していたが、それよりもむしろ、環境の違いに戸惑いそうだった。

——そうだ、家族……！

もうひとつの不安要因に気づいて、俊也は慌てて問いかける。

「そうだ、ラジーブ。あの、家族は何人いるんですか？　オレが来て邪魔にならないといいんだけど……」

ああいう屋敷ではたぶん、邪魔というほど顔を合わせることは少ないだろうと思いつつ、確認する。

なにしろ普通の居候ではないのだ。ラジーブはおそらく自分を抱く夜もあるだろうし、ダヤラムやマハヴィルを交えての時だってあるだろう。

男ばかりが四人であんなことをするのだ。家族に知れたらまずいに決まっている。

その俊也の心配に、ラジーブはなにを言うのだとばかりに眉をひそめる。

「三十歳も近い男が、なぜ、父親とともに暮らす必要がある。あれは、わたし個人の屋敷だ」

「え、ラジーブ個人の屋敷って……。じゃあ、家族は？　奥さんとか子供とか……」

年齢を考えれば、結婚していてもおかしくない。ましてや、ラジーブはどう見ても禁欲とはほど遠い人物だった。妻どころか、愛人も一緒に屋敷に入れていても不思議ではなかった。

インドの習慣がどうなっているかはよくわからないが、法律的にはどうあれ、今でも一夫多妻を実行しているイメージがあった。まったく勝手なイメージではあるが。

「妻は娶《めと》っていない。例の儀式のあとでということになっていた」

「儀式の？　どうして……」

俊也が首を傾げると、ラジーブに鼻を鳴らされる。

「儀式の前後で夫の態度があまりに変わっては、不仲のもとだろう。本来なら、秘儀のあとの人生は……わかっているだろう？」

「あ……そうだった。たしか……」

秘儀の際に最高の悦楽《えつらく》を得る代わりに、以後の人生でそれ以上の悦《よろこ》びに出会うことはない。

そのために、ラジーブの父は無味乾燥《むみかんそう》な夜を過ごしていると言っていたことを、俊也は思い出した。

享楽《きょうらく》に耽《ふけ》るのは、夜の不足をなんとかして埋めようとするため、とか言っていた。

――それってある意味、あの秘儀の神に最高の悦楽を捧げるってことだよな……。

人生最大の快楽を差し出す代わりに、一生の幸運を約束される。

そのおかげで、没落しつつあったシュリーヴァースタヴ家は持ち直し、インド有数の資産家へと変貌した。

その息子もまた、父と同じ道を歩むはずだった。

享楽に耽溺《たんでき》する父を見て、ラジーブはなにを思っていたのだろうか。

結局、彼は秘儀による幸運ではなく、誰からも支配されない自由を選んだ。

彼の父は、息子の選択に怒ったのではないだろうか。

心配になり、俊也はつい訊いてしまう。

「あの……お父さんは、怒らなかったですか。その……秘儀を拒んで……」

フッと、ラジーブが唇の端を上げた。自信たっぷりの笑みだった。

「おまえはそう選んだか、とそれだけだ。そのまま、愛妾《あいしょう》のベッドに潜《もぐ》り込んだそうだ。それで、父との話は終わりだ。馬鹿な男だ」

軽蔑したように鼻を鳴らす。

しかし、俊也は一概《いちがい》にラジーブの父親を馬鹿だと思えなかった。

誰が、自分の未来を予測できるだろう。ヴィスワナートにそそのかされて秘儀に参加した時、ラジーブの父親はまさかこんなことになるとは思っていなかったはずだ。

きっと、自分がなにと引き換えにして富貴を手に入れようとしているのか、わからなかっただろう。

もしかしたら、本当に幸運が得られることも信じていなかったかもしれない。九十九パーセントまがいものだろうと思いつつ、一縷《いちる》の望みに縋《すが》って秘儀に参加したのかもしれない。

結果は、おそらく望んだ以上のものとなった。

享楽に沈んだままでもこれほどの富豪でいられるのだ。選ばれた巫女を本物の神の器《うつわ》にする儀式に参加するだけで、ラジーブの父はものすさまじい幸運を得た。

けれど、その代償として人と交わる悦びを失った。

最高の悦楽を知ってしまった彼にとっては、それ以降のあらゆる行為が無味乾燥なものに変じたのだろう。

セックスの悦びがここまで人を支配するものなのか、俊也にはまだわからない。こんなことになるまでまったく未経験な世界であったし、秘儀の淫事に巻き込まれてもそのあまりに尋常でない快楽に戸惑うばかりだ。

この悦びなしで生きていく自分――。

今はまだ、想像することも難しかった。

と、車が停止した。やっと、屋敷前に着いたのだ。

窓の外を見て、俊也はギョッとする。使用人たちが勢揃いして、俊也たちを待ち受けていたからだ。

この人たちの前に降りなければいけないのか。

俊也は思わず、ラジーブを見上げた。しかし、俊也がなにに動揺しているのか、ラジーブは少しも察してくれない。

使用人の一人が開けたドアのほうに促《うなが》し、俊也に降りるよう言ってくる。

「——行け」

困り果てて、俊也はドアの外を見た。

無表情な男女が並ぶ様は壮観だ。ラジーブの趣味なのか、いずれも整った顔立ちの者ばかりだった。ある意味、この中で一番不器量なのは俊也だ。

——うぅ……プレッシャーが半端ないよ……。

しかし、いつまでも車の中に閉じこもっているわけにはいかない。いいかげんに出ないと、待っている使用人たちも不審に思うだろう。

勇気をかき集めて、俊也は地面に足を下ろした。俯き加減で車を降りる。

その後ろから、ラジーブも降りてきた。

「お帰りなさいませ、旦那様」

使用人たちのリーダーらしき中年の男が胸に手を当てて、恭《うやうや》しく一礼する。

それに続いて、使用人一同が頭を下げた。

ラジーブは軽く頷いて、俊也の肩を抱いてきた。いかにも自分の持ち物然とした態度に、ビクリとなる。カアッと頬が熱くなった。

それにかまわず、ラジーブが俊也を紹介する。

「シュンヤ・ムカイだ。わたしの特別な客人として滞在する。無礼のないよう努めよ」

凛《りん》とした口調の命令に、使用人たちが一斉に膝を折る。

代表して、さっきラジーブを出迎えた中年の男が答えた。

「かしこまりました、旦那様。——ムカイ様、当屋敷の家令アジメールと申します。なんなりとお命じくださいませ」

「あ、あの……お世話になります」

俊也はペコリと頭を下げる。

少し驚いた様子で、アジメールが目を瞠《みは》った。

なにかおかしなことを言ってしまったのだろうかと、俊也はオドオドした。

ラジーブが呆《あき》れたように吐息をもらす。

「シュンヤ、使用人には頭を下げなくていい。望みがあれば、ただ命じればよいのだ」

「……は、はい」

一応返事はしたが、俊也は内心困惑した。アジメールは明らかに俊也よりも年長の男だし、その他の使用人だって、ラジーブの使用人であって、俊也の使用人ではない。

いきなり命じればいいと言われても、困ってしまう。というより、落ち着かない。

しかし、落ち着きは邸内に足を踏み入れて、いっそう失われていった。

白亜《はくあ》の豪邸の内部は、金と極彩色《ごくさいしき》の異世界だった。

「なに……これ……」

足が沈むほどの柔らかな赤い絨毯《じゅうたん》が敷かれたロビーで、俊也はあんぐりと口を開ける。大理石の床、薄いマーブル模様が優雅な石の壁、インドの女神が舞う天井、それを縁取《ふちど》る金箔《きんぱく》、点在する黄金の置物。

明らかに、俊也がいるべき世界ではない。

しかし、そんな俊也の様子を見て、クスリと笑う使用人は誰もいなかった。つまり、それだけ教育が行き届いているということだ。

俊也の戸惑いを歯牙《しが》にもかけず、ラジーブが促す。

「こっちだ、シュンヤ。蘭の間《オーキッド・ルーム》を用意させた。おまえには、どこか蘭のような香りを感じる。男をそそる匂いだ」

「なっ……ここでそんなこと……！」

俊也たちが奥に進むにつれて使用人たちは下がったが、まだアジメールがいる。淫らな連想をしかねないことを、他者のいるところで言われたくない。

しかし、二人の少し先を行くアジメールは、まるで聞こえていないかのようにピシリと背筋を伸ばした静かな気配だ。

赤くなって慌てているのは、俊也一人だった。

ラジーブが唇の端を上げる。

「ふん、ベッドではあれほど乱れるのに、ひとたびベッドから降りれば男を知らぬ乙女の顔をするな、シュンヤは。そういう態度がより男をその気にさせると、わかっているか？　——そうだ」

呟くと、ラジーブがいきなり俊也を抱き上げる。いわゆるお姫様だっこをされて、俊也は声を上げた。

「ちょっ……ラジーブ！　なにするんですかっ」

「最初の夜くらいはこういうのもいいだろう。初心《うぶ》なおまえに相応《ふさわ》しく、花嫁のように運んでやるのだから、文句を言うな」

「は、花嫁って……！」

あまりといえばあまりな言い様に、俊也は二の句が継《つ》げない。アジメールもいるのに、傍若無人《ぼうじゃくぶじん》すぎる。

——ううう……完全に、オレがラジーブに抱かれているってわかっちゃうよ……。

いや、最初から愛人を連れていくと連絡がいっているかもしれない。なにしろ、ラジーブの我が物顔な態度に、アジメールはまったく様子を変えないのだ。

それに、抱かれたあとの乱れたベッドを整えるのも、ここの使用人だ。隠したくても、どうやったって隠せないことは明白だった。

しかしそれにしても、これ見よがしにこんなことをしなくてもいいではないか。

俊也は恨めしい思いで、ラジーブを見上げた。ラジーブはどこか楽しそうだ。最初に秘儀の場で顔を合わせた時には、あからさまにガッカリしていたくせに、と恨めしくなる。

「——こちらが蘭の間《オーキッド・ルーム》でございます」

アジメールが大きく扉を開いて、俊也に告げる。悠然とした足取りで、ラジーブが俊也を室内に運んだ。

その背後で、アジメールが静かに扉を閉める。

蘭の間《オーキッド・ルーム》は一見したところ、室内に飾られている蘭の花からしかその名の由来が見て取れない。しかしよく見ると、壁の模様や絨毯が、蘭を意匠化《いしょうか》した文様で飾られていることがわかるだろう。

室内はオーキッド・ブルーを基調としている。落ち着きと、そこはかとない成熟した色香を感じさせる装飾だった。

その部屋の中央に鎮座《ちんざ》するベッドに、ラジーブは俊也を連れていく。

「ラ、ラジーブ、あの……」

寝台の上に下ろされ、俊也は急いで半身を起こす。ベッドの上というのが、落ち着かなかった。

だが、軽く肩を押され、押し倒される。

「……あ！」

「ここは寝室だが、右隣にはおまえ用の居間がついている。左隣には浴室と洗面所だ。とりあえずは、わたしの趣味で作ってあるが、今後はおまえの好みに合わせて変えていくといい。なにか質問は？」

そう訊きながら、ラジーブは手際よく俊也のスーツを脱がしていく。

まずい、と俊也は慌てた。

「し、質問って言われても……それより、あっ……や、やめて……っ」

ネクタイを弛《ゆる》められ、ワイシャツのボタンを外される。まさか、今からするというのか。

俊也が抵抗すると、ラジーブは不快そうに眉を上げる。

「それほど疲れてはいないだろう。ずっと寝かせてやったのだぞ。――こちらは限界だ」

「いや……っ、あ……あ、ぅ」

前を開かれ、胸を探られる。まだ眠っている胸の実を、ラジーブは強引に抓《つま》んできた。

「やだ……やっ」

キュッ、キュッとリズミカルに乳首を指で転がされる。

とたんに、身体がジンと疼き、俊也は恥ずかしさに身悶《みもだ》えた。いやだと言っているのに、反対の反応を表す自分の身体が恥ずかしかった。

これではいくら口でやめてと言っても、聞いてはもらえない。

「黙れ、シュンヤ」

「……んっ……んぅ」

意に沿《そ》わぬことを口にする俊也の顎《あご》を、ラジーブが乱暴に掴むと、無理矢理キスで塞《ふさ》いでくる。

ねっとりと吸われ、舌を口内に入れられて、俊也は呻《うめ》いた。顎を掴むのとは別の手は、依然として乳首を刺激し続けている。

ビクビクと、俊也は身を震わせた。熱い口づけ、乱暴な愛撫に身体が熱くなっていく。心はまるでついていけないのに、身体だけは快楽にどんどん弱くなっている。

「……ん、ふ……やだ、こんな……」

口づけが解け、俊也は涙ぐんでラジーブに頼む。けれど、赤く濡れた唇、ツンと尖った乳首は、ラジーブをより欲情させる効果しかなかった。

「限界だと言っただろう、シュンヤ。移動中、どれほどおまえを抱きたかったか……」

そう言うと、グイグイと下腹部を俊也の下肢に押しつけてきた。

「……や……っ」

ビクン、と俊也の背筋が仰《の》け反《ぞ》った。

熱かった。ラジーブのそこは熱く、硬く、欲望の強さを伝えてくる。

俊也を見下ろしながら、ラジーブも自身の衣服を寛げてくる。スーツの上衣を放り投げ、ネクタイを解き、ワイシャツを脱ぎ捨てる。

あらわになった逞《たくま》しい胸筋に、俊也の息が我知らず上がった。

それにニヤリと唇の端を上げ、ラジーブが見せつけるようにスラックスのベルトを外す。続いて、ボタンを、そして、じれったいほどゆっくりとジッパーを下げていった。

「あ……」

コクリ、と俊也の喉が鳴った。高鳴る鼓動は、行為への期待だ。

――ダメだ……こんな……。

眩暈《めまい》がしそうだった。

マハヴィルもいない、ダヤラムもいない場所で、こんなふうに感じるなんていけない。

最後までの行為は常に三人であって、個別に抱かれたことはまだ一度もなかった。

ラジーブの庇護を受けることに決まって半ば覚悟はしていたが、着いた当日にこんなことになるのは、あまりに早い。

「ダメ……ダメです、ラジーブ……やめてくださいっ……」

喘ぎながら、俊也はラジーブを制止しようとした。けれど、彼は支配する男だった。愛を注いでくれるマハヴィル、膝をついて求めてくれるダヤラムと違って、ただ一人、俊也に命令する傲慢さを持っている男だった。

そして俊也の中の獣は、その傲慢さに蹂躙《じゅうりん》されることも悦ぶのだ。

見せつけるように、ラジーブが開いた前から性器を取り出す。それは猛々しく充溢《じゅういつ》して、俊也を求めてそそり立っていた。

「……………………ぁ」

グズリ、と俊也の中のなにかが蕩《とろ》けた。呼吸を喘がせて、動きが縫い止められる。

ラジーブが満足げな微笑みを浮かべた。

彼にはもう、俊也が抵抗できないことがわかるのだ。

そうして、俊也の視線を受けながら、最後の一枚まで着衣を脱ぎ捨てていく。

「次は、おまえだ」

裸身すらも芸術的なラジーブに、半端に脱がされたスーツを取られる。上衣はワイシャツごと脱がされ、下衣も下着ごとひと息に抜かれた。

ラジーブとは比べるべくもない頼りない体躯をさらけ出される。

「……や、だ」

それは、さっきまでとはニュアンスの違う「いやだ」だった。行為自体を厭《いと》うのではなく、情けない裸身を晒《さら》す恥ずかしさからの、いや。

クスリと、ラジーブが笑った。膝を立てさせられ、無慈悲に開かされる。

「いやではないだろう、シュンヤ。見ろ、おまえの果実も勃ち上がっている」

「そん……っ、あぁ……」

やさしく撫で上げられて、俊也はギュッと目を瞑《つむ》って、顔を背けた。羞恥で居たたまれなかった。

ラジーブが伸しかかってくる。耳朶《じだ》をしゃぶるように囁かれた。

「覚悟しろ。今宵《こよい》は、わたしがすべて可愛がってやる。わたしに抱かれて喘げ、シュンヤ」

「ん……や、っ」

ラジーブのモノとまとめて、自身を握られる。熱い肉棒に擦られながら、扱《しご》かれた。

俊也は全身を朱《しゅ》に染めながら、ラジーブの命令どおり、喘いだ。

長い、長い夜だった。

ラジーブの下で、俊也は啜《すす》り泣いている。本意ではない情交への拒絶の涙ではない。逞しい雄を迎えての、悦びの涙だ。

「あ……あ……あ……深、い……」

もう何度目の交合か、ラジーブは数えるのをとうにやめていた。己一人のものにする交わりは、また格別だった。

俊也の抵抗が続いたのは、最初の挿入までだった。もっとも、儚《はかな》い抵抗だったが。

泣きながらうわ言のように「ダメ……ダメ……」と口走る俊也の蕾《つぼみ》を、ラジーブは後背位でじっくりと貫《つらぬ》いていった。

ラジーブの長大な剛直《ごうちょく》に、俊也は可愛らしい悲嗚を上げて花びらを開いていった。

限界まで襞《ひだ》が広がり、ヒクヒクと震えるのを、ラジーブは心ゆくまで楽しんだ。

俊也の肉体はこれ以上ないほど、甘美だった。これほどラジーブを悦ばせる身体は存在しない。秘儀の完成とともに手放すなど、到底許せなかった。

「ぁ……ん、ふ……ぁん……あぁ」

幾度も交わり、後背位、正常位、それから片足を肩に担ぎあげてより深く繋がり、俊也の中にたっぷりラジーブの精を注ぎ込む。それでもまだ足りず、今は対面座位の形で俊也を抱いていた。

度重なる行為にすっかり濡れそぼった俊也は蕩けて、恥ずかしそうに頬を染めながらも、下肢をゆるく揺らしている。恥ずかしいけれどやめられない、そんな仕草《しぐさ》だった。

「シュンヤ、気持ちいいか……？」

向き合う体勢で繋がったまま、ラジーブはあえて動かずにいる。俊也をもっと蕩かせて、もっと感じさせたかったからだ。

「訊かないで……ください……ぁ……」

「聞かせろ。おまえの口から聞きたいのだ。——気持ちがいいか、シュンヤ」

「……やだ………ぁ、あっ」

俊也は首をフルフルと振って拒んだが、ラジーブに昂《たか》ぶりきった花芯を握られて、鋭い声を上げる。

根元をしっかりと押さえたまま、ラジーブは再度、訊いた。

「答えろ。わたしに抱かれて……気持ちいいか」

「ひどい……」

俊也は恨めしそうに、ラジーブを睨《にら》んだ。しかし、潤んだその目では効果はない。空いた手のほうで乳首を軽く弾いてやると、絶え入るような声を上げて陥落《かんらく》した。

もじもじと腰を動かし、これ以上ないほど真っ赤になって、涙ぐみながら口を開く。哀れで、たとえようもなく可愛かった。

「……ん、気持ち……い……ぁ、ん」

頬を真っ赤にしながら目を伏せて、俊也が小さく答える。

ドクリ、とラジーブの怒張が膨《ふく》れた。征服欲が強く刺激される。

これはラジーブのものだった。今すぐ乱暴に動いて、突き上げてしまいたい。メチャクチャにして、俊也からより濡れた嬌声を絞り取ってやりたくなる。

だが、その衝動をラジーブはこらえる。まだだった。もっと、俊也を追いつめて、さらなる悦楽の頂《いただき》に上りつめたい。

というより、はっきり言えばもっと辱《はずかし》めたいのだ。恥じ入りながら淫らな言葉を口にする俊也に、ラジーブの欲望はこれ以上ないほど昂ぶる。

ラジーブは意地悪く、囁いた。

「シュンヤ、腰がいやらしく動いているな。そんなにここに男を挿《い》れられるのがいいのか。淫らなやつだ」

「だって……あぁ」

目蓋《まぶた》が上がり、蕩けた黒瞳がラジーブを睨む。涙がツツ、と零《こぼ》れた。綺麗《きれい》な涙だった。

ラジーブはゾクリとした。凡庸なはずの俊也が、誰よりも艶めいて見える。匂うように雄を誘う色香に、眩暈がする。

言え、とラジーブは、俊也の性器を握る手を強めた。根元をさらに縛《いまし》められ、俊也が苦しそうに眉根を寄せる。切なげに、唇が喘いだ。

イきたい。もっと中を抉《えぐ》ってもらいたい。

そう俊也が望んでいるのが、手に取るようにわかった。だが、それを言葉にして聞きたい。辱めたい。

せがむように小さく、俊也の腰が揺れた。涙がまた落ちる。

目をギュッと閉じて、俊也の唇がついに開いた。

「ひどいよ、ラジーブ……。……ジンジンして……ぁ……ここが、ジンジンって……んっ……どうしよう……あ、ん……ダメだよぅ……」

子供っぽい口調にいやらしい身体の動きがとんでもなくアンバランスで、淫靡だった。

たまらない。

俊也はポロポロと涙を零しながら、ねだるように腰を揺らめかせている。恥ずかしそうに、けれどいやらしく、とんでもなく淫らだった。

ダヤラムもマハヴィルもここにはいない。ラジーブのみに、俊也はここまで感じきっているのだ。

――わたしのものだ。

最高潮に達した支配欲のままに、ラジーブは大きく広げた俊也の下肢を抱え上げた。クンと突き上げて、中を苛《いじ》めるように腰を回す。

「あ……あぁ……あぁ……やぁあ、ラジーブ……！」

ヒクン、ヒクンと俊也の下肢が咥《くわ》え込んだ雄芯《ゆうしん》を引き絞る。反り返った果実が腹をつき、ピンクの乳首が誘うように震えた。

突き上げられ、中を抉るように回されて、俊也から泣き濡れた声が上がる。

「やだ……やだよ、こんな……恥ずかしいよぅ……あぁ、んっ」

そう口走りながら、俊也の腕が上がる。さっきまで吸われて、唾液で濡れた自身の胸の実を、その手が抓んだ。

自分でもままならない動きのようだった。心は拒んでも、身体は勝手にさらなる快楽を得るために動いてしまう。そんな行為だった。

「やっ……やん……いやぁ、っ」

自分で自分の乳首を抓んだり、押し潰したりしながら、俊也が泣き喘いだ。

それでも、自ら身体を弄《いじ》る動きを止められない。可哀想《かわいそう》で、可愛い俊也だった。

「シュンヤ……」

ラジーブは俊也に囁いた。囁きながら、耳朶をしゃぶる。

「も……やだ……」

啜り泣いて、俊也が乳首から手を離し、ラジーブにしがみついてくる。そうしながら、無意識だろうか、意識的だろうか。ツンと腫《は》れた胸の粒をラジーブの胸に擦りつけてくる。

はぁはぁと、俊也の息が乱れた。

「……淫乱め。だが安心しろ。毎日でもこうやって、抱いてやる。わたしに抱かれるのが好きだろう、シュンヤ」

「淫乱じゃない……淫乱じゃ………オレは……あぁ、でも……」

ラジーブのなじる言葉を否定しながら、俊也はしゃくり上げる。泣きながら、腰を揺らす。

快楽を貪る動きだった。

「どうした、シュンヤ」

意地悪く、ラジーブは訊いてやった。答えはとっくにわかっていた。

俊也は啜り泣く。泣いて、淫らに全身をラジーブに擦りつける。そうして――。

「…………お願いだから……う、動いて……もっと」

「いい子だ。中に胤《たね》を蒔《ま》いてほしいか？」

「……ん、欲し……」

甘えるように、俊也は求めてきた。瞳は絶望に濡れ、けれど、身体は縋り――。

いやらしい俊也は格別だった。濡れて、蕩けた柔襞に、ラジーブは力強い抽挿《ちゅうそう》を開始した。

蠕動《ぜんどう》する花襞を突き上げ、縋りつく中を引き抜くのがたまらない。最高の孔《あな》だった。

「あ、あ、あ……あぁ、ラジーブ……あぁ、んっ」

泣きながら、俊也が高い嬌声を上げる。ガクガクと下肢が揺れ、蜜壺がラジーブからすべてを絞り取ろうと蠢《うごめ》く。

抽挿が激しさを増した。

「あ、あ……あぁ、ラジーブ……っ」

何度も中を乱暴に突き上げられて、俊也が濡れそぼった声で喘ぐ。乳首を指で抓み上げると、悲鳴のような叫びを上げて、後孔を引き絞った。

ラジーブは陶然《とうぜん》となる。これ以上ない、セックスの快楽だった。仰け反り、クチュクチュと蠢く後孔を突き上げる。味わい、貪った。

そして――。

「……………くっ、シュンヤ……っ」

詰まった呻きとともに、ラジーブは最後の瞬間を迎えた。同時に、俊也から悲鳴が上がる。奥の奥まで突き上げられて、瞳は中空を見つめていた。もうなにも見えていないようだった。

ブルブルと震えながら、俊也が絶叫した。

「あ、熱いっ……あ、あぁぁぁぁぁぁぁぁ――……っ！」

絶頂に、さらに引き絞られた花筒を、ラジーブは二度、三度と突き上げた。容赦はしない。

震える身体に最後の一滴まで樹液を飲み込ませ、欲望を叩きつけた。最高のエクスタシーだ。

「ぁ……あぁ……あ、ぅぅ……」

「シュンヤ……」

ヒシとしがみついた俊也が小刻みに震え、蜜を迸《ほとばし》らせるのとはまた別種の絶頂に全身を浸らせる。

達したあとの欲望を押し包む肉襞の熱さと蠕動が、最高だった。蕩けるような心地だ。

これほどの悦びを与えてくれる肉体を、他に知らない。俊也が唯一で、最高だった。

「シュンヤ……」

抱きしめた俊也の唇と言わず、頬と言わず、あらゆるところにラジーブは口づける。

この肉体を、どうして手放せるものか。

ヴィスワナートを滅ぼしたのは、必然だった。俊也はラジーブのものだ。ラジーブだけのものだ。

やがて、俊也が脱力した。深い絶頂に自失したのだ。

クタリと力を失くした異国の青年を、ラジーブはその腕に抱き続けた。口元には、満足げな微笑が刻まれていた。

「――気持ちがよかっただろう、シュンヤ。わたし一人で、充分満たされただろう」

時間はたっぷりとあった。ダヤラムもマハヴィルも、所詮《しょせん》はコマネズミのように働かなければならない下賤《げせん》な人間だ。

自分は違う。常に俊也を腕に囲っていることが許される人間だった。

二人が来られない時間に、俊也にはたっぷりと教えてやる。ラジーブ一人があれば、それで充分なのだと。

繋がった身体からそっと男根を引き抜き、ラジーブは改めて俊也を抱きしめた。花の香りのする髪に頬を埋め、その芳《かぐわ》しい匂いを吸い込む。

甘美な香りだった。ケダモノをそそる香りだった。

だが、続きは一眠りしてからだ。夜が明けたら、また存分に抱いてやる。

その夜、ラジーブは俊也とともに眠りについたのだった。

§ 二

自分はなんのために生きているのだろう。

日本にいた時には考えもしなかったことを、最近の俊也は時に考えるようになっていた。

ラジーブのデリーの屋敷に囲われるようになって半月余りが過ぎている。

連日のようにラジーブに抱かれ、時折訪ねてくるダヤラムやマハヴィルを交えての行為も拒むことは不可能で抱かれて、その影響で昼を過ぎてから起床する日々が続いて――。

日中であっても、ラジーブが興に乗れば、行為に持ち込まれる。

こんな日々でも、俊也は体調を崩すことなく日々を過ごしていた。

正直、自分にここまでの体力・精力があるとは思えない。性欲だって、こうなるまではもっと人並みだったのだ。

これもあの秘儀の影響なのだろうか。ここに来て半月余りということは、秘儀の影響下から脱してからも半月余り経っているということだ。

それだけの期間があいてもまだ、あの時自分を満たしていったなにかが薄れていないことに、俊也は考え込まざるを得なかった。

あと何週間、何か月、何年、自分はこんな状態のままで過ごすのだろう。

もしそれが、一生だとしたら——。

そう思うと、俊也はゾクリとする。自分の居間の寝椅子に横になりながら、絶望的な気分で明るい窓の外を見つめた。

一生、こんなふうにして生きていくとしたら、自分はいったいなんのために生きているのだろう。

抱かれて、抱かれて、また抱かれて、それだけで一日が終わる。あとにはなにも残らない。

もしも自分が女性であれば、これだけの情交を重ねているうちにいつかは妊娠したかもしれない。そうして生まれた子供を育てることに、自分なりの生きがいを見いだせたかもしれない。

それとも女性であっても、あの秘儀の巫女となった者には、子を生す力は与えられないだろうか。

俊也は、最後の瞬間にヴィスワナートを殺した先代の巫女ラーニーを思い起こす。彼女の近くに子供の気配はなかった。

あるいは、産んでもすぐに取り上げられていたから、気配がなかったのだろうか。

今となってはもうわからなかった。

「……あ～あ、いつになったら解放されるんだろう」

思わず、俊也はぼやいた。腹の上に置いていたカタログを、テーブルに移す。気晴らしに模様替えをしては、とアジメールが取り寄せてくれたカタログだ。家具、壁紙、絨毯、カーテンなどなど各種あり、俊也が見ていたのは家具のものだった。値段は入っていない。

それだけで、おそらく途方もなく高額なのだろうなと、なんとなくわかる。

ラジーブの屋敷はどの部屋も贅沢《ぜいたく》な造りになっていた。そういう場所で取り寄せるカタログなのだ。安物のはずがない。

ラジーブはどうやって、この屋敷で暇を潰しているのだろう。同じようにここで時を過ごしているだろうラジーブのことを、俊也はふと考えた。

アジメールが紅茶を替えに来た時に、俊也は訊いてみる。

「あの……ラジーブは今、なにをしているんですか?」

アジメールの答えは意外なものだった。

「旦那様でしたら、ただ今のお時間は書斎で仕事をしておいでです」

「仕事！　ラジーブも仕事をしているの?」

目を丸くする俊也に、アジメールが苦笑する。最初の頃はあまり表情を動かすことのなかった彼も、最近は少しではあるが感情を窺《うかが》わせるようになっていた。

穏やかな口調で、アジメールが教えてくれる。

「当家の資産管理は、ほとんど旦那様が見ておいでですので」

「資産管理……。お父さんじゃなくて、ラジーブがしてるんだ」

実権を握っているのは当主である父親だと思っていたから、意外だった。てっきりラジーブはシュリーヴァースタヴ家の莫大《ばくだい》な資産を背景に遊び暮らしているのだとばかり思っていた。

寝椅子で、俊也はへたり込む。ラジーブも働いているのなら、自堕落《じだらく》に暮らしているのは自分一人ではないか。

俊也は重いため息をついた。

「いかがなさいましたか、ムカイ様」

常に俊也を気遣ってくれるアジメールが、心配そうに訊いてくる。家令の仕事もあるのに、ラジーブが命じたから、アジメール自ら俊也の身の回りの世話もしてくれていた。

おかげで、この屋敷に来た最初の日にきちんと紹介されたというのに、アジメール以外の使用人にはほとんど会っていない。

もっともそれは、俊也がほぼ蘭の間《オーキッド・ルーム》と呼ばれる一角から出ることがないせいもある。

はっきり言えば、出られないのだ。毎日抱かれ続けているせいで、気力が湧かない。

——オレ……本当にこのままだとダメになる……かも……。

不安が強く、俊也の胸を突き刺した。

しかし、アジメールによけいな心配をかけたくない。ただでさえ、俊也の世話という仕事が増えて、大変なのだ。

へへへ、と目尻を下げて、俊也は首を横に振った。

「なんでもない。ラジーブをただの遊び人だと思って、悪かったなーって思っただけ」

そう言うと、アジメールが嬉しそうに頷く。

「さようでございます、ムカイ様。旦那様は誤解されることが多うございますが、幼い頃からご聡明で、大学生の頃にはもうほとんどの資産管理をマハラジャから託されていたご立派なお方なのです。どうかムカイ様、旦那様のお心をよくよくお慰めくださいませ。ムカイ様ほど、旦那様がお気に召された方はおられないのですから」

目を細めて、ラジーブのことを頼んでくる。心から、主人を思っているのだろう。

俊也は後ろめたさからつい、床に視線を落としてしまった。

——オレたち……そんな関係じゃないんだけどな……。

アジメールが思っているような、キラキラした関係などではない。

さらに言えば、自分を抱いているのはラジーブだけではなかった。訪ねてきたダヤラムやマハヴィルにも抱かれていることを、俊也の世話をする中でアジメールもわかっているはずだ。

そのことを、この忠実な家令はどう考えているのだろう。知っていてなお、あんなふうに頼んでくるなんて、彼はなにを思っているのだろう。

そんな俊也の困惑を感じ取ったのだろう。アジメールがそっと、俊也の前に膝をつく。

やさしく見上げられ、俊也は顔を背けた。

「ムカイ様、旦那様のご趣味は時に受け入れがたいかもしれませんが、どうぞお許しくださいませ。旦那様がムカイ様を特別にお思いになっておられるのはたしかでございますから」

「趣味……か……」

そんな単純な話ならよかったのだが……。

アジメールは大変な誤解をしている。俊也はそう思ったが、真実を口にするわけにはいかない。

——マハヴィルやダヤラムと一緒にオレを抱くのがラジーブの趣味って……とほほだよな。

そんな誤解をアジメールにされていると知ったら、ラジーブも憤死《ふんし》ものだろう。

三人の様子から、彼らが好き好んで俊也を共有しているわけでないことはわかっている。三人が三人とも、隙あらば独占しようと牽制《けんせい》し合っていた。

もし、俊也が一人を選べば、彼らもそれを納得して受け入れるだろうか。

——微妙……だよな。特にラジーブが。

俊也を愛するがゆえにマハヴィルは身を引くだろうし、ダヤラムだって俊也の望みを拒めない。

けれど、ラジーブは違った。その傲慢さこそが彼の魅力ともいえたが、誰か一人を選択する局面ではやっかいなものになる。

——食いつくされそうなラジーブの強引さも……嫌いじゃないけどさ……。

なんというかラジーブ相手にはＭっ気を、ダヤラム相手には逆にＳっ気を刺激されるような気がする。

マハヴィルとは愛し愛され、満たして満たされる充溢感が俊也を満ち足りさせていた。

不思議だな、と思う。

自分はけして浮気性ではないと思っていた。彼女ができたら誠実に付き合うのは当然で、二股や三股なんて考えられなかった。

それなのに、ラジーブ、ダヤラム、マハヴィルというそれぞれに異なる魅力の三人の男たちに求められて、そのいずれも選べない自分がいた。

もっとも心が傾いているのは、マハヴィルに対してだった。けれど、ダヤラムのひたむきさも、ラジーブの傲慢さも、どちらも捨てられない。抱きしめたく、あるいは抱きしめられたくなる。

これも、あの秘儀の影響なのだろうか。俊也を変えたなにかが、心まで操《あやつ》っているのだろうか。

――でも……わけがわからなくなって、自分が自分じゃなくなるような感覚になるのは……三人に抱かれている時だけだ。


それ以外の時は、恥ずかしいことも、ダメなことも、すべて俊也自身の成したことだ。自分で選んだと、確信を持って言える。

三人にメチャクチャにされている時だけは、悦びの極みでなにかが弾ける感覚があった。弾けて、全身にそれが広がり、もっともっととなにかを食いつくしていく。人間には不可能なくらい果てしなく、三人で淫楽の限りを尽くしてしまう。そうして夜明けに、俊也の中の淫獣は満たされて、眠りにつく。

あれはなんなのだろう。もしかしてあれが、ヴィスワナートが俊也の中に下ろしたがった古代神だろうか。その力の欠片《かけら》とか――。

急にゾクリとして、俊也は慌てて首を振った。

「やめやめ……！」

ヴィスワナートの秘儀は完成されなかった。俊也は先代の巫女ラーニーのように、心を食いつくされはしなかった。ちゃんと俊也自身が存在している。

秘儀の影響だって、時とともに薄れていくに決まっている。あの淫らな獣も、そのうち消えていくに違いない。

「そうだよ……ずっといるわけがない。あんなふうに……感じすぎるのだって今だけだ……今だけ……」

俊也は自分に言い聞かせた。そうしなければ、ありもしない恐怖に呑み込まれてしまう気がした。

そう、こんなもの。俊也が勝手に恐怖を作り出しているだけだ。

いつの間にか下がったアジメールが淹《い》れた紅茶を、俊也はひと息に飲み干した。


間の悪いことに、その夜はダヤラムもマハヴィルも余暇のできた晩だった。

到着する時間は少しずれている。ダヤラムのほうは夕食もともに摂れるほどの時間から来ていた。

食後、俊也は待ちかねたように寝室に運ばれた。


裸に剝《む》かれた俊也の肌には、点々と鬱血《うっけつ》の痕が散らばっていて、ダヤラムを歯ぎしりさせた。

「……ずいぶん念入りに可愛がっているようですね、ラジーブ」

悔しそうに青褪めたダヤラムに、ラジーブは優越感を隠さない。

「忙しいおまえたちと違って、わたしにはいくらでも時間がある。有効に使ってもかまわないだろう？シュンヤも悦んでいる」

凝視してくるダヤラムに、俊也は居たたまれなかった。

抱かれて感じたのは事実だ。自分の身体が相当快楽に弱いことも、もう充分知っている。

けれど、まだ心はついていけていない。感じるのは恥ずかしかったし、ラジーブにもダヤラムにも、マハヴィルとも喘いでしまう自分がいやだった。

哀しそうに、ダヤラムが訊ねてくる。

「――ラジーブを愛しているのですか、シュンヤ」

俊也は目を瞑ったまま、小さく首を横に振った。

ホッとした気配が、ダヤラムから漂ってくる。ラジーブからは怒りだ。

仕方がないではないか。愛しているかどうかなどと問われても、今の俊也には答えられない。

明確に想いを寄せていると言いきれるのは、マハヴィルに対してだけだ。

そのマハヴィルに対しても、彼だけを選ぶとは口にできない。

自分は不実で、多情な人間だった。今だって、心の一方では恥ずかしくて逃げてしまいたいと願っているのに、もう一方ではこれからの行為に期待して熱くなっている。

裸身となってさらけ出された胸がツンと張りつめていくのを、俊也は情けない思いで感じていた。

「……わたしを待っていてくれたのですね」

ダヤラムが嬉しそうに、ベッドに腰を下ろしてきた。俊也の左に腰かけて、愛しげに桜色の可憐《かれん》な胸の実に触れてくる。

「……んっ」

ジン、と快感が走り、俊也は詰まった呻きを洩《も》らす。ダヤラムを待ちわびていたわけではない。けれど、期待に反応した以上、言い訳でしかなかった。

反対側にラジーブが腰を下ろす。キュッと乱暴に、右の乳首を抓み上げてきた。

「……あっ」

「愚かな勘違いだ、ダヤラム。これは淫乱だから、今夜への期待で昂ぶっているだけだ。――ほら見ろ、わたしの手に、果実がヒクヒクし始めたぞ、ふふ」

酷《むご》く乳首を捩《よじ》り、離して撫でる。ほどよい痛みとそのあとの愛撫に、俊也の呼吸が上がり始める。

負けじと、ダヤラムが抓んでいた乳首に唇を寄せてきた。

「違います、シュンヤはわたしに感じてくれたんです。――シュンヤ、やさしいのが好きでしょう?」

「あ……ん、んん……ふ、ダヤラム……」

チュッとやさしく吸って、挟んだ唇で乳首を転がしてくる。たまらなかった。

反対側で、ラジーブが爪を立ててくる。

「……ひっ」

俊也は目を見開き、背筋を仰け反らせた。ダヤラムが抗議するように、ラジーブを睨んだ。

しかし、ラジーブは涼しい顔をして、俊也の下肢を指し示す。

「見ろ。やさしいだけでは物足りないらしい。ひどくしてやったおかげで、いやらしい果実が勃ち上がってきたじゃないか」

「ち……ちが、っ……あ、あん……ひぅ、っ」

キュッキュッと引っ張られるごとに、身体が過敏になっていく。

けれども、与えられるのは痛みだけではない。ラジーブが俊也を痛めつけると、ダヤラムが反対側でやさしくいたわる。やさしく吸って、舐めてくれる。

俊也はラジーブのむごい愛撫に身を震わせ、ダヤラムの甘い愛撫に蕩けた。

ダヤラムがふふふと笑う。

「誤解しているのはあなたですよ、ラジーブ。ごらんなさい。シュンヤは舐められるのが好きなのです。こうしてやると、ほら……足をあんなに開いてきた。可愛いペニスも濡れてきましたよ」

ねっとりと乳首を舌で舐《ねぶ》られ、俊也は上擦《うわず》った悲鳴を上げる。腰の奥がジンジンして、足を閉じていられない。

「ぁ……ぁ……ぁ……やぁぁ……んっ」

ラジーブが忌々《いまいま》しげに舌打ちした。そうして、彼まで胸に顔を伏せてくる。唇で乳首を挟むと、舌先で小刻みに先端を舐めてきた。

「やっ……あ、あ、あ……やぁ、んっ」

胸だけでどうしようもなくなり、俊也は耐えきれず顔を両手で覆う。恥ずかしくて恥ずかしくてならなかった。乳首でこんなに感じてしまうなんて、男として情けなさすぎる。

しかし、ラジーブがすれば、ダヤラムも負けない。チュと音を立てて乳首の周囲にキスをして、急に舌で押し潰すように刺激したりする。

「シュンヤ、どちらがいいですか?」

「わたしに決まっているだろう。シュンヤの身体はすみずみまで、知りつくしている。そうだろう、シュンヤ」

「……ゃだ……も、やめ……て……ぁ、あぁ!」

チュ、クチュ、といやらしい音が室内を満たした。身を捩っても、いやだと叫んでも、二人ともやめてはくれない。執拗《しつよう》に俊也を舐り、喘がせた。

「あ、あ、あ……も、許し……て……やぁぁ」

カリ、とラジーブが右の乳首を噛む。

ねっとりと、ダヤラムが左の乳首を吸い上げた。

ビクン、と俊也の下肢が跳ねた。

「やぁぁ――……………っ!」

とうとう、俊也は逐情《ちくじょう》する。ガクガクと腰を揺らして、蜜が胸まで飛び跳ねた。

「…………ひどい……っく」

涙で顔をグシャグシャにして、俊也はしゃくり上げた。弄られ続けた乳首が、ジンジンしていた。

それなのに、まだ二人して俊也を追いつめる。

「どちらでイきましたか、シュンヤ」

「右の乳首で達したのだろう」

「いいえ、左です。わたしが吸った時、シュンヤの腰が突き上がりましたからね」

「いいや、わたしが右を噛んだ時だ。全身がビクビクして、精液が飛び出てきた。――わたしのほうが気持ちよかっただろう?」

促すように頬を撫でられる。俊也はあまりに恥ずかしくて、泣きじゃくっていた。

その涙を、ダヤラムが吸い取る。

「そんなに泣かないでください、シュンヤ。君に気持ちよくなってほしいだけなんですから……あぁ」

涙を吸っていたダヤラムが、俊也の項《うなじ》に鼻先を埋める。陶然としたように、匂いを嗅《か》いできた。

「君はいつでも芳しい。シュンヤ、君をこの手に抱けるのが毎日でないことが恨めしい」

「わたしは毎夜、この身体を好きにしているぞ、ダヤラム。シュンヤがどれほど淫らか、おまえに見せてやりたいくらいだ。わたしの雄を欲しがって、昨夜は自分でここを広げてきた、ふふふ」

そう言って、ラジーブは後孔に触れてくる。

俊也は瞬時に赤くなった。

「や、やめてくださいっ……」

そんなことをわざわざダヤラムに言わなくてもよいではないか。きっとダヤラムは呆《あき》れるだろう。

「ち、違う、ダヤラム。あれは…………っ」

言い訳しかけて、俊也は息を呑んだ。ダヤラムがぎらついた目で、俊也のそこを凝視していたからだ。

「ダ……ダヤラム……………あぅっ」

まるでダヤラムに見せつけるように、ラジーブが触れていた指で強引に、蕾を開いてきた。まだ馴《な》らされていない襞が、違和感を訴える。

「や、やめて……ラジーブ……」

しかし、ラジーブは俊也を見ていない。彼が相手にしているのは、ダヤラムだった。

「どうだ、ダヤラム。シュンヤのここは何度も……何回も、わたしを奥まで咥え込んでイッたぞ。中が痙攣《けいれん》するように震えて……中イキというやつだな。毎日毎日、ここがすっかりわたしの形を覚え込むほど、わたしの牝にしてやった。ここは、わたしのための孔だ」

ダヤラムがギリリと奥歯を噛みしめるのが聞こえた。焼けるように激しい眼差しで、ラジーブを睨んでいる。

だがフッと、肩から力を抜いてきた。打って変わってやさしい微笑みで、俊也を振り返る。

「ラジーブはああ言ってますが、シュンヤも同意ですか？　ラジーブ以外の男はいらない？」

問いかけとともに、ダヤラムの眼差しが懇願に変わる。俊也に拒まれることを恐れる眼差しだった。

キュンと、俊也の胸が痛む。あぁ、どうしてこんなふうに感じるのだろう。自分は、ラジーブだけのものではない。ダヤラムだって、拒めない。

「そんなこと……ない。ここはラジーブの家だからしょうがないけど……もし、あなたの家に住んでいたらきっと……」

「ラジーブではなく、毎日わたしに抱かれてくれましたか？」

ダヤラムが嬉しそうに、目尻を和《なご》ませる。知性的なダヤラムの甘い微笑みに、俊也は魅入《みい》られたように頷いていた。

「……うん」

「シュンヤ！」

ラジーブが怒鳴った。罰するように、半ばまで入っていた指を、最奥《さいおう》まで突き入れてくる。

「……あぅっ」

強引な挿入に、俊也は呻いた。ダヤラムがラジーブを諌《いさ》める。

「気に入らない答えをしたからといって、シュンヤを責めるのはお門違いでしょう。あなたは彼を独り占めしたいのでしょうが、彼はわたしたち皆のものです。ウダイプルで、シュンヤが誰も選べなかったことを忘れたんですか？」

「いつまでもそうだとは限らない。——シュンヤ、ここに男が欲しいだろう。塞いで、グチュグチュにしてもらいたくないか」

思わせぶりに、中に入った指が動いた。突いて、引いて、肛壁を撫でるようにジンワリとまた入る。

「や……やめ……」

淫らな自分をダヤラムに見せたくない。こんなに俊也を特別視してくれる人に、いやらしい自分を知らしめたくない。

本当の俊也はこんな人間ではなかった。どちらかといえば奥手のほうで、自慰だってそれほどでなくて……。

しかし、涙ぐみかけた俊也から悲鳴を引き出したのは、ダヤラムだった。

「――それではシュンヤが可哀想だ……」

そんな呟きのあと、ダヤラムが動いた。俊也の下肢に。

脚をむごいほど押し広げられたその狭間《はざま》に、ダヤラムが屈《かが》む。

「ゃ……なに、ダヤラム……」

「舐めてあげましょう。濡らしたほうが、シュンヤも気持ちよくなれる」

「…………ゃ、ひっ」

目を見開いて、俊也は身を仰け反らせた。ダヤラムの熱い舌が、ラジーブの指を食《は》んだ後孔の襞を舐め始めたのだ。

「いい恰好だな、ダヤラム。わたしのために奉仕するか」

「あなたのためではありません。シュンヤをよくするためです。――気持ちいいですか、シュンヤ」

ラジーブが広げた中にまで、ダヤラムが舌を這わせてくる。ゾクゾクと全身が震えた。

「ゃ……いやだ、っ……あぁ……あ、んっ」

明らかに甘さの混じった悲鳴を上げる俊也に、ラジーブが鼻を鳴らす。ダヤラムで感じるのが気に入らない、そんな態度だった。

時に舌先で刺激しながら襞を舐め、ダヤラムがそんなラジーブを揶揄《やゆ》する。

「傲慢なあなたに、こういう悦びは与えられないでしょう。可哀想なシュンヤを、いつも強引に犯していたのですか?」

「最高のオイルで濡らしてやったわ! おまえの舌よりもよほど滑りがよくなる。シュンヤが苦しむものか」

吐き捨てているが、どう聞いても負け惜しみめいて聞こえた。

しかし、俊也はそれどころではない。ラジーブに指で、ダヤラムに舌で敏感な後孔を嬲られ、再び前方が実っていく。

「わたしの舌のほうをシュンヤも悦んでいますよ、ふふふ」

舌の動きに反応して先端の蜜口をヒクヒクさせている俊也に、ダヤラムが得意げに含み笑う。その吐息にも感じさせられて、俊也は身悶えた。

「あ……ぁ……ぁ、んぅ」

「……くそっ」

けれど、ラジーブが短い罵声《ばせい》とともに身を屈めてきて、俊也はさらなる悲鳴を上げた。

「ひ……やぁあっ！」

ガクンと背筋が仰け反る。ラジーブが俊也の果実を口に含んできたからだ。熱い口腔《こうこう》の感触、ざらついた舌の動きに、俊也の脳内で火花が散った。

グン、と口腔内で花芯が成長する。負けじと、ダヤラムの舌の動きもよりねっとりとしたものに変わった。もどかしげにラジーブの指を引き抜き、自身の指で後孔をさらに開いてくる。

「あ……あ……あぁ、そんなの……っ」

二本の指に花襞を広げられ、そこを舌に舐められた。

「ルビー色に充血していますね、シュンヤ。気持ちがいいでしょう？」

そうダヤラムが言えば、ラジーブも俊也を追いつめる。ヌ、ジュルと音を立てて花芯を唇で愛撫し、舌で絡みつくように舐めて、時にひくつく蜜口を吸い上げてくる。

「あぁ……ぁ、ぁ……やだぁぁ……っ」

「舐めても舐めてもミルクが滲《にじ》んできているぞ。ほら、もう一度深くまで咥えてやろう。…………ん、また大きくなったな、シュンヤ」

「んぅ……っ」

前と後ろを二人の男たちに嬲られて、俊也の意識がしだいに掠れていく。恥ずかしいのに快感で、喘ぎ声を止められない。

「も……ゃだ……あ、あぁ」

腰が動きそうになると、ダヤラムとラジーブの二人に止められる。快楽を逃がすことも許されず、俊也はただ二人によって鳴かされ続けた。

達することは、ラジーブによって止められている。根元をしっかりと指で縛められている。

どうしようもないほど喘がされてから、二人が顔を上げてくる。その頃には、俊也の後孔はダヤラムの指を四本も挿入されていた。

愛撫の止まったそこで、クチとねだるように淫らな襞がダヤラムの指を食いしめた。

「もっと太いモノが欲しそうだな」

「ええ……シュンヤ、どちらのペニスが欲しいですか？」

この期《ご》に及んでも、二人はまだ俊也に選ばせようとしてくる。

俊也は啜り泣いた。全身が熱くて、どうかなってしまいそうで、視界は霞《かすみ》がかかってしまっている。

どちらでもいい。早く、奥まで挿れてほしい。

思考が、そんなことでいっぱいに占領されている。

けれどその一方で、まだかすかに残っている理性が、俊也を羞恥させる。

――こんな……なんで恥ずかしい目に……。

男であるのに女のように喘がされて、抱かれる立場に置かれて、この上まだこんな辱めを強いられるなんてあんまりだ。

――マハヴィル……まだ来ないの……？

彼ならこんなむごいことはしないのに。マハヴィルなら、俊也にひどい選択は迫らず、やさしく抱いてくれる、きっと。

「ひっく……マハヴィル……」

つい、彼に縋る言葉が出てしまう。

とたんに、ラジーブから怒気が溢《あふ》れた。

ダヤラムからも一瞬、怒りの炎が立ち上る。

しまった、と俊也は唇を噛んだ。あまりにつらくて、つい二人をより怒らせる言葉を口にしてしまった。マハヴィルなら……と思っただけであったのに。

だが、言ってしまったのだから、もう仕方がない。

自分は悪くない。こんな選択を迫る二人が悪いのだ。

開き直って、俊也は二人を睨んだ。

「……マハヴィルはこんなふうに苛めたりしない。オレを抱きたいなら、さっさと抱けばいいだろ！」

「ふん、いい態度だな」

ラジーブが腕を組み、傲然《ごうぜん》と俊也を見下ろす。

ダヤラムはゆっくりと、俊也の中から指を引き抜いた。

「……ほんの少しでいいから、君から求められたいと望むのは、過ぎた望みでしたか」

自嘲《じちょう》するような、ダヤラムの呟きだった。けれど、悔いるような口調とは裏腹に、ダヤラムが自身の着衣に指をかけていく。俊也が呆然と見守る前で、衣服を脱ぎ始めた。

それを目にしたラジーブがニヤリと口元を歪《ゆが》める。ダヤラムと呼吸を合わせるように、ラジーブまでもが着衣を剝ぎ取り始めた。

「ふ、二人とも……なに……」

傲慢なラジーブが、今の俊也の反論に怒るのは当然だ。しかし、ダヤラムまでが不吉な兆候《ちょうこう》をあらわにしていくのに、俊也は怯えた。半身を起こし、ベッドの上を尻でいざって逃げようとする。

その足首を、最後の一枚を脱ぎ捨てたダヤラムに摑まれた。

「——抱きたければ、抱いてもいいのですよね、シュンヤ」

「ぁ…………」

目が据《す》わっているダヤラムに、俊也は声が出ない。起き上がっている肩を、ラジーブが押した。ベッドの上で、再び俊也を横たえさせながら、嘯《うそぶ》く。

「わたしも聞いた。好きなように犯せというのが、シュンヤの望みだ」

「そ、そん……いやっ……あぁぁぁぁ……っっ！」

ラジーブによって倒された身体の下肢を、ダヤラムが無慈悲に押し広げる。そうして、ズイと腰を進められた。

ひと息に犯される。俊也は悲鳴を上げた。

ラジーブがクックッと笑っている。

「見ろ、ダヤラム。言葉どおり、シュンヤは本当に早く犯してほしかったようだ。おまえに挿れられただけで、ほら……達している」

「本当に……。マハヴィルでなくともこれほど悦んでもらえるとは……光栄ですよ、シュンヤ。もっと——よくして差し上げましょうね」

そう言うと、ダヤラムがゆっくりと、突き入れた剛直を動かし始める。引いて、突いて、熟《う》れた肛壁を抉るように擦り上げて——。

「ぁ、あぁ……んん、ふ……ゃ、ダヤラ……ム……あぁっ」

「いやと言うわりには、気持ちよさそうだ。嘘つきだな、シュンヤは」

ラジーブが俊也の乳首をピンと弾く。

「あぅ……っん……あ、あぁ……やめ……」

「すごい……締まりましたよ。乳首を苛められるのも、本当は好きなんですね、シュンヤ。いけない子だ」

そう俊也をなじりながら、ダヤラムがうっとりと腰を使う。久しぶりの俊也の中を堪能《たんのう》している。

突き上げられるたびに、俊也の下肢もヒクヒクと揺れた。反応したくないのに、二人の淫技はあまりに巧みで、情けなくも昂ぶっていく。

「ふ、ぁ……あ、あ……ひぃ……っ！」

ラジーブがさらに、俊也の乳首を責めてきた。両方の乳首を抓んで、むごく引っ張ったのだ。

痛みに、俊也の身体が凍りつく。しかし、肛壁を突き上げるダヤラムにすぐ、蕩けた。胸から広がる痛みと、後孔から肉奥を蕩かせる快感に、頭が混乱する。

「やだ……ゃ、いた……っ、痛い……やめ………あ、あぁ……いぃ、っ……ダヤラム……」

「とんでもない淫乱ですね」

息を弾ませながら、ダヤラムが嬉しそうに罵《ののし》る。

「そうだろう？　最高の肉人形だ」

ひどいことを言うのは、ラジーブだ。肉人形だなんて、あまりの言い方だ。

俊也は人形ではない。心を持った人間だ。彼らの快楽に奉仕するのが仕事の奴隷ではない。ひどい。

しかし、ズキズキと痛む胸をラジーブに吸われて、罵声ではなく嬌声が上がる。

「あ……あぁっ」

「……すごい。中が……絡みついてきて……うっ」

ダヤラムの抽挿が激しさを増した。熱い吐息と、俊也の喘ぎだけが寝室を満たしていく。

そして、最初の終焉を迎える。

「んっ、シュンヤ……っ」

「……あう、っ……あ、ああぁぁぁぁ——！……っ！」

ドクンと、体内でダヤラムの怒張が膨れた。次の瞬間、最奥でそれが弾ける。

奥の奥まで迸ったダヤラムの白濁に、俊也も悲鳴を上げて全身を痙攣させた。前方からは蜜が、迸るというよりはしどけなく、滴り落ちている。性器ではなく、後孔で達した証《あかし》だった。

軽く打ちつけて、ダヤラムが樹液を呑み込ませる。

「ん……いいですよ、シュンヤ」

存分に俊也の中に放ってから、ズルリと自身を抜き取った。しかし、これで終わりではない。

すぐに場所を交代して、ラジーブが入ってくる。

「ん……いいな。濡れて……まだひくついている、ふふ」

「…………ゃ……ゃ、だ……ぁ、んん」

掠れた喘ぎを洩らして、俊也はそれをも受け入れていった。身体は蕩けていた。激しい情交に、指も持ち上げられない。動けないままに、ただピクピクと身体を震わせている。ツンと尖った乳首が、たまらなく淫靡だった。

見つめる男たちの喉が鳴る。

「いくぞ、シュンヤ。次は、わたしで感じろ」

興奮したラジーブが、ぐったりとした両足を抱え上げて、抽挿を開始する。

　ダヤラムはそれを、寝台の上で片膝を立てて寛いだ様子で、観賞していた。

「ゃだ……も、ちょっと……待って……ぁあ」

　息が苦しい。それに、ラジーブの逞しいモノがダヤラムでは届かなかったさらに奥を抉ってきて、身体の芯が震えた。

　揺さぶられながら、俊也は悲鳴を上げた。

「ゃ……ぃや……あぁ」

「いやと言うわりに、またここが実ってきているではないか、ふふ。いやらしいな、シュンヤは」

　ラジーブはグルリと腰を回し、さらに熱い先端で俊也の弱い部分を集中的に突いてくる。

　ビクンと、俊也の身体が跳ね上がった。そこはいやだ、それはダメだ。

　ビクンビクンと身体を跳ねさせ続けながら、俊也から嬌声が迸る。瞳は中空を見つめていた。

「あ、あぅ……っ、ゃ……やめ……そこ、やだ……やぁっっ！」

　さっき達したばかりの花芯がまた濡れて、蜜を放ちかける。けれど、ダヤラムがそれを許しはしなかった。

「……おっと。またイくのはつらいでしょう、シュンヤ。止めておきますね」

　身を乗り出し、達しかけた性器を握ってくる。

　俊也はいやいやと首を振った。擦られると脳天が痺れるほど感じる部分を刺激されているのに、イかずにいられるわけがない。

「やだ……やぁっ……離して……ラジーブ、突くの……やめてぇ……っ」

「生憎《あいにく》わたしは、ここをこうするのが好きでな。コリコリして、実に気持ちがいい」

「前立腺でしょう、ラジーブ。——可哀想なシュンヤ。よすぎて……苦しそうです」

　そんなことを言いながら、ダヤラムの目が欲情している。泣いて身を捩りながらよがる俊也に、雄の昂ぶりを刺激されているのだろう。可哀想にと言いながら、俊也の唇に吸いついてくる。

「シュンヤ、なんて可愛いんだ……」

「や……んっ……んぅ、ふ」

唇を塞がれ、性器の根元を縛められ、一番いいところを抉られ続ける。時に深みを突かれて、俊也は全身をひくつかせた。

——も……やめてぇ……っ！

けれども唇を塞がれていて、叫びは声にならない。荒れ狂う快楽に、俊也は脳髄まで犯され続けた。

「いいぞ、シュンヤ。おまえのここは最高の孔だ……！」

哄笑《こうしょう》を上げながら、ラジーブが腰を使う。強く抉り、弱い部分を苛め、身体が浮き上がるほど突き上げる。

思う様身体を使われて、俊也はただただ悦楽の嵐に玩《もてあそ》ばれるしかない。

——助けて……助けて、誰か…………マハヴィル……。

声は、誰にも聞こえない。

俊也は泣きながら、ラジーブ、そしてダヤラムに、快楽の極みに追い落とされていった。


恭しく出迎えたラジーブ邸の家令に、マハヴィルは軽く頷いて答えた。

「少し遅くなってしまったが……。ダヤラムはもう来ているか？」

「はい。七時過ぎにはお見えになられました」

「そうか」

わずかに眉を寄せ、それではもう始めているなと、マハヴィルは計算した。七時過ぎに来て、おそらく夕食を摂り、それから始めたのだとしたら、さて何時間だろうか。

腕時計をチラリと確認して、少なくとも一時間は過ぎているだろうとマハヴィルは思った。

すでに時刻は十時になっている。

アジメールという名の家令はすべて心得ているようで、マハヴィル、ダヤラムたちがここを訪ねる時にはいつも、彼が対応に当たっていた。

ラジーブの寝室へと案内されながら、マハヴィルは皮肉げに唇を歪める。

――当然だろう。寝室で俺たちがなにをしているか……わかっている人間でも驚く。

どんな淫行に耽っているか使用人たちは知っているだろうが、そう無差別に見せるものではない。

寝室に着くと、アジメールが控えめにノックをする。

「――失礼いたします、旦那様。パテール様がお見えでございます」

告げる声に、中から「入れ！」と命じてくる。いかにも傲岸不遜《ごうがんふそん》なラジーブのものだった。

「失礼いたします」

ドアを開けたアジメールは軽く視線を伏せて、マハヴィルに中に入るよう促す。自身はドアを押さえるために、一歩中に入ったのみだ。

それでも、俊也の艶やかな声が二人の耳朶《じだ》を打つ。

「ぁ……ん、ゃ……やめ……」

またなにか恥ずかしいことをさせているらしい。泣きそうな俊也の声は哀れだった。

すっかり慣れている様子のアジメールは表情も変えず、マハヴィルが中に入るとすぐにドアを閉めて、去っていく。

見ざる、聞かざる、関わらず。

実に教育のいき届いた家令だった。

室内は柔らかなオレンジの灯りで、ぼんやりと照らされていた。マハヴィルが眉をひそめた先では、俊也がむごく足を広げさせられた恰好で、こちらを向かされている。

背後から、彼を拘束しているのはダヤラムだ。

ラジーブはその隣に腰を下ろし、マハヴィルに見せつけるようにして俊也の後孔を指で開いている。

哀れな俊也はもうどれほど蹂躙《じゅうりん》されたのだろう。開かれた後孔からポトポトと、二人の男の征服の証を滴らせていた。

「見……ないで……ゃだ……ひぃっく……」

あまりな姿に、俊也がしゃくり上げて泣いている。けれど、同時に快楽も感じているのだろう。性器は嬉しそうに、天を突いていた。

だからよけいに恥ずかしく、つらいのだろう。俊也は目をギュッと瞑り、顔を背けて泣いている。

マハヴィルはため息をついた。

「ダヤラム、おまえまで一緒になってシュンヤを苛めることはないだろう」

ラジーブを責めても無駄だ。常に俊也を支配しようとするラジーブに、罪悪感などあるわけがない。だから、マハヴィルは俊也に対して情を持っているダヤラムのほうを諌める。

ダヤラムはムッとしたように、唇を尖らせた。

「あなたのために準備をしておいたのに、気に入らないのですか？　シュンヤもずっと、あなたを待っていたのですよ」

「そうだぞ、マハヴィル。可愛くないことにこいつは、わたしとダヤラムのどちらを最初に挿れるか訊ねた時に、おまえの名を口走ったのだからな」

そう鼻を鳴らすと、ラジーブは俊也を見下ろす。

「シュンヤ、やっとマハヴィルに犯してもらえて、嬉しいだろう。おまえが欲しがった待望の男だ。早く抱いてもらえ。ここに……たっぷりと挿れてもらうといい」

「……んんっ、ゃ……」

グチュグチュと指で後孔をかき回され、俊也が詰まった呻きを洩らす。けれど、下肢は応じるように揺れて、突き上げる指を美味《おい》しそうに食いしめた。

「ゃだ……やめて……やめて……あ、ぅ」

俊也を拘束しているダヤラムが、その首筋に唇を這わせる。それにも感じるようで、俊也は泣きなから喘いだ。

マハヴィルは呆れた様子で首を振った。呆れたのは俊也にではない。ラジーブたちにだ。

スーツの上衣をソファに放り投げ、ネクタイを弛める。

手際よく着衣を脱ぎ捨てながら、マハヴィルは呆れを一切隠さない口調で言い放った。

「……ったく、見苦しい嫉妬《しっと》だな。シュンヤが俺を一番に求めるのは、当然だろうが」

ワイシャツを放り投げ、スラックスのベルトを弛めながら、マハヴィルは俊也を呼んだ。

「シュンヤ、こっちを見ろ」

「……ん、ふ……マハヴィル……」

涙で濡れた目を、俊也は言われるままに開く。

潤んだ瞳が可愛くて、マハヴィルは愛しさを込めて微笑んだ。

大丈夫だ。どんな俊也でも——たとえ、ダヤラムやラジーブに感じきってみせる俊也であっても、自分は彼を愛している。

特に、今夜のように嬉しいことを聞かされた日などは、格別に愛しさが溢れた。

マハヴィルのいない場でも、この名を口にしてくれた俊也——。

俊也にはラジーブもダヤラムも必要なのだろうが、彼が愛し、求めるのは自分だけだ。

その自信が、マハヴィルに余裕を与える。

マハヴィルはゆっくりと、スラックスの前を寛げた。ジッパーを下ろし、俊也の視線を意識しながら、下着の中から自身のペニスを取り出す。

俊也の艶姿《あですがた》に、そこはとっくに力を漲《みなぎ》らせていた。

「あ…………すごい……」

コクリ、と俊也の喉が鳴った。クンと、彼の果実がさらに反り返るのを、マハヴィルは満足感とともに確認した。

ラジーブが忌々しげに舌打ちする。

ダヤラムは悔しそうだ。

しかし、今、俊也が求めているのは自分だった。

俊也に見せつけながら、マハヴィルは下肢からも邪魔な着衣を剝ぎ取っていった。

三人と同じ裸になると、悠然とベッドに歩み寄る。不愉快そうなラジーブ、ダヤラムに対して優越感を味わいながら、ベッドに上がった。

もっとも、こんなものは一時的な優越感だとわかっている。マハヴィルを求めるのと同じ手で、俊也はラジーブも、ダヤラムも必要とするのだ。愛情を傾けているのはマハヴィルに対してであるのに、ラジーブ、ダヤラムも手放せない。

その重大な矛盾《むじゅん》すらも一緒に、俊也を包み込む度量が必要だった。俊也自身にも、自分がなぜ三人を求めるのかわかっていないのだ。責めてはならない。

ラジーブに「どけ」と促し、ダヤラムの手から俊也を解放する。そうしてギュッと、俊也を一度抱きしめた。

俊也の緊張が弛み、おずおずと背中に手が回る。

「マハヴィル……」

嬉しいと、縋りつく声だった。よほど二人に責められたのだろう。可哀想に。

マハヴィルはやさしく俊也をなだめ、髪に口づける。それから、静かに彼を横たわらせた。

俊也は一心に、マハヴィルを見つめている。

ラジーブとダヤラムは面白くなさそうだ。だが、あまりに頼りなげな俊也に、二人ともさすがに今からのセックスに参加できない様子だった。

――ダヤラムはともかく、ラジーブが珍しいな。

チラリと傲慢な男の様子を確認しながら、マハヴィルは俊也にキスをした。

可愛い俊也は自分から唇を開き、マハヴィルの舌を迎え入れる。

どうしたのだろうか。今夜はいやに、マハヴィルに縋りついてくる。それほど酷い目に遭《あ》ったということだろう。

そう判断して、マハヴィルはいっそう甘く、俊也の唇を吸った。

「ん……ん、ふ……ぁ」

充分に可愛がってから、チュッと糸を引きながらキスを解く。

俊也が蕩けた顔をしてマハヴィルを見上げている。そうしながら、腰がじれったげに、擦りつけるように動いていた。

「もう、欲しいのか?」

「……ん……だって……」

恥ずかしそうに肌が赤らむのがたまらない。マハヴィルが来るまでの間、ラジーブとダヤラムの二人にさんざん弄られたのだ。蕾はとっくに解れている。

「――わかった。挿れてやる、シュンヤ」

「うん……嬉しい、マハヴィル」

キュッと、俊也が抱きついてくる。

ラジーブの腹立たしげな歯ぎしりが聞こえた。


見てはいないが、ダヤラムも燃えるような眼差しを、マハヴィルに向けているだろう。

だが今は、俊也はマハヴィルだけのものだった。

やさしく俊也の足を押し広げ、マハヴィルは自身の剛直《ごうちょく》をその可憐《かれん》な蕾に押し当てた。

蕾は、可憐というよりも淫らな動きをする。クチュッと雄蕊の先端に口を開き、犯してくれと淫靡に吸いついてきた。

初めての時は怯えきってマハヴィルたちに抱かれていたのに、いつの間にここまでいやらしくなったのだろう。

恥ずかしいほど淫猥《いんわい》で、胸が騒ぐほど淫靡だった。

それがいい。

「――いくよ、シュンヤ」

「ん……………あ、あ……あぁぁぁぁぁぁぁ、マハヴィ……ル……あぁぁ」

急がず、じんわりとマハヴィルは俊也の花筒に自身を咥え込ませていった。

味わうような挿入に、俊也は長い喘ぎを上げて、マハヴィルにしがみつく。けれど、ビクビクと震えながらも、自身も腰を使ってマハヴィルを呑み込んでいった。

最後に、マハヴィルはグイと軽く突きながら根元まで挿れた。

「……ん、全部……入った」

「あぁ……マハヴィル……」

すべて呑み込ませて、マハヴィルは満足のため息を吐く。俊也も悦びの吐息を洩らしながら、全身でマハヴィルに抱きついていた。

俊也の中は熱くぬめって、マハヴィルの怒張を包み込む。絡みつくように男根に吸いつき、ビクビクと蠕動した。マハヴィルに蹂躙されるのを待っていた。

もちろん、望みどおりにするに決まっている。マハヴィルはやさしく微笑んで、俊也に囁いた。

「動くよ、シュンヤ」

「ん……………あ、あ、あ……あぁっ」

やさしい行為よりも、中を早く苛められたいだろうと、マハヴィルは最初からガンガンと俊也を突いた。

俊也の身体が魚のように跳ねて、必死に自らを突き上げる充溢に絡みつく。

キスをして、腰を揺らし、マハヴィルは存分に俊也を味わった。

ラジーブたちから見れば、ずいぶん単調なセックスだろう。しかし、求め合う恋人同士には、激しく愛し合うだけで充分だった。

「シュンヤ……シュンヤ……！」

「あ、あぁ……マハヴィル……好き……好きぃ……っ」

荒々しく絡み合いながら、二人同時に硬直する。天国はあっという間だった。

「うっ……」

「あぁぁ――……っ！」

あっという間に登りつめた。

俊也の蜜が顎まで飛び散り、マハヴィルも俊也の中を熱く濡らす。

強く抱き合って、悦びをともにした。そうして、俊也からなにかが生まれる。

肌が燐光《りんこう》を発したように見えた。陶然と、俊也の唇が開く。

「ぁ……あぁ……すごい……すごく、いぃ…………ね、ラジーブ」

濡れそぼった瞳をした俊也が、横で憮然《ぶぜん》としているラジーブを呼んだ。淫然《いんぜん》と微笑んだ。

「ラジーブの……オレの口にちょうだい」

「……シュンヤ」

あまりの淫蕩《いんとう》さに、ラジーブがコクリと喉を鳴らす。

さっきまでの羞恥のあまり泣いていた俊也はどこにもいなかった。

いるのは、どこまでも淫らに三人を求めるもう一人の俊也――。

その俊也に、ラジーブも逆らえない。むしろ、獣性を刺激される。

「――淫売め。そんなに男のペニスが欲しいか」

「ん……欲しい。お口、いっぱいにして…………ん、んんぅ……っ！」

濡れた唇に、ラジーブが無慈悲に男根を突き立てる。

俊也は声を詰まらせながらもうっとりと、充溢した性器を咥えていった。

「ん、ふ……美味し……」

ペニスに舌を絡めながら、陶酔《とうすい》した様子で呻く。

感じているのは、マハヴィルにもわかっていた。

なぜなら、いまだマハヴィルを咥え込んだままの俊也の花襞が、淫らに収縮したからだ。口内を熱い雄に刺激されて、感じている。

「…………シュンヤ、わたしにも君を舐めさせてください」

縋るように、取り残されたダヤラムが頼んでくるのが聞こえた。誇り高い男が、こんなふうにみじめに懇願するのは俊也に対してだけだ。

ラジーブを咥えたまま、俊也が嬉しそうに頷く。舐めて、舐められて、その状態で後ろに男を咥えて——。

俊也のために、マハヴィルは身を起こした。ダヤラムが俊也のモノを咥えやすいようにしてやる。

さっきまでの優越感は消えていた。俊也が求めるのは、マハヴィルだけではない。このとおり、ラジーブもダヤラムも、彼には必要なのだ。

一人は支配されるために。

一人は許してやるために。

そして、最後の一人には愛し、愛されるために。

「——シュンヤ、動くぞ」

「ん……」

甘ったるく、俊也が頷く。そうしながら、彼はラジーブにも視線を送る。じっと見つめて、せがむ。

「……かけて、いっぱい」

「ああ……淫売に相応しいだけ、汚してやる」

「シュンヤ、あなたのものはわたしの口に……」

「……うん」

ダヤラムの求めには悠然と、俊也は頷く。そうして、男たちはそれぞれに動き出す。

シュンヤと愛し合うために——。

シュンヤを踏みにじり、汚すために——。

シュンヤを悦ばせるために——。

熱のこもった息遣いが、寝室を満たしていった。マハヴィルの脳髄も、陶然としたなにかに満たされていく。

独り占めしたいのに、この身体を。

けれど、そんなことはどうでもよい心持ちになっていく。

俊也を愛していた。だから、俊也からもたらされるこの快美から逃れられない。

マハヴィルも、ラジーブ、ダヤラムと同様、俊也を貪る獣に変《へん》じていく。

――愛している……。

愛しい俊也の身体を、マハヴィルは思う様、抱きつくした。他の二人の男とともに。

§ 三

気がつくと、ユラユラと揺れていた。温かい。

なんだろう、と俊也は重い目蓋を開けた。明るい光に、目を眇《すが》める。

「な……に……」

「気がついたか、シュンヤ」

少し苦笑したマハヴィルが、浴槽の縁に腰かけて、俊也を見下ろしていた。

背後から抱いているのは、ラジーブだ。

ダヤラムは俊也の腕を取り、やさしく洗っている。

「今、何時……?」

おそらく行為のあとなのだろうが、いったいどのくらいの時間になっているのだろう。

感覚が失われていて、俊也は誰にともなく訊《たず》ねた。

すぐに、後ろから声が答えた。ラジーブだった。

「そろそろ夜明けだ。もう五時過ぎている」

「五時過ぎって……」

俊也は啞然と、口を開いた。夕食後からいったい何時間、絡み合っていたのだろう。途中からはマハヴィルも参加して、夢中で彼にしがみついて――。

しかし、そのあとの記憶が判然としない。

三人で抱き合うと、いつもこうだった。快感が波のように襲ってきて、だんだんわけがわからなくなり、気がつくとすべてが終わっている。

全身がだるかった。ラジーブに抱きしめられながら、ダヤラムに身体を洗われるなんて恥ずかしいのに、拒絶できない。

浴室は、大の男が四人で入ってもまだあまるほど、広々としていた。広い浴槽の窓際に獅子が口を開けていて、そこから絶え間なく湯が注ぎ落ちていた。

「まだまだ神の力は俺たちに及んでいるらしい。ヤッてもヤッても、まだヤり足りない」

マハヴィルがぼやくように言って、肩を竦める。縁から立ち上がり、俊也のそばまでお湯をかいて歩み寄ってきた。

「キスマークだらけだ、シュンヤ」

そっと、胸から腹にかけての鬱血を指で辿《たど》られる。

「ぁ……それは……」

ジン、と肌がざわついた。すぐに乳首の先が痛くなる。ツンと尖り出したからだ。

「まだ過敏なままだな、シュンヤ」

耳朶を噛むように、背後からラジーブに囁かれた。

「ラジーブ、シュンヤの足を抱えてください。中のモノをかき出してやらなくては」

「やっ……そんなの、やめ……あっ」

寝室の柔らかな光と違って、浴室は明るい。煌々《こうこう》と照らされた中で足を広げられるなど、恥ずかしくてたまらなかった。

しかし、脱力した身体はあっけなく、ダヤラムたちに向かって開かれてしまう。おまけに、三人を挿入されすぎて腫れた後孔を指で広げてきたのは、マハヴィルだった。

「俺が広げておくから、おまえは奥まで挿れて、かき出してやれ」

ダヤラムにそんなことを言っている。

孔を指二本で開かれた。

「ひっ……いやだ、お湯が……っっ！」

湯に浸かったままそんなことをされたら、中に温かい湯が入ってしまう。

それと一緒に、ダヤラムが指を挿入してきた。

「一晩中、わたしたちで塞いでいましたから、まだ柔らかいですね。少し、我慢してください、シュンヤ」

「ゃ……やだぁぁぁ……あ、あぁ……あんぅ」

奥まで入った指が中で曲がり、三人が吐き出したぬめりをかき出していく。何度やられても慣れない、異様な感覚だった。

けれど、熟れきった俊也の肉体は勝手に、愛撫にも似た後始末に昂ぶっていく。


「あん……あん……や……やめ……あ、も……っ」

「なにがやめろだ。またペニスを勃たせておいて……」

ラジーブが嘲《あざけ》る。居たたまれなくて、俊也は唇を噛みしめた。感じたくない。感じている様子なんて示したくない。

「ん……んんぅ……ふ……んぅ、っ」

「すごいな……まだ奥のほうにありますよ」

湯とは違う、ねばついたものがかき出される。ドロリとした感覚に、俊也は震えた。だが、厭わしくて閉じようと窄《すぼ》まった襞口は、マハヴィルに容赦なく阻《はば》まれる。

「シュンヤ、我慢しろ。三人分だから、しばらくかかるのはわかっているだろう？」

なだめるようにマハヴィルが言うのに、ラジーブが笑う。

「久しぶりに皆でヤッて、思いきり中に出したからな。お腹いっぱいだろう、ふふふ」

「んっ……ゃ……あ、んぅ……」

洩れそうになる声を必死で噛み殺す。

けれど、再びダヤラムに奥まで指を挿れられた拍子に、声が裏返った。

「……………ひぅっ！」

ダヤラムの指が、俊也のもっとも弱い部分を撫でたのだ。ビクンと下肢が跳ね、衝撃に閉じていた目が開く。

視界が開けるとすぐに、かき出されて漂う粘液が目に入った。俊也の中にあった欲望の蜜だ。

「あ……やだっ…………あ、ああ……やめ、ダヤラム……いやだぁっ、あ、あ、あ！」

「すみません、シュンヤ。でも、もう少しですから」

ダヤラムが執拗に、その部分を擦るようにして粘液をかき出していく。ピクピクと、俊也の果実が反り返った。

「あと……少し……」

「ひぃっ…………っく、やぁあっ」

グイ、としこった部分を押され、俊也が悲鳴を上げる。ビクビクと全身が震えた。目の前が真っ白になる。

「イッたな」

「可哀想に。なにも出なくてつらいだろう、シュンヤ」

ラジーブがクックッと笑い、マハヴィルが慰める。楽にしてやるつもりなのか、マハヴィルは入口を広げていた指を抜いてきた。

「気持ちいいですか。わたしの指を締めつけて……」

ふふふ、とダヤラムが含み笑う。

マハヴィルの指が抜けたために、俊也はきつく、奥まで入ったダヤラムの指を食いしめていた。ヒクヒクと締めつけ、腰を揺らす。

火花が散るような悦びが、まだ続いていた。

それは、ペニスでイけない俊也の、代わりの絶頂だった。

「あ……あぁ……あ、ん……んん」

キュッと窄まる中をさらに撫でられ、俊也はいやらしく腰を揺らしながら、指を締めつける。

長い長い時間、俊也は全身をくねらせながら、ダヤラムの指で絶頂を味わい続けた。

そうして、脱力する。

「はぁ……はぁ……はぁ……はぁ……」

耳鳴りがして、心臓がバクバクと激しく鳴っていた。

こんなふうにイくのがどれほど恥ずかしいか、三人にはわかっているだろうか。男なのに、中でイッてしまうなんて――。

けれど、これで終わりではない。俊也が落ち着くのを待って、後始末が再開される。

再び、マハヴィルが俊也の襞口を広げて、ダヤラムに残りの白濁をかき出された。

「ん……ひっく……んぅ……ふ、ひぃっく……」

また感じてしまい、俊也はしゃくり上げる。恥ずかしくて、でも、気持ちよくて、どうにかなってしまいそうだった。

「泣くな、シュンヤ。ここで感じてしまうのは、仕方がないことだ。それだけシュンヤの身体が、抱かれることに馴染《なじ》んでいる証なのだから……」

マハヴィルが慰める。チュッ、チュッとやさしく、頬に額に口づけられた。

ラジーブは馬鹿馬鹿しいと言わんばかりに、そっぽを向いている。

「ぁ……ぁ……ぁ、ん」

「……これくらいで、もういいでしょう」

やっと、ダヤラムが指を抜いてくれた。マハヴィルも離れる。

俊也はホッとした。しかし、それは間違いだった。

ラジーブが背後から俊也の腰を抱いて、立ち上がらせてきた。浴槽の縁に手をつかされ、尻を高く掲げられる。

「や……なに……？」

すぐに呼吸を合わせて、右からダヤラムが、左からマハヴィルが、再び俊也の花襞を開いてきた。

「あっ………あぁぁっ――……っっ！」

浴槽の中で開かれていたせいで入ってきた湯が、どっと溢れてくる。まるでお洩らししたように孔から流れ落ち、足を伝って滴った。

あまりの羞恥に、俊也は息も絶え絶えだ。

ひどい。こんなにまで辱めるなんて、ひどすぎる。俊也から哀れな啜り泣きが溢れ出た。

すべてを吐き出し綺麗になった身体を、マハヴィルが抱きしめる。やさしい抱擁《ほうよう》だった。

「よしよし、よく頑張った、シュンヤ。いい子だったな」

「ひっく……ん、く……マハヴィル……」

二十歳は子供ではない。ちゃんと成人した立派な大人だ。

しかし、最後の後始末はいつだって恥辱的《ちじょくてき》で、俊也の心を痛めつける。

ラジーブは呆れ顔で浴槽に身を沈め、ダヤラムは甲斐甲斐《かいがい》しく俊也からかき出された白濁をタライに掬って、外に零す。

終わると、そっと俊也に寄り添ってきた。

「怒らないでください、シュンヤ……」

困ったように髪を撫で、背を撫でて、俊也をなだめようとする。

甘ったれているのはわかっていたが、二人の男に慰められて、少しだけ気分が浮上してくる。

俊也はスンスンと鼻を鳴らし、マハヴィルの胸に頬を擦りつけた。そうしながら片手を伸ばして、ダヤラムの手を握った。温かくて、ホッとした。

「シュンヤ、怒っていないのですね」

嬉しそうに、ダヤラムが息をつく。

怒るわけがなかった。ダヤラムが俊也の中に指を挿れたのは、事後の後始末のためなのだ。恥ずかしいが、怒ることではない。

全員に寄ってたかって後始末され、見られるのはいやだったが、やさしくしてもらえれば怒れなかった。

しかし、ダヤラムが気にしているのは、そのことだけではなかった。俊也の手を頰に押し当て、懺悔《ざんげ》してくる。

「今夜はひどいことをしてしまい、すみませんでした。ついカッとなって……反省しています」

「ダヤラム、そんなこと……」

振り返り、俊也はシュンとしたダヤラムに目を見開いた。

言われてみればたしかに、今夜のダヤラムはラジーブに挑発されたとはいえ、なかなか強引だった。乱暴に俊也を犯し、最後にやってきたマハヴィルにもひどく淫らな恰好の俊也を見せつけた。

——あの時はひどくて、いやで、泣けたけど……。

全部終わった今は、それほど胸が騒がない。それどころか、悄然《しょうぜん》としたダヤラムが可哀想に思えて、抱きしめたくなってしまう。

マハヴィルからそっと離れ、俊也はダヤラムの頭を抱きかかえた。胸に抱きしめて、気にしないでと囁く。

「いいよ、ダヤラム。選べないオレがいけないんだから……」

そう。選べないといえば、それがためにこの人も傷つけていた。

俊也はマハヴィルを振り返る。申し訳なさそうに、眉が垂れた。

「ごめんね、マハヴィル。あなたにも……ひどいこと……」

「馬鹿」

マハヴィルが苦笑した。ため息をついて、シュンヤの髪をクシャリと撫でる。

「最初におまえを巻き込んだのは、俺たちのほうだ。今でもまだ、俺たちのもとにいてくれるだけで、充分だ」

「わたしは充分ではないがな」

それまで黙っていたラジーブが、口を挟んでくる。強引に、シュンヤの腰に腕を回し、ダヤラムから引き剝がした。

「いいかげん、わたしだけのものにならぬか、シュンヤ」

抱きしめて、首筋にチュッとキスをする。

俊也はゾクリとして、慌てて首を振った。

「やめてください！　オレは……オレはまだ……」

どうしたらいいのだろう。誰を選んだらいいのだろう。

マハヴィル、ダヤラムと、俊也の瞳が不安定に揺れる。

マハヴィルが好きだった。愛されるのが嬉しかった。

でも、ダヤラムの縋る目も捨てられない。

といって、ラジーブならば切り捨てられるわけでもない。

「――シュンヤを困らせるな、ラジーブ。俺たちからはまだ、あの儀式の影響が抜けきっていない。四人でセックスして、こんな長時間もつのがその証拠だ。あやしい神の影響下にいる以上、性急に答えを求めるべきじゃないだろう」

すっかり放蕩者の擬態を捨て去ったマハヴィルが、思慮深い見解を示す。

ダヤラムも同意した。

「そうですね……。相変わらず、シュンヤを含めてわたしたちは感じすぎています。慎重に対応すべきでしょう」

二人の答えに、ラジーブが大きくため息をつく。しかし、文句を言わないのは、彼も二人の考えが妥当だと認めている証だった。

けれど、口に出して認めるのは癪《しゃく》に障《さわ》るのか、憎まれ口を叩いてくる。抱きしめた俊也の腰をソロリと撫でて、淫靡に口元を歪めた。

「まったく……あれだけ毎日抱いて、シュンヤのいやらしい孔をわたしの形に開いてやっているのに、まだここは他の男のモノも悦ぶか」

「そ、そんなこと言われても……！」

俊也は真っ赤になって、ラジーブの胸を押す。毎日抱かれているなどと、ダヤラムやマハヴィルにわざわざ言ってほしくなかった。

マハヴィルがラジーブから俊也を取り戻す。ギュッと抱きしめて、ラジーブを睨んでくれた。

「毎日とは、感心できないな。いくらシュンヤがあの秘儀の影響でいくらでも俺たちを受け入れられるとはいっても、多少の配慮は必要だろう。休日を決めるべきだ」

「賛成ですね。だいたい、たまたま時間が空いているから、シュンヤはあなたのところに預けることになったのです。あなた自身が、シュンヤに選ばれたわけではありませんよ」

マハヴィルが言えば、ダヤラムも勘違いするなとばかりに続ける。

ラジーブはムッとした様子で、男たち二人を睥睨《へいげい》した。

「仕事を理由に、シュンヤを放り出すからだ。わたしなら、たとえどんな仕事があろうとも、シュンヤの保護を選ぶ」

おまえたちとは執着が違うと、胸を張る。しかし、争いにまで発展させる意思はないのだろう。

続けてラジーブは、軽く肩を竦めた。

「とはいえ、おまえたちの意見ももっともではある。心外だが、シュンヤには一人で休む日も与えよう」

結局のところ、二人の言うことにラジーブも賛成のようだった。素直に賛同したくないばかりに、最初は突っかかってみせたのだろうと思われる。

——なんか……ラジーブって……。

一見偉そうだが、本当のところはいい点もありそうだ。

つい、俊也はクスリと笑ってしまった。

ラジーブの眉間がひそめられる。

「なんだ、シュンヤ」

「いえ、なんでもありません。えと……ありがとうございます」

そう言って、俊也はダヤラムとマハヴィルにも礼を言う。

「二人も、ありがとう。毎晩って……ちょっと困ってたんだ」

「困るだと？　あれほど感じていたくせに」

「それは、だって……しょうがないだろ。ぜ、全部……そう、あの変な儀式のせいだから！　オレ、そもそもはそれほど……その、アレじゃなかったし」

俊也はすべてを儀式のせいにして、言い訳する。ちょっと卑怯かなとは思ったが、淫乱だと思われるよりはましだ。

ラジーブは俊也の苦しい言い訳に片眉を上げている。

ダヤラムは穏やかに微笑み、マハヴィルはやさしく俊也を抱きしめてくれた。そうして、囁いてくれる。

「そうだな、全部あの連中のせいだ。だが、俺たちに抱かれて喘ぐシュンヤが格別に可愛いのは、元々のシュンヤの魅力だ」

さらにマハヴィルに続いて、ダヤラムまでもが俊也の髪を撫でて、言ってくる。

「そうですよ。抱かれれば抱かれるほど艶めいてくるのは、きっとあなた自身の魅力です。日本であなたを抱く男がいなくて、本当によかった。おかげで、最高の宝石が男たちの目に晒されなくてすみました」

「最高の宝石って、そんなのオーバーだよ……」

褒められすぎて、恥ずかしい。

だが、そんな俊也を素直に恥ずかしがらせないのは、ラジーブだった。鼻を鳴らして、

「まあたしかに、世の中にはセックスを知ることで垢《あか》ぬけていくタイプもいるな。生来《せいらい》の淫乱だが」

などと言ってくる。

「生来の淫乱って……そんな言い方やめてくださいっ！」

思わず、俊也はラジーブを叩く。もちろん本気ではない。相変わらず恥ずかしいやり取りだが、四人で軽口を叩き合う今が、なんとなく楽しく感じられた。

この先、自分がどうなっていくのかはまだわからない。

ずっといやらしいことばかりしているわけにはいかないこともわかっている。

三人とも話し合って、いずれは自立の道を歩ませてもらわなくてはいけない。

でも、今は。

今はまだもう少し、こうやって甘えていたい。

マハヴィルに愛されて、ダヤラムに甘やかされて、ラジーブに少し辛口のちょっかいを出されて——。

俊也は思いきり、ラジーブにあかんべをする。

「ラジーブの意地悪。そんなことばかりしてる人なんて、絶対選ばないよー、だ」

「なんだと?」

ラジーブが俊也の肩を摑む。俊也はギュッと、マハヴィルに抱きついて、それをダヤラムが庇《かば》う。

楽しそうな俊也の笑い声が、浴室に満ちた。インドに来て初めての、心からの笑いだった。

男たちは三人、それを苦笑して見つめている。

危ういバランスの中、こうしてインドでの暮らしは始まっていったのだった——。

終わり

淫虐の月

淫花～背徳の花嫁～

――神子《みこ》よ……。

――我が神子よ……。

――いずこに……。

――疾《と》く、我が下に……。

――誰……？

暗闇の中、向井俊也《むかいしゅんや》は辺りを見回した。

しかし、ねっとりと纏わりつくような闇に囲まれて、自分自身の姿でさえ定かでない。

ここはいったいどこなのだ。

戸惑っていると、声がまた聞こえてくる。

――神子よ……。

背筋がゾッとした。

――いやだっ……！

俊也は叫んだ。いや、叫んだつもりだった。だがその声も、周囲の闇に吸い込まれて、音とならない。

恐怖が募《つの》った。

――怖い……。

逃げなくては、と思った。ここは自分のいるべき場所ではない。早く、早く逃げるのだ。

俊也は駆け出した。前になにがあるかも見えず、後ろからなにが追いかけてくるかもわからない中、闇雲《やみくも》に足を走らせる。

――いやだぁぁぁぁぁーー……っ！

「…………っっ！」

己自身の叫び声で、俊也は飛び起きた。心臓が激しく音を立てている。呼吸も荒かった。

周囲は闇――。

いや、さっきまでのような真の闇ではない。薄いカーテン越しにチカチカと外のネオンが差し込み、狭い室内をうっすらと照らしている。

ひどく散らかった部屋だった。安っぽいカラーボックスの中はガラクタでいっぱい、その上にも雑誌やら汚い箱やらが積み上げられている。ベッド横のテーブルにも飲みかけのコップや皿、脱ぎ捨てた衣服やらが乱雑に置かれていた。

なんだ、ここは？

俊也がそう思った時、半身を起こしている自分の横から男の呻《うめ》き声が聞こえた。

「なんだよ……うるさいな」

男の言葉は、訛《なま》りのきついインド英語だった。初めて聞く声だった。

その声につられるように自分を見下ろすと、裸であることに気づく。その上、下腹部には覚えのある重怠い疲労まであった。

隣に寝ていた男が起き上がる。浅黒い肌をした男もまた、服を身に着けていなかった。

なにがあったのか、俊也は悟る。

自分はこの男と寝たのだ！

転げるように、俊也はベッドから下りた。床に自分のものらしきシャツとスラックスを見つけ、慌てて身に着ける。

とにかくここから出なくては。この場所がどこかはわからないが、まず家に戻るのだ。

「あ、おい！　ちょっとおまえ……！」

俊也が逃げるのに気づいた男が声を上げる。

それを無視して、部屋から飛び出す。

いやだ、怖い。自分はいったいなにをしたのだ。

恐怖に駆られるまま、俊也は雑踏へと逃げ込んだ。

十数分後、俊也は露店の店主から電話を借りることに成功する。スパイスの臭いが漂う、猥雑《わいざつ》な華やかさのある下町だった。道端には物乞いや、子供たちの集団、あるいは牛の姿が見えることもある。あとは人、人、人――。

その中で、明らかに異国人の俊也は浮いていた。早く、家に戻らなくては。

俊也は震える指である番号を押そうとした。しかし、その指がビクリと止まる。

——ダメだ……こんなこと、もし知られたら……。

さっきとは別種の恐怖が込み上げてくる。

日本人である俊也がこのインドで身を寄せているのは、世が世ならマハラジャの御曹司《おんぞうし》として民の尊崇《そんすう》を受けている人物であったが、その独占欲の強さも並外れていた。

俊也が見知らぬインド人男性と寝たことを知れば、彼がどう出るかわからない。お仕置きと称してどんな仕打ちをしてくるか……。

——ラジーブにはかけられない……。

いずれ知られるのは仕方ないとしても、今この時に責められるのは耐えられなかった。自分自身でもなにが起こったのかわかっていないのに。

俊也の指が別の数字に移動した。こんな時、頼れるのは一人しかいない。

俊也が愛し、彼のほうでも俊也を愛してくれるマハヴィル・パテールだ。

もう一人、ダヤラムという青年もいたが、彼とても俊也が彼ら三人以外の男と寝た事実を知れば、どう行動するかわからなかった。

——マハヴィル……マハヴィル、お願いだから……出て！

祈るように番号を押し、コール音を聞く。見知らぬ番号からの着信に警戒しているのだろうか。なかなか出てくれない。

たっぷり十五回は鳴らして、ようやく繋がった。

『もしもし？』

不審そうな声に、俊也は泣きつくようにその名を呼んだ。

「マハヴィル……！」

『シュンヤ!? どうしたんだ、いったい』

声を震わせながら、俊也は彼に自分が陥《おちい》っている苦境を訴えた。

＊＊＊

遠くから、怒鳴っているような声が聞こえてくる。

憔悴《しょうすい》した様子で寝入っている俊也の髪を撫でながら、マハヴィルは小さくため息をついた。

あの騒がしさは、ラジーブだろう。ようやく俊也が見つかって、矢《や》も楯《たて》もたまらずやってきたに違いない。

マハヴィルとラジーブ――そしてもう一人、ダヤラム――は、不思議な縁で繋げられた三人だった。

まやかしの宗教、まやかしの秘儀、その神子に選ばれた日本人俊也と淫らな儀式をともにし、教団を壊滅《かいめつ》させた今はまやかしの中の真実のために結ばれ続けている。

神をその身に受けた過去のある俊也から放たれる蠱惑《こわく》――。

目にした男すべてがそそられずにはいられないある種の艶《つや》が、俊也にはあった。

それに対して、年齢を考えると信じられないほどの初心《うぶ》さがアンバランスで、マハヴィルたちをいっそう惹《ひ》きつける。それは、彼ら三人の男たちにありとあらゆる淫技で抱かれた今もなお、俊也から失われることがなかった。

それゆえ、マハヴィルたちは教団を壊滅させたあとも、俊也を日本に帰さなかった。

どうして、彼を手放せるだろう。

また俊也自身も、自分がもう元の平凡な大学生に戻れないことを理解していた。

その結果、三人の中でもっとも余暇の多いラジーブが、俊也を自邸に引き取ったのだ。ラジーブ邸で、三人はそれぞれに俊也を可愛がっていた。

その俊也が消えたのが、今日の夕方だった。正確には、消えたことに気づいたのが夕方であった。

珍しいことにラジーブに所用があり、数日屋敷にいなかったことから、俊也がちょっとした息抜きに出かけたのだろうと思われた。

マハラジャの末裔《まつえい》らしく、ラジーブは傲慢《ごうまん》だ。俊也の意思など歯牙《しが》にもかけず、好きなように、好きな時に彼を抱いていたし、外出も簡単には許そうとしなかった。俊也の息が詰まるのも仕方がない。

彼の身を心配しつつも、マハヴィルは一方でそうも思っていた。だが、助けを求めてきた俊也の様子からすると、彼は自分たちに隠れて――。

マハヴィル邸の使用人が止めるのを振り払い、ラジーブは乱暴に扉を開けた。渋い顔をしたマハヴィルが振り返る。

「静かにしろ、ラジーブ。シュンヤが起きてしまう」

「起きる？　相変わらず甘い男だな」

大股でベッドに近づき、ラジーブは問答無用で俊也に伸しかかった。

「やめろ、ラジーブ！」

制止も無視して、俊也の頬を平手で打つ。

「…………っっ」

衝撃に、寝入っていた俊也の目が開いた。唖然《あぜん》とした顔をして、胸倉を摑んでいるラジーブを見上げてくる。

その顔がサッと青褪《あおざ》めた。

当然だろう。ラジーブに無断で屋敷を抜け出したのみならず、男まで咥《くわ》え込んできたのだ。

そのくせ、無垢《むく》な少年の目でラジーブを見つめてくるのが腹立たしくて、俊也をベッドから引きずり下ろした。

「ラジーブ、いいかげんにしろ！」

マハヴィルが強く、腕を摑む。本気の制止に、ラジーブは唇の端を歪《ゆが》めた。

「甘い顔ばかりして、おとなしくコキュになるつもりか？　寛大なことだ」

コキュ――寝取られ男を意味するフランス語に、マハヴィルの顔色が変わる。

物わかりのいい顔をしてみせても、実際のところは俊也の裏切りに平静とは言いがたい心境が見て取れ、ラジーブは小馬鹿にした気分で鼻を鳴らす。許せないのなら、正直にそう行動すればいい。偽善者め。俊也の愛を求めるから、そんな惰弱《だじゃく》な顔を晒《さら》すのだ。

だが、ラジーブは違う。自分以外に二人の男が俊也を抱くことですら、本心を言えば不快なのだ。この上自分たち以外の男に俊也を味わわせるなど、断じて許せなかった。

マハヴィルの腕を振り払い、ラジーブは俊也を部屋と続きになっている浴室に引きずっていく。浴槽の中に放り込み、頭からシャワーを浴びせた。俊也は茫然自失《ぼうぜんじしつ》の態《てい》だ。

見る見るうちに濡れそぼっていく寝間着《ねまき》をラジーブは乱暴に剝《は》ぎ取った。

現れ出た裸身に歯ぎしりする。キスの痕《あと》が無数に散り、抱かれた痕跡も生々しい。

「……この身体を見て、なにも思わぬのか、マハヴィル」

振り返り、ラジーブは意気地なしの男に問う。目の端で俊也が泣きそうにしていたが、そんなことはかまわない。

マハヴィルはといえば、激情をなんとか押し殺そうとしてか顔を背けている。

「シュンヤは…………。シュンヤは、憶《おぼ》えていないと言っている」

「憶えていない？　勝手に屋敷を抜け出した上、男に抱かれたことを？　はははは、そこまで恋にのぼせ上がったか、マハヴィル」

見え透いた嘘も、恋ゆえに許そうというのか。ラジーブは嘲《あざけ》った。俊也に向き直り、髪を摑んで立ち上がらせる。

「見ろ！　ここまで派手に抱かせておいて、憶えていないわけがないだろう。言え、シュンヤ！　なにが不満で、町に男を咥え込みに行った。わたしたち三人にあれだけ抱かれておいて、まだ不満だったか！」

「ち、ちが……」

弱々しく、俊也が否定する。顔色は青褪め、見開いた黒瞳はすっかり怯《おび》えていた。嘘などひとつもついていないと言いたげないたいけさに、ラジーブは怒りをかきたてられる。

かつて、ここまで譲《じょう》歩《ほ》した相手はいなかった。三人で共有することを許した上、俊也を抱いて以来、ラジーブが他の男や女を抱くことはなかった。抱く気にもなれなかった。

このラジーブにそこまでのことをさせておいて、なお他の男を漁《あさ》るなど許せない。

「そちらに手をついて、尻を向けろ」

俊也の背中を強く押し、ラジーブは無理矢理尻を突き出す体勢を取らせた。そうして、尻たぶを開く。

背後にいるマハヴィルにもよく見えるよう、俊也のその部分をさらけ出させた。そこは赤く腫《は》れて、太い雄に擦り上げられた直後であることを如《にょ》実《じつ》に示していた。

「見ろ、マハヴィル。わたしたち以外の男を咥え込んでこんなに腫れて……。これでもおまえは、シュンヤを責めないと言うのか」

背後でマハヴィルがたじろぐ。さすがに行為の痕跡も生々しい部分を目にして、庇《かば》う言葉も出ないようだった。

じろりとマハヴィルを睨《にら》みながら、ラジーブはシャワーの水で濡れた指をズブリと俊也の後孔に突き入れた。

「……あぅ、っ」

いきなりの挿入に、俊也が苦痛の混じった声を上げる。しかし、つい最前まで男を咥え込んでいた花《ひだ》襞《ひだ》は弛《ゆる》んで、難なくラジーブの指を呑み込んでいた。

それだけではない。クチュと音を立てて、指を食いしめようとしてくる。

絡みついてくる内襞が淫らだった。それがいっそう、ラジーブの怒りを煽《あお》る。

「ここに、別の男のペニスを咥え込んだのだぞ。まだ蕩《とろ》けている。——シュンヤ、何遍《なんべん》その男をおまえのここでイかせた。どれだけ、その男の精液をここで飲み込んだ。答えろ」

「知らな……い…………つっ、やめ」

知らないわけがないのに否定をする俊也を罰するために、ラジーブはもう一本指を呑み込ませた上で強引にその淫らな孔《あな》を開く。

一応、中まで綺麗《きれい》に洗ったのか、そこから男の精液が滴《したた》り落ちることはなかった。だが、赤く腫れた襞の入口が、俊也と男の行為の激しさを伝えていた。前技もなしの挿入にひくつく中も。

ヒクリ、と俊也の腰が揺れる。

「…………くそっ」

マハヴィルが罵声《ばせい》を上げるのが聞こえた。紳士ぶっていてもやはり、情交の生々しさには耐えられなかったのだろう。あっけなく火がつく俊也の身体に、その身体がついさっき男に抱かれてきたのだと思い知らされて、呻く。壁を背にずるずると座り込み、頭を抱える。

「——シュンヤ、おまえをあれほどに愛《いと》しんでいる男に助けを求めるとは、おまえはなかなか残酷な男なのだな。ここを綺麗にしたのも、マハヴィルか?」

「ちが……違います。そんなこと、オレは……」

俊也が啜《すす》り泣く。さすがに後始末は自分でしたようだ。だが、ここに他の男を咥え込んだ事実は消せない。許せない。

ラジーブは残忍に目を細めた——。

「——なにをしているんです!」

ダヤラムは目にした光景に驚き、声を上げた。マハヴィルは力なく蹲《うずくま》り、ラジーブは全裸の俊也の後孔に指を埋めている。

行方不明になった俊也が見つかったという連絡を受け、急いで仕事に片をつけて駆けつけてきたのだが、いったいなにがあったのだ。

おまけに――。

「ラジーブ、これは水ではありませんか！」

浴槽に歩み寄ったダヤラムは、俊也を打つシャワーが水であることにまた驚き、非難する。俊也が体調を崩したらどうするのだ。急いでシャワーのコックを閉めた。

だが、再度俊也に視線を戻して、口を噤《つぐ》む。マハヴィルからあらかたの状況は聞いてからきたのだが、目前にする情事の証拠に衝撃を受ける。

「……なんですか、これは」

俊也の身体のあちこちについた真新しいキスマーク。指を食《は》んだ後孔の、いかにも男を咥え込んできた直後ですと言わんばかりのぷっくりと腫れた様。

視線に気づいたラジーブが、チラリとダヤラムを見遣《みや》る。

「――どうだ？　他の男に抱かれたシュンヤのここは」

そう言って、突き入れた指を軽く前後に動かして見せた。吸いつくように窄《すぼ》まり、喘ぐ肉襞に、ダヤラムは俊也が今まさに自分たち以外の男に犯されているという幻覚を見る。

血の気が引き、そして、一気に逆流した。

俊也が――いくら例の秘儀のせいで淫らになったとはいえ、本質的な純真さは失っていないはずの俊也が、自ら男にその身を与えていたとは！

「見ろ。まだこんなに蕩けている。今すぐにペニスを突き刺されても悦《よろこ》びそうだ」

前後させていた指で、ラジーブは再び俊也の後孔を広げた。

ヌチュと音を立てて広がる孔を、ダヤラムは凝視する。ラジーブの言うとおり、そこはヒクヒクともの欲しげに喘いでいた。

視線を移すと、責められているはずなのに俊也の乳首はツンと尖り、前方の果実も半ば勃ち上がっている。縋《すが》るようにダヤラムに向かって開かれている唇も、濡れたように赤かった。

ダヤラムはよろめいた。自分たち三人に抱かれることも本当はまだいけないことだと考えている俊也なのに、本当に他の男を咥え込んできたのだ、彼は。

目に怒りの炎が浮かび上がったダヤラムに、俊也が必死で縋ってくる。

「違う……違うんです……本当に、記憶がなくて……自分でもなんで……こんなこと……あ、んんっ」

弁解する俊也に、ラジーブが忌々《いまいま》しげに三本目の指を咥えさせる。ラジーブの長い指に犯されて、俊也の眦《まなじり》から涙が零《こぼ》れ落ちた。

その涙が無垢に見えるだけに、ダヤラムは焼けるような怒りが抑えられない。こんなに純真な顔をしておいて、他の男にその身を開いていたのだ。

俊也が白々しく、さらに言い募る。

「信じて……オレは……オレは本当に…………助け、て……あっ」

その時、俊也がいきなりビクンと全身を震わせた。


浴室の眺めのいい窓から雲が切れて、月明かりが差し込んでくる。その月の光にビクビクと、俊也が反応を示した。様子がおかしい。

「シュンヤ……?」

ダヤラムは俊也の背に手をかけた。

気配の変化にマハヴィルも顔を上げる。

そうして――。


月の光は太陽ほどに激しくない。ましてや室内ともなれば、微《かす》かな陽炎《かげろう》のようにしか感じられない。

けれど、その光が俊也の意識を侵食し出す。

――月の公転周期は二十八日。ほぼ、満ち欠けと一致する。

唐突にそんな言葉が頭に浮かぶ。

二十八は聖なる数。例の教団で聖数とされた、数学的には完全数と呼ばれる数字のひとつだった。

――夜こそが、我が時間……。

誰の声だろう。男性音域でいうバスよりもまだ低音で、ずしんと身体の芯にまで響く。

その声は、あぁ……。

あの夢の中で聞こえたのと同じ声だった。同じ声が、俊也を追いかけてくる。

夜――。

夜の空に浮かぶ月――。

月と聖数は同じ――。

切れ切れに、言葉が浮かんでは消えた。

月の光を浴びてこんなに身体が火照《ほて》るのは、満月の光だからだろうか――。

俊也の口が、勝手に言葉を紡《つむ》ぎ出す。

「……今夜は満月なのに、もう二日もオレを抱いてくれない。あなたたちが抱いてくれないいなら、自分で相手を探すよりほかない」

なにを言っているのだろう、自分は。

俊也の顔が驚愕の表情を浮かべる。けれど、唇だけは別の意思を持ったかのように話し続ける。

「足りない……」

手が後ろに回り、後孔に挿入されているラジーブの指を引き抜く。

「足りない……」

くるりと身体を反転させ、秘儀をともにした三人の男たちを見回す。

「足りない……」

片足を浴槽の縁に乗せ、三人の男たちを誘うように片手で乳首を、もう片方の手で自身のペニスを握り扱《しご》く。

あぁ、自分はいったいなにをしているのだ。こんな、自ら彼らを誘うような恥ずかしい真似を、なぜ。

ラジーブ、ダヤラム、マハヴィルの三人に誘いかけながら、俊也はいやいやと首を振る。違うのだと、泣きそうな目で三人に訴えた。

しかし、唇は別の言葉を紡いでいく。

「あれじゃあ、足りない……。もっと……オレをメチャクチャにして……」

ラジーブがゴクリと喉を鳴らす。

ダヤラムが魅入《みい》られたように俊也を見つめ、マハヴィルが変貌した俊也の名を切なく呟《つぶや》く。

けれど誰も、この蠱惑には逆らえない。

最初に行動したのはラジーブだった。その場で着衣を脱ぎ捨て、俊也のいる浴槽の中に入ってくる。

「これが欲しいのだろう、シュンヤ」

腰を引き寄せ、背後から立位でいきなり男性器を挿入してくる。ズブリと太いモノに犯されて、俊也の口から悲鳴が上がった。

「……あぅっ！」

片足を浴槽の縁に上げた状態で、犯された。ひと息に最奥《さいおう》まで突き刺され、脳天が痺れるような陶酔《とうすい》を覚える。ジンジンする。熱い。

「あ……あ、ぁ……ん、気持ち……いぃ……」

陶然《とうぜん》とした呟きが洩れ、いやだと瞳は涙する。けれど、身体が甘く痺れて、立っていられない。上体がフラリと傾いで、ラジーブの支えを受けた。

「そんなにこれがいいか？　淫らなやつめ」

ラジーブが喉の奥で笑う。支配する男の充足感が伝わる笑いだった。そうして力強く、俊也を穿《うが》ち出す。

「あ、あ、あ……あぁっ、ラジーブ……！」

突き上げに、俊也の果実は反り返り潤んだ。

コクリと、別の男が喉を鳴らすのが聞こえた。

「シュンヤ……わたしも……」

ダヤラムだった。熱を帯びた眼差《まなざ》しで俊也を見つめながらスーツをむしり取り、浴槽に入ってくる。

ひざまずいた彼がしたのは、俊也への奉仕だった。

「あっ……んんっ」

反り返ったペニスを口に含まれる。音を立ててしゃぶり、窄めた唇で幹を吸ってくる。

たまらなかった。よくてよくて、頭がどうかなりそうだった。

けれど、同時に涙が出る。身体の歓喜に心が完全に置いていかれていた。だってこれは、俊也自身が望んだことではない。

――いやだ……こんなの、なんで……どうして……オレ……！

容赦なくラジーブに突き上げられながら、それに悦びの喘ぎを上げて、俊也は涙する。心と身体がバラバラになりそうだった。

「あ……あ……あっ、い……いぃ……っ」

自分になにが起こっているのか、俊也にはわからない。だが、後ろをラジーブに責められ、前をダヤラムに包まれるのがたまらなくよかった。気持ちがいい。

今夜の自分は明らかにおかしい。満月が俊也を支配している。

いやだ、こんなものに支配されたくない。その支配から抜け出すために、教団を潰したのではないか。

俊也は首を振り、なんとかこの淫らな支配から逃れようとした。

しかし、その唇から絶望の呻きが上がる。

最後の一人、マハヴィルがゆらりと立ち上がったのだ。立ち上がり、先の二人同様、着ているものを脱いでいく。

現れ出た逞《たくま》しい裸身に、俊也は息が止まりそうだった。彼まで、自分では与《あずか》り知らぬ蠱惑に惑わされたら――。

いや、そもそも町で見知らぬ男と寝てしまった自分に、マハヴィルも嫌悪を抱いているかもしれない。もう俊也を愛してくれないかもしれない。そのことに思い至り、胸が軋《きし》む。

俊也を愛しているから仲間に混ざろうとしているのではない。淫らな俊也を罰するために、凌辱《りょうじょく》するために加わろうとしているのだとしたら――。

歩み寄ってきたマハヴィルに、俊也は悄然《しょうぜん》と視線を落とした。

もう愛してもらえない……。

その顎《あご》を、マハヴィルに取られる。

「シュンヤ……」

「……え」

しかし彼は、俊也を責めなかった。

代わりに、やさしくキスしてきた。いたわるように甘く、愛しむように深く、口づけられる。

「ん……んっ……ふ」

溶ける。絡みつく舌が、吸い上げる唇が、甘かった。甘くて、陶然とする。

「ん……ん、ふ……マハヴィ……んぅ」

甘えるように鼻を鳴らし、俊也はマハヴィルとの口づけに酔った。キスは、ラジーブが俊也を揺すぶり上げる間、続いた。

「……くっ！」

しばらくして、低く呻いてラジーブが達すると、マハヴィルがキスを解く。

そしてマハヴィルは背後のラジーブを押しのけた。

よろめき離れたラジーブに続いて俊也を満たしたのは、マハヴィルだった。

グチュリ、と先に出したラジーブの樹液がマハヴィルの怒張に押し出されて溢《あふ》れる音が淫らに響いた。

「あ……あぁ……そんな……」

「いいんだ、シュンヤ。おまえの心がどこにあるか、ちゃんとわかっている。わかっているから……」

「ん……マハヴィル……ぁ」

やさしい愛の言葉に、俊也の身体がジュンと潤む。奥まで入ってきたマハヴィルに、自分から襞を纏わりつかせた。キュッと窄まって、マハヴィルが小さく呻く。こめかみにキスをされた。

そんな二人の様子に、ラジーブが舌打ちする。一方、下肢で蹲っていたダヤラムはねだってきた。

「シュンヤ、わたしの口に出してください」

うっとりとした訴えだった。俊也の欲望はとっくに、ダヤラムの口中で熱く熟《う》れていた。

応じて、背後でマハヴィルが中を弄《いじ》るように腰を回した。

「……ぁ、んっ」

「やさしく中を愛してやるから、ダヤラムにおまえの蜜を飲ませてやれ、シュンヤ」

甘く囁いて、マハヴィルがゆったりと腰を使い始める。軽く引いて、やさしく突き上げ、時々入口の浅い場所を意地悪く太い部分で抉《えぐ》る。

ラジーブの激しさの次に与えられた淫らなやさしさに、俊也の肉襞がひくひくと蠕動《ぜんどう》した。苛《いじ》められる後孔から甘い痺れが全身を満たし、俊也を震えさせる。

こんなに感じてしまう自分はやはりおかしい。いやらしすぎて、怖い。

けれど、俊也の怯えをマハヴィルは敏感に感じ取り、なだめてくれる。

耳朶《じだ》にチュッと口づけられながら、囁かれた。

「大丈夫だ、シュンヤ。おまえの欲しいものはちゃんとわかっているから……愛しているよ、シュンヤ」

「ぁ……あ、ん……マハヴィル……」

涙がぽろりと流れ落ちる。身体がトロリと蕩け出すのを俊也は感じた。マハヴィルの愛に溶けていく。

ラジーブがふんと鼻を鳴らした。

「――まったく、片時も一人にするなとは、手のかかるやつだ」

そう言いながら、どこか満足そうだ。顎を取られ、今度はラジーブに口づけられた。ラジーブらしい、ねっとりとした奪うような口づけだった。

そうしてその指が、赤く腫れた乳首を抓《つね》る。

「……んんっ」

痛い。けれど、気持ちいい。

キスが終わると、唇が乳首を吸ってくれる。それに続いて、マハヴィルが奥の感じる部分を集中的に抉ってくれる。

「あっ……あっ……あっ……あぁぁ、っ！」

後孔を、果実を、乳首を、三人の男たちにそれぞれに愛されて、俊也は甘く喘ぐ。

「あー……っ！」

後ろを突き上げられて、花芯からドクンと蜜が弾けた。ビクビクと放出する身体で、乳首を淫らに吸われ、あるいは指で転がされた。

たまらない。頭が真っ白になる。それでも、欲望はまだ治まらない。

「……ん、美味《おい》しい」

ダヤラムが俊也の出したものを満足そうに嚥下《えんげ》すると、唇から果実を引き出す。

背後では、戦慄《わなな》く花襞をマハヴィルが激しく抉り、突き、俊也を強く揺さぶる。

そうしてマハヴィルが終わると、次はダヤラムだった。グチュリと挿入された。

「――シュンヤ、お洩らししたみたいになっていますよ、ふふふ」

ダヤラムが含み笑い、他の二人の男も俊也の下肢に視線を落とす。後ろはラジーブとマハヴィルの樹液で、前はまたもや実り出していた俊也自身の蜜で濡れそぼっていた。


「い……やだ、見ないで……ぁ、ぁ」

「綺麗だ、シュンヤ……」

「おまえが望んだのだぞ、シュンヤ」

恥ずかしい。それでもなお、俊也の餓《かつ》えは治まらない。三人の精も尽き果てない。

それは、秘儀で結ばれた彼らだけが味わえる、狂《きょう》宴《えん》だった。月が満ちるごとに、その果てしない宴《うたげ》は繰り返される。

これはその始まり――。

淫らな夜は深々と更けていった。

終わり

moon garden

淫花～背徳の花嫁～

淫月～運命の花嫁～

■はじまり…■

「はあ……」

杉浦佳久《すぎうらよしひさ》は呆気に取られた顔をして、それを見上げた。華麗な邸宅は、恋人の一人であるフランツの住まいで見ていたが、しかし、ここはまた違うベクトルで豪奢だ。

鮮明な日差しに映える白亜の王宮は、イスラムとインドが絶妙に融合したムガール帝国時代の造りで、この鮮烈な白さを保つためにいったいどれほどの手間をかけているか考えるとクラクラする。

ポカンと口を開けて魅入っている佳久に反して、同じ車から降りてきた二人の恋人、フランツ・アルベルト・フォン・オーベルクとレジナルド・チャンの二人は文化の違う壮麗な建造物を優雅に観賞する眼差しだ。

オーベルク公爵であるフランツはともかく、レジーは中国系アメリカ人として苦労して立身出世を遂げた男だ。多少は佳久と心境を同じくしてもおかしくはないのに、ちっとも怯《ひる》んだ様子にならないのが癖だった。

それとも、プルシャとしての記憶を持っているからだろうか。

——でも…。

と、佳久はチラリとレジーの端正な横顔を窺《うかが》う。

育ちも境遇も違う佳久たち三人が、今こうして『恋人』という括りでいるのには、他人に話せばけして理解してもらえない理由がある。

佳久もレジーもフランツも、共通した前世を持っているのだ。それも、数千年以上も昔の。

その遥か遠い過去、フランツは王スーリヤで、佳久はその神子チャンドラ、レジーはチャンドラを王の神子とするための秘儀の相手となった僧侶プルシャであった。

スーリヤもプルシャもチャンドラを愛し、チャンドラも最終的には二人の男をそれぞれ違う愛情で愛した。

　そうして数千年の時が過ぎ、あるきっかけから目覚めたプルシャ――レジーは神子チャンドラの転生した人物を探し求め、王スーリヤもまた神からの罰で永劫の時を生きながら愛しい神子チャンドラを求め続けた。

　今、三人は巡り合い、再び愛を育《はぐく》もうとしている。

　しかし、である。

　スーリヤとしての自我を保ったまま転生を繰り返したフランツ、目覚めてのちはプルシャとの融合を果たしたレジーと違い、佳久にとってチャンドラとして生きた過去はあくまでも別の人生のままであった。

　転生自体はもう否定していないが、自分がチャンドラであったという一体感とでもいう気持ちはない。佳久にとってあくまでも、チャンドラはチャンドラ、自分は自分であった。

　だから、神子チャンドラがどれだけ優雅な生活を送っていようと、佳久自身の経験として感じてはいないから、こうして博物館か観光物のような宮殿を目にして思うのは「これが住まいだなんてすごすぎる……」という庶民的な感情である。

　そこのところが、どうもフランツやレジーとは違う。

「なかなかいい屋敷だ、ラジーブ」

　迎えに出てきたこの宮殿の主ラジーブ・シュリーヴァースタヴに、フランツがにこやかに賛辞を送る。豪奢な金髪が眩しいほどの日差しに煌めき、数十年の時が経とうとも失われない王のオーラを放っている。

　それに対応するラジーブもフランツに負けていない。彼はこのナンディのマハラジャの王子だった。

「こじんまりとしているが、休暇で遊ぶにはちょうどいいだろう。我が家と思って寛いでくれ」

　そんな具合に応じている。

　王者同士のやりとりに、レジーがクスリと笑って、佳久に視線を送ってきた。

「これで『こじんまり』とはね」

目をグルリと回す仕草はアメリカ人そのものだ。

しかし、根底にはすっかり気圧《けお》されている佳久の気持ちをほぐそうというやさしさが潜んでいる。

その思いやりに応えようと、佳久は緊張に強張った微笑みをなんとか返した。

「本宅はどんな広さなんだろうね」

そう言うのが精一杯だ。フランツの本宅に泊まった時もそうだったが、ここでもなにか壊したりしないだろうか、間違ったことをしでかさないだろうかと、気が休まらないに違いない。

――チャンドラはともかく、オレはしがない地方公務員だったんだからさ……。

夢で見たチャンドラのように、当然のような優雅さで暮らすことなんて無理だ。

しかし、今回はラジーブたちからの招待だ。受けてしまった以上、なんとかボロを出さないようにこなさなくてはならない。

と、そんな覚悟を改めて自分に言い聞かせた時だった。明るい声が佳久に向けられる。

「佳久さん、来てくれて嬉しいです!」

嬉しそうな青年が、佳久へと駆け寄ってきた。上気した頬、キラキラと輝く黒瞳が魅力的だ。

佳久の表情もホッと解《ほぐ》れた。

「俊也くん、久しぶり」

日本人の彼はラジーブの――というより、ラジーブたちの――恋人、向井俊也《むかいしゅんや》だ。彼も佳久同様、複雑な事情で、あり得ない関係に引き込まれていた。

つまり、佳久にはフランツとレジーという二人の恋人がいるが、俊也にはそれが三人なのだ。

一人は、今フランツと話しているラジーブ・シュリーヴァースタヴ。

残りの二人は俊也とともにゆっくりと、宮殿から歩み出てきたインド政界の名門ワーディヤー家の御曹司ダヤラムと、こちらは財界の名門パテール財閥の嫡子マハヴィルである。

どちらもラジーブとそこそこ劣らない偉丈夫で、生まれ・育ち、さらには資産的にも優れた男たちだった。

ドイツの名家オーベルク公爵家——財閥でもある——のフランツ、アメリカン・ドリームを実現させた実業家——当然資産は数千億単位——のレジーの二者も合わせたら、この五人だけでいったいどれだけの資産・力があることだろうか。佳久には想像もつかない。

そんな五者がそれぞれ愛するのが、日本の単なる大学生であった俊也と、同じくしがない地方公務員であった佳久だった。能力的にはもちろん、いずれ劣らぬ華やかな容姿の彼らに対して、佳久も俊也もあまりに普通の日本人だ。

時々、そんな運命の変化に二人ともついていけない気持ちになる。

そういう感情を分かち合える唯一の相手として、佳久と俊也は年齢差を超えて親しくなっていた。

「佳久さんがインドに来てくれるって聞いて、すごく楽しみだったんですよ。いっぱい観光案内しますから、楽しんでくださいね！」

「それは楽しみだな。インドは初めて……じゃないけど、まあ前回はあれだったたし、じっくり観光できるのは今回が初めてなんだ。よろしく頼むよ、俊也くん」

「はい、任せてください！」

俊也が元気よく胸を叩く。佳久には弟がいたが、その弟よりもさらに四歳は若い俊也は、もう一人の弟のようで可愛い。

つい微笑ましい思いで目を細めると、フランツが咳払いしてくる。

「観光はいいが、けして二人だけで行くのではないよ。危険だ」

「まったく……ヨシヒサはともかく、シュンヤはいつになったら自覚ができる」

呆れたようにラジーブが俊也を見やる。

するとと、俊也に甘いダヤラムが彼の肩を持つ。

「大丈夫ですよ。二人が行く場所は、わたしのほうで人払いをさせておきますからね」

「おいおい、権力を使って観光地を立ち入り禁止にする気か？　――そんな顔をするな、シュンヤ。俺がちゃんとガードしてやるから。フランツもレジーもいるしな」

そうだろう？　とでもいうように、マハヴィルがフランツとレジーに視線を送る。

もちろん、とレジーが頷く。

「観光地を空にしなくとも、全員で二人をガードすれば問題ない」

「そうか？　見学に他の観光客は邪魔だろう。人払いはいい案だよ、ダヤラム」

フランツがなんでもないことのようにダヤラムの意見のほうに同意を示す。そうして優雅に、佳久へと微笑んだ。

「人ごみの中での観光は疲れるだろう、佳久。人がいなければ、本来の静寂も味わえる」

「え……と……」

佳久はなんと言ったらいいのか困惑する。たしかに、自分たちだけで観光地を独り占めするのは贅沢な誘惑だ。

しかし、本当にそんなことをしていいのだろうか。急に立ち入り禁止になどされたら、せっかく観光に来た人々にも迷惑だ。

――そういうことあっさり言っちゃうんだもんなぁ……。

彼らの言うことはあまりにスケールが大き過ぎて、佳久を困らせる。

つい、俊也に視線を向けると、彼もなんとも言えない顔をしている。

「あの……とりあえず中に入ろうよ、暑いし……」

それは問題を先送りにする言葉だった。今ここで言い争ってもどうしようもないと判断したのだろう。

賢明な判断だ。

佳久も急いで頷く。

「あ、ああ、そうだな。エアコンが効いた部屋の中に入りたいな」

「これはすまなかった、ヨシヒサ。フランツもレジーも、さあ、こちらに」

暑いという俊也の言葉に、ラジーブが即座に反応する。すぐに屋内へと案内してきた。

俊也も佳久の手を引く。

「冷たいものも飲みたいでしょう？　アイスティーがいい？　それとも、ビールとかのほうがいいかな」

「じゃあ、お茶で」

そんな二人のやりとりの背後で、マハヴィルが肩を竦《すく》めている。

「そちらはお茶よりもシャンパンのほうがいいだろう？　ここにはラジーブの趣味でいいのが用意してあるんだ」

「それはいい。いただこう」

フランツが悠然《ゆうぜん》と応じる。レジーも「悪くない」と答えている。

ホストであるラジーブは早速、使用人に合図をしていた。同時に、すでに決定事項であるかのようにダヤラムと話し始める。

「予定が決まり次第、観光する場所を立ち入り禁止にしよう。二人一緒に歩かせるのはやはり危なっかしい」

「ええ、そうですね。大丈夫ですよ、すぐ手配できますから」

その声は、先に屋敷へと入った佳久たちには聞こえなかった。

――どうやったら普通に観光できるかな……。

なにも知らない佳久が、一人頭を捻っていた。

■月光に打たれて■

髪を拭《ふ》きながら浴室から寝室へと出て、杉浦佳久はベッドに腰を下ろした。

湿り気があらかた取れたところで、タオルをベッドの上に放り投げる。そうして、コロリと転がった。大きく両手を広げて天井を見上げ、ため息をつく。

「疲れた……」

ドイツからインドへの長い飛行機の旅に、デリーに到着してからは車での移動だ。座っているだけとはいえ、長距離の移動はなかなかこたえる。

二人の恋人を持つ佳久は、ほぼ一月交替でアメリカとドイツ、それぞれの恋人の住む国に移動を繰り返しているが、だからといってそう簡単に移動の日々に慣れるものではない。

もちろん恋人——フランツもレジーも佳久から見ると信じられないくらいの資産家で、移動にはいつも高額なファーストクラスの席を用意してくれているが、それが却《かえ》って佳久を疲労させている部分もある。

これが自分の稼いだ収入から支払っているのなら、佳久もそれほど気疲れしなかっただろう。むしろリッチな気分を存分に味わって、楽しい空の旅をしたかもしれない。

しかし、実際には佳久程度の稼ぎでこんな贅沢《ぜいたく》なできるわけがなく、従ってどう考えても分不相応な気分が拭えず、結果気疲れしてしまう。

元々佳久は、しがない地方公務員の身だったのだ。もちろん、その職を得るためにかなり努力をしたし、自分の身分に不満はなかった。安定した職は、今の日本ではかなりの魅力だ。

けれど現在は、様々な事情からその職も辞している。

つまり、佳久は無職ということだ。全面的にフランツとレジーの世話になり、彼らのおかげでとんでもない贅沢な日常を送っている身分である。

これでたとえば佳久が女性で、フランツかレジーのいずれかの妻であるというならば、まだ現状を受け入れやすかっただろう。資産家の男性と結婚した妻が、夫の財産で豊かに暮らすのは別におかしな話ではない。

だが、佳久は男だった。ごくごく真っ当な男性で、己が同性の愛人生活を送ることになるなど想像したこともなかった。

もちろんやむを得ないのだということはわかっている。話せば長い複雑な事情があって、佳久が公務員を辞め、二人の男たちの恋人として暮らすのがもっとも妥当なやり方なのだということは承知していた。

承知はしているが、慣れるのは難しい。

豪華な邸宅、贅沢な調度品、傅《かしず》く使用人、身に着けるものも、使用するものも、もちろん口にするものだってすべて一級品ばかりだ。

平凡な身の上で、これに慣れろというほうが難しいのではないか。佳久はそう思う。

唯一の救いは、自分と同じ境遇《きょうぐう》の人間がもう一人いるということだ。

「俊也くんは毎日こういう暮らしをしているのか……」

自分より六歳年下の青年の名を、佳久は呟《つぶや》く。前世の因縁絡みの佳久とはまた違った理不尽な理由で、向井俊也の運命は変えられていた。

彼には三人の恋人がおり、彼らとともにインドで暮らしている。

しかも、家族と連絡の取れている佳久と違い、俊也はまったくの行方不明状態になっていた。

気の毒なことだが、やはりこちらもやむを得ないことだった。

ベッドに広げていた両腕を上げて、佳久は自分の手を眺めた。なんの変哲もない成人男性の手だ。

自身の目に、佳久は今でもごく十人並みの普通の男に見える。

しかし、俊也がそうであるように、佳久もまた以前の佳久とは変わっていた。より魅力的に――。

夢で見た前世を、佳久は思う。夢の中で、佳久はチャンドラという名の神子《みこ》であった。

そこは不思議な国で、現在よりも神々の息吹きが濃厚に漂う地だった。

ラシャクタラという名のその王国では、神の加護を得るためにある特殊な方法をとっていた。

神の前での異常な交歓――。

そう。ラシャクタラの神はなにより、人々の欲望に塗《まみ》れた交わりを求めたのだ。

選ばれた神子は神像の前で、同じように選ばれた僧侶と神聖な数だけ交わる。

およそ半年に渡る儀式ののち、神子は神の恩寵《おんちょう》で満たされ、聖なる存在となる。

そうして神子は王のもとへと差し出され、儀式の相手となった僧侶は殺される。

佳久――チャンドラもかつてはそうやって、王スーリヤのもとに遣わされた。

けれど、チャンドラが愛したのは殺された僧侶プルシャで、その愛憎の果てに長く繁栄したラシャクタラ王国は滅んだ。

チャンドラへの愛のために王国を滅ぼした王スーリヤに、ラシャクタラの神は罰を与えた。永劫に死んで、また生きることを。

そうして数千年の時を経《へ》て、スーリヤとチャンドラ、さらにはプルシャは再会を果たした。平凡な日本人となっていた佳久と、転生した王フランツ、目覚めた僧侶レジーとして。

今、三者はともに理解し合い、生きている。佳久はそれぞれに異なる愛情で二人の男を愛し、フランツとレジーもそんな佳久を受け入れた。古代の秘儀こそ行わなかったが、かつてのラシャクタラの神像の前で、性儀によって佳久たちは神に誓った。

そのせいだろうか。転生した身としては秘儀を行っていないはずの佳久にも、かつての神子の特徴がわずかに現れている。

つまり、不可思議なフェロモンのような磁力が、それまでの平々凡々な身から佳久を変えていた。

ただし、あくまで残り香のようなものだから、かつて神子だった時ほど強烈なものではない。

問題なのは俊也のほうだ。今生《こんじょう》では神子と化していない佳久と違って、俊也は半ばで終わったとはいえ秘儀を受けてしまっていた。しかも、二十八年ごとに選ばれる神子であった佳久と違い、俊也の立場は四百九十六年に一人の真神子《しんみこ》である。

その立場の違いが、半端な儀式とはいえ俊也をほとんど神子のようなものに変化させてしまっていた。

彼のフェロモンは強烈だ。ただそこに立っているだけで、男も女も俊也に目を止めずにはいられない。中にはもう淫らな視線で、彼を見つめる者もいた。

ラジーブ、ダヤラム、マハヴィルという庇護者《ひごしゃ》がいなければ、俊也の身がどうなったか考えるのも恐ろしいばかりだ。

あの磁力には、たとえ血を分けた家族といえども抗《あらが》えないだろう。

そのため、俊也は失踪者となるよりほかなかったのである。

気の毒な話だ。

「なにかしてやれるといいんだけどな……」

呟きながら、佳久は目を閉じた。


すっかり辞するのが遅くなってしまった。

ラジーブたちとアルコールを楽しんでいたのだが、少し深刻な話もあり、気がつけば佳久たちが出ていってからずいぶん時間が経《た》ってしまっていた。

レジーはフランツとともに与えられた客室へ向かいながら、小さく息をついた。

それを耳聡く聞きつけたフランツが、苦笑を向けてくる。

「なかなか面倒な話だったな」

そう口火を切ってきた相手に、レジーも渋面を返した。

「そもそも、始めたものを完遂《かんすい》しなかった話など聞いたことがない」

使用人などに聞かれても問題ないよう、ぼかして答える。

フランツが肩を竦めた。

「わたしもだ。さて、どうしたものか……」

軽く首を傾げながら、フランツが自室とは違うドアの前で足を止める。

思わず片眉を上げたレジーに、フランツはそそのかすような人の悪い笑みを向けてくる。

「なんだ、行かないのか？」

レジーが来ないのなら自分一人で訪ねると言いたげなフランツに、レジーは「まさか」と応じる。

ただし、一言つけ加える。

「ヨシヒサはいやがるだろうが」

「いやがったらやめるのか？」

フランツはどこか楽しそうだ。金色の髪に冴えたブルーの瞳には、王スーリヤの面影はまったくない。おまけに性格も、かつての傲岸《ごうがん》不遜《ふそん》な王であった時とはずいぶん変わっていた。

しかし、やり方は変わっても肝心なところで我意《がい》を通すのは変わっていない。相変わらず、彼は王だった。

レジーはため息をつく。

「いやだという言葉でやめられるのなら、ヨシヒサももっと楽になるのだがな」

とはいえ、レジーもプルシャのままではない。常にやさしい恋人プルシャであった時ならば、佳久の疲労を慮《おもんぱか》ってフランツを止めたのだろうが、レジーとしての生も加わったことで、こちらにも変化が生まれている。

今月、フランツのもとに佳久はいた。もう半月、レジーは佳久を味わっていない。フランツが犯《や》るというのなら、止められない自分がいた。

フランツがフッと目を細める。

「おまえも……本当に変わったな。だが、恋する男《ライバル》ならばそのほうがいい」

「あなたも……王であった時よりもずいぶん、己に素直になった」

ライバルであってライバルでない。不可思議な関係だが、不快ではない。佳久あってこそのフランツであり、レジーであった。

フランツの言葉が変わる。

『我ら二人からの愛を受けるのだ。ヨシヒサには存分に受け止めてもらわねばなるまい』

懐かしい故郷、ラシャクタラの言葉。

レジーも微笑んだ。

『ええ、そうですね。こうして誰憚《はばか》ることなくヨシヒサと愛し合えるなど、望外の幸福です』

同じ言葉で王に応じ、レジーはフランツが悠然とドアを開くのを見つめた。


寝室は明るかった。

灯《あか》りがついたままの室内で、佳久がベッドに寝転んでいる。

フランツは大きなストライドでベッドに歩み寄り、起き上がらない佳久を見下ろした。

「眠っている……」

呟くと、佳久を挟むように反対側に立ったレジーが、腰を下ろしてフランツを見上げてくる。

「ちょうどいい。脱がせてしまおう」

そう言いながら、手は佳久の髪を愛しげに撫でている。

本当に、ずいぶん変わったものだとフランツは思った。かつてのプルシャならば、寝入っている恋人の着衣を勝手に剝《は》ぎ取ることなど思いつきもしなかっただろう。

だが、長い生が王スーリヤを変えたように、転生後の自由な人生がプルシャも変えた。

今の彼は、かつての傅くばかりの僧侶プルシャではない。自由の味を知るアメリカ人、レジーだ。

そういう彼を、フランツも存外気に入っていた。

「わたしたちが来ることは予想できるだろうに、わざわざ入浴の後に寝間着を着ているなど、無粋《ぶすい》なことだな」

フランツもそう応じる。レジーとは反対側に腰を下ろし、佳久の寝間着《ねまき》に手をかけた。

「日本人の奥ゆかしさ、か」

レジーがそう呟くのに、フランツも低く笑う。

スーリヤとしての自我のまま転生を繰り返したフランツ、目覚めてじきにプルシャであった過去と転生後の現在の整合性が取れたレジーと違って、チャンドラとしての自我と融合を果たしていない佳久には、今生の日本人としての人格が濃厚だった。

謙虚《けんきょ》で控え目で、どれだけ贅沢を味わわせても戸惑いをなくせない。

物心つく頃には神子としての人生を歩んでいたチャンドラとは違い、いつまで経っても慣れない風情《ふぜい》が微笑ましい。

そんな彼が、気づいたら全裸になっている自分にどんな顔をするか。想像するだけで楽しくなる。

フランツは手際よく上衣を脱がせたレジーに続いて、佳久の下衣を脱がせていった。

と、レジーが立ち上がる。ヨシヒサが恥ずかしがるだろう」

「灯りを消してくる。ヨシヒサが恥ずかしがるだろう」

フランツとしては煌々《こうこう》とした灯りの下で佳久を抱いてもかまわなかったが、レジーには気になるのだろう。佳久のためにそんな気を回すところは、やはりプルシャだった。

『よかったな。プルシャもそなたのそばにいて』

ラシャクタラの言葉でやさしくそう囁きながら、フランツは佳久の下肢から着衣を奪い取っていった。

下着まで剝ぎ取ったところで、灯りが消える。あとは、大きなフランス窓から差し込む月の光だけになる。

ちょうどその淡い光がベッドに当たり、ぼんやりと佳久の裸身を照らし出していた。

戻ってきたレジーが目を細めた。

「綺麗《きれい》だ……」

チャンドラであった時の年齢をすでに超えている佳久は、二十七歳。いくら東洋系が年齢より若く見えるといっても、立派に大人になっている。

素直な漆黒の髪に、彫りの浅い顔立ち。ちんまりとした鼻梁《びりょう》は、まるでビスクドールのようだ。

すんなりとした手足、スレンダーな身体は少年めいているが、それでも本当の少年よりは身体つきはしっかりしている。

柔らかな象牙色の肌、それに相応《ふさわ》しく胸も桜色で可愛らしい。視線を下肢へと滑らせれば、淡い下生えに飾られた性器も、ピンク色で初々《ういうい》しかった。


フランツはそれを充分に観賞して、自身のスーツに指をかける。

レジーも無言で、佳久を見つめながら着衣を脱ぎ始めていた。スーツのジャケットを脱ぎ捨て、夕食の席に相応しいが遊び心のあるシャツのボタンを外す。

カチャカチャとベルトを弛《ゆる》める音、ジッパーを下げる音が暗くなった寝室に響く。

すべてを脱ぎ捨てた下腹部で、雄の部分が隆起しているのはどちらも同じだった。

「まったく……まいったものだ」

ベッドに上がりながら、フランツはぼやいてみせた。

レジーがチラリとフランツを見やる。

それに肩を竦めて、フランツは続けた。

「どれだけ抱いても、まだこんなにヨシヒサが欲しい。お互い、もう十代の時期は過ぎているのだがな」

そう言うと、レジーも小さく笑った。

「たしかに。かつてのような神子の磁力はずいぶん小さくなっているはずなのに、あの頃と同じように……いいや、それ以上にヨシヒサに欲情してたまらない。何度抱いても欲しくなる。そういえば――」

ふと思い出したように、レジーが問いかけてくる。少し人の悪い顔になっていた。

「いないはずのわたしを交えたセックスは、どうだった？　ヨシヒサは……すごいでしょう」

それは、ほんの悪戯で始めた行為だ。

拠点が離れているフランツとレジーに合わせて、佳久は一月毎にドイツとアメリカを行き来している。そのため、三人での行為は案外少なかった。

それである時レジーが、もしここにフランツがいたら……と、佳久に囁いたのだ。

効果は、思いもかけないものだった。

寝入っている佳久の胸を撫でながら、フランツが唇の端に笑みを乗せた。

「よもや、ああいうことになるとはな。わたしに抱かれながら、ヨシヒサがどれだけ君に責められて鳴いたことか」

「わたしの時もですよ。特に、後ろに嵌《は》められながら、前を口淫されるのがたまらないらしい。胸も弄《いじ》られたかのように、ビクビクさせていた。こんなふうに……」

まだ眠っている佳久の乳首を、レジーがキュッと抓《つま》む。クリクリと転がし、突起が起き上がるように苛《いじ》めた。

「…………ん」

小さな声を上げて、佳久が身じろぐ。と、すぐに胸の先が可愛らしく起ち上がっていく。

ツンとなった乳首に、レジーは唇を落とした。チュッと吸って、唇で含んだまま舌の先でチロチロと舐める。

とたんに、佳久からあえかな声が上がった。

「ぁ……あ、ん……ふ」

ビクンビクンと胸が反る。触れられていないもう片方の乳首も可憐《かれん》に震えて、存在を主張し始める。

触れて、とそれは言っているように思えた。

フランツは指先で、そっとそれを押し潰した。

「あっ……ん……ぁ」

ピクン、とまた佳久の胸が反った。

「可愛いな」

「ええ、本当に」

レジーは乳首を吸い、フランツは指で弄る。

少しずつ、佳久の呼吸が荒くなっていく。下肢がもじもじと動き、時折腰が突き上がるように揺らいだ。

「ヨシヒサ……」

フランツはそっと囁き、佳久の唇をキスで塞《ふさ》ぐ。甘い唇の芳《かぐわ》しさにうっとりしながら、ゆったりと愛しい恋人の唇を割り、その口中に舌を侵入させた。

「……んっ……ふ」

濡れた吐息を、佳久は鼻から洩《も》らす。キスに無意識に応える唇が愛しかった。

しかし、それも覚醒《かくせい》していく。

やがてゆっくりと、その目蓋《まぶた》が開いていった。

ビクン、と身体が硬直する。

「ふ……ん、ふ……ゃ……っ」

上がる声に抗いが混じり始めた。

かまわず、フランツは深く、佳久の舌に舌を絡ませ続けた。

「んっ……ゃ……やめ……あ、んぅ……」

目覚めた時にはもう二人に身体をまさぐられていて、動揺しているのだろう。

しかし、その身体がビクンと戦慄《わなな》く。

キスの合間に視線を走らせると、レジーが佳久の性器を握っていた。それが扱《しご》く形で動き出す。

「ん、っ……ふ……ゃ、あ……」

佳久の手がレジーの腕を摑む。なんとか自身から引き剝がそうとするが、レジーの手の淫らな動きに、足のほうは逆に開いていく。

チュウ……と長く、レジーが佳久の胸を吸う音が小さく聞こえた。

　フランツがキスを解くと、「あぁぁ……」と佳久があえなく喘ぐ声が上がる。

　レジーで声が出るのが妬《ねた》ましくて、フランツも悪戯《いたずら》していた指の動きをやさしいものに変えた。抓《つま》んで転がすものから、触れるか触れないかの位置でそっと弄るものに。

「ぁ……や……や、んっ……それ、ぁ」

　微妙な触れ方に、佳久の身体がビクビクと震えた。もっと弄ってほしいとでもいうように、胸が軽く反る。

　そっと触れて、クニと乳首を押してやると、プルプルとさらに胸の先を硬くした。

　その様子を受けてレジーも唇を離し、乳首をわざと外してキスを始める。時々掠めるように唇が触れると、佳久が胸を切なげに喘がせた。

「んん……や、っ」

「どうしてほしい、ヨシヒサ」

　意地悪く、フランツは訊《き》いてやる。佳久の身体が淡い愛撫ではなく、もっと濃厚な愛技を求めていることを知りながらの言葉だ。

　佳久が唇を噛みしめて、フランツを見上げてきた。ひどい、とその目は怨《えん》じている。

　けれど、与えられるじれったい愛撫に、身体は抗えない。ヌチュ、とねばついた音が下肢から聞こえてきた。

　レジーがクスリと笑う。

「ああ、濡れてきたな」

「あっ……やぁ、っ」

　佳久から嬌声《きょうせい》が上がった。先端に滲《にじ》み出した蜜を、レジーがわざと広げるように指先で円を描いて弄り始めたからだ。

「や……いや、っ……あ、あ……やめ」

「チュクチュクいう音が大きくなってきているのにか？」

　上体を起こして佳久の痴態《ちたい》を見つめながら、フランツは残酷に言ってやる。

とたんに、佳久の白い肌が朱《しゅ》に染まる。

「ひど……こんな、寝ている間に……あ、あんっ」

やわやわと触れていたフランツの指が、いきなりキュッと乳首を抓み、佳久から濡れた悲鳴が上がる。

「……また蜜が溢《あふ》れてきた」

フフ、と含み笑いながら、レジーが言ってくる。

フランツからの手荒い刺激に反応した佳久の性器を、目を細めながら扱く。

下に、上に、そうして蜜の盛り上がった先端にグニュ、と親指を立てる。

「やぁ……っ」

佳久の足がシーツを掻き、仰《の》け反《ぞ》った。

なんと愛しい眺めなのだろう。

フランツはうっとりと、自分たち二人の手に淫らに反応する佳久を見つめた。恥ずかしいと拒む悲鳴も耳に快い。

チラリとレジーを見やると、彼の下腹部も興奮している。もちろん、フランツのモノも同様だった。

早く、佳久を貫《つらぬ》きたい。

しかし、今夜の最初はレジーに譲《ゆず》ってやるのが筋だろう。彼はもう半月も、佳久に触れていない。

「ヨシヒサ、まだイッてはいけないよ」

そう言うと、フランツはレジーの手を恋人の性器からそっと押し退けた。

問いかけるように片眉を上げたレジーに淫蕩《いんとう》に唇の端を上げ、フランツは佳久の身体に手をかける。四つん這いになるよう、その身体を転がした。

「…………ぁ」

なにをするのだと、佳久が顔を上げる。その眼前に、フランツは自身の剛直《ごうちょく》を突き出した。

レジーもすでにフランツの意図を察している。四つん這いになって顔を上げる佳久の背後に、彼は静かに移動していた。そうして囁く。

「フランツを悦《よろこ》ばせてやるんだ、ヨシヒサ。わたしは、あなたのこちらを楽しむ」

「……あっ」

ヒクン、と佳久の背筋がたわんだ。レジーの長い指が、尻の間《あわい》を開いたからだ。

フランツは佳久の顎《あご》を取る。

「ヨシヒサ、口を開けなさい」

「あ……あ……」

喘ぎながら、佳久の唇がフランツを求めるように開かれた。恥じ入るように、その肌は朱に染まっている。

しかし、三人での交歓を望むのは、佳久も一緒だ。

「ん……んぅ……」

熱い唇に、フランツはやさしく己の欲望を含ませていった。

「あぁ……」

思わず洩れたため息は、フランツのものだ。

佳久の口腔《こうこう》は熱くて、濡れていて、たまらなく心地いい。どうしようもない羞恥に塗《まみ》れながらも、美味《おい》しそうに男のものにしゃぶりつくのも最高だった。

後孔では、レジーがチュッと開いた尻の間にキスをしている。

すぐにねっとりとした舌にそこを舐められて、佳久の腰が震えた。

「ん……んっ……」

フランツの充溢《じゅういつ》に吸いつきながら、佳久の下肢が揺れる。舐められることに感じている仕草《しぐさ》だ。

チャンドラとしての融合を果たしていなくても、佳久の身体にはチャンドラの記憶が残されていた。

それが証拠に、彼は当初からフランツとレジーの手に反応した。甘く熟《う》れて、未通の身体だというのにそれぞれの雄を健気《けなげ》に呑み込み、甘い喘ぎを上げた。今ではすっかり、抱かれるための肉体へと変化している。

「んん……っ」

長い指が後ろに侵入して、佳久の声が上がる。チュクチュクと指を食いしめていく様を、フランツは目を細めて眺めた。

レジーも興奮した眼差《まなざ》しで、指を咥《くわ》え込む佳久の肉襞《にくひだ》を見つめている。

「もう……中が絡みついてきている」

「わたしたち二人に愛されているのだ。熟すのも早いだろう」

早く挿《い》れてやれと、フランツはそそのかす。

しかし、レジーは慎重に、もう一本指を挿入した。

「んっ……ん、ふ……」

フランツをしゃぶりながら、佳久から甘い吐息が抜ける。チュク、と花襞がレジーの指に絡みつく粘着音が聞こえた。

「いやらしい音だ。おまえも、早くレジーが欲しいのだな、ふふ」

言葉で佳久を嬲《なぶ》ってやる。

「ふ……や……」

涙目で、佳久がフランツを見上げてきた。しかし、腰のほうはじれたように微かに揺らぐ。

レジーが「しようのない子だ」と呟いた。そうして、佳久に囁く。

「そんなにもの欲しげにしていてはいけない。あなたのモノから涎《よだれ》が、シーツに糸を引いている。もっと太いモノが欲しいのだな」

見ると、四つん這いになった下腹部で、佳久の果実が淫らに腹につき、先端から蜜を滴《したた》らせている。粘液が糸を引き、シーツへと垂れている。

淫靡《いんび》で、男を興奮させる眺めだった。

「んっ……ん……」

涙が、佳久の目尻から一滴落ちる。透明な、綺麗な涙だった。こんなふうに、男に翻弄《ほんろう》される自分にたまらない思いがするのだろう。

しかし、口にされた言葉は淫猥《いんわい》だった。

「ほ……ほし……ふ、んぅ」

フランツを咥えたまま、呂律《ろれつ》の回らない舌で「欲しい」と答える。背筋がたわみ、腰が誘うように揺れる。

どれだけ恥ずかしくても、ふしだらでも、佳久のすべてはフランツとレジーのものだった。

こうやって佳久は、いつでも二人を悦《よろこ》ばせてくれる。昂《たか》ぶらせる。

レジーの喉がコクリと鳴った。半月近い禁欲の果てのその誘惑に、どんな雄も耐えられるわけがない。

指が引き抜かれ、足の間にレジーが腰を進める。猛りきったモノの切っ先が、佳久の蕾《つぼみ》を掠めた。

「…………ぁ」

「ヨシヒサ、レジーの男がおまえの中に挿入《はい》っていくよ」

見えない佳久のために、フランツは実況してやる。グチュ、とレジーの雄芯《ゆうしん》が佳久の花びらを開いていった。

佳久の背筋が、ビクンと硬直する。フランツを咥えている唇が大きく開いた。

「ぁ……あ……あぁ……あ……」

「ん……ヨシヒサ」

ゆっくりと、レジーは佳久の中に自身を挿入していった。太い先端で限界まで襞が広がり、それがクチュンと窄《すぼ》んで張り出した部分を呑み込んでいくのを、フランツは凝視する。吸いつくように、佳久のそこはレジーの充溢を咥え込んでいった。

——なんて淫らな……。

軽く揺すりながら、レジーは根元まで佳久の中に自身を埋め込んでいく。

佳久の腰が揺れる。いやらしく、レジーを呑み込む襞が音を立てる。チュ……クチュ、と。

「…………んっ」

ついに根元まで挿入を果たし、レジーが太く息をつく。満足の吐息だった。

レジーを咥え込んだ佳久の襞口も、ヒクヒクと震えている。吸いつくように蠢《うごめ》いた。

——今夜はどれだけ、ヨシヒサのそこに放つだろう。

早く、ヨシヒサの中に胤《たね》を蒔きたい。

どちらからともなく、フランツとレジーは視線を見交わした。

「――動くよ、ヨシヒサ」

「歯が当たらないようにしなさい、ヨシヒサ。わたしも動くからな」

佳久の濡れた眼差しが上がる。

三人での交わりが始まった。


「は………ぁ、んっ」

ほの白い身体が跳ねる。闇の中なのに、その裸身は微かに燐光《りんこう》を発しているかのように煌《きら》めいていた。

レジーは目を細めて、フランツに貫かれて身悶えている佳久を眺めた。

今宵《こよい》はもう何度、交わったか。

フランツと交互に、何度佳久を貫いただろう。しかし、まだ満足していない。もっと欲しい。

フランツに抱かれて喘ぐ身体を、月の光が包んでいる。

陶然《とうぜん》と、窓の外へと向けられている視線はなにを見ているのだろう。

悦楽に滲《にじ》み、佳久の視線は定かでない。

レジーはベッドから立ち上がると、バルコニーへと通じる窓を開いた。

「あ……あぁ……っ」

遮るもののなくなった月光が、さらに艶やかに佳久を照らし出す。

月の光を受けて、佳久はいっそう淫らに全身をひくつかせた。

「んっ……ヨシヒサ」

剛直を食いしめている中も、かなりの反応を示したのだろう。フランツが眉をひそめ、呻《うめ》く。

その目がチラと、窓辺のレジーに向けられた。なにが起こっているのだと問うているのだろう。

焼けつく太陽ではなく、かそけき月の光にこそ、神の息吹は届けられる。

『王よ、やはりこの地のほうがより神に近いようだ』

来い、とレジーはフランツを差し招く。もちろん、佳久とともにだ。

二人がなにをしようとしているのか、男たちの充溢に責められて我を忘れている佳久は気づかない。

悦楽に戦慄く身体を、フランツが鍛《きた》えた腕で抱き起こした。

「あ……あぁ……」

起き上がった身体を膝の上に乗せられて、より深くなった結合に佳久がため息のような喘ぎを洩らす。

愛しげに、フランツは佳久に囁いた。

「しっかり摑まっていろ」

「あ……ん……うん……」

ギュッと、神子の腕が王の背に絡みつく。

佳久と繋がったまま、力強くフランツが立ち上がった。

「あ………ひっ……やぁ、っ！」

衝撃に、佳久の目が見開かれた。悲鳴が上がる。

「やっ……なに、これ……やめ、っ、あっ……あっ……あっ……あぁう、っ」

歩くごとに内部を突き上げられ、揺さぶられながら、佳久はバルコニーへと運ばれる。

ビクビクと跳ねる身体、けして軽くはないだろう佳久を、フランツは苦もなく運び、バルコニーへと出た。

「や……助け……レジー……あぁ」

レジーの姿を認め、佳久が救いを求める。その頬を、レジーはやさしく撫でてやった。

「いやじゃない、イイだろう？ またイッている」

視線を下腹部に移し、含み笑う。自身とフランツに挟まれた佳久の花芯がヒクヒクと、絶頂の戦慄きに震えていた。

フランツもそれを認めて、低く笑う。

「ふふ、気持ちよさそうだ。この体位だと、奥の奥までわたしが挿入って、イイだろう」

「や……いや……あ、あぁ……」

月の光が佳久を照らす。満月の、まったき光――。

やがてプルプルと、痙攣《けいれん》するように佳久が震え出した。震えて、喘ぎ、泣き濡れた瞳がトロリとしたものに変わっていく。

「フランツ、あぁ……」

そして、言葉が変化する。

『お願い……王よ、動いて……奥をもっと……突いて……』

『チャンドラ……』

甘い、王の呻き。月光が纏わりつくように、淫らな神子の肌を照らす。

神が望んでいる。神子とその恋人たちの交歓を。

レジーは音もなく歩み、佳久の背をそっと支えた。背後から、フランツが抱えていた足に腕を回し、代わりにしっかりと抱きかかえる。

『王よ、動いてください。チャンドラが望んでいる』

『わかった。――チャンドラ、好きなだけ突いてやる』

『ぁ……あぁ、王よ……あぁぁ、っ』

佳久――チャンドラの嬌声がバルコニーから庭園へと響き渡る。力強いグラインドが神子の花襞を抉《えぐ》り、突き上げた。

『あ、あ、あ……あ、いぃ……い、い……っ』

ピンク色の乳首がツンと尖り、反り返った胸で愛らしく男を誘う。

たまらず、レジーは抱きかかえた佳久の項に嚙みつくようにキスをした。

胸を吸いたい。思いきり舐めて、腫れるほどに吸い上げたい。

けれど、それはできなくて、代わりに項から耳朶《じだ》に濃厚なキスをする。フランツも、誘うような乳首を焦《こ》がれるような眼差しで見つめていた。

しかし、不安定な体勢が、フランツとレジーのどちらにも胸を弄らせない。

代わりにそこに触れたのは、佳久自身だった。身も世もなく喘ぎながら、片手が自身の胸に這う。

もう片方の手は性器だった。

片手で乳首を弄り、もう一方の手でペニスを扱きながら、佳久が喘ぐ。腰を揺らして、フランツの充溢に鳴く。

『あ……あ……いぃ……いぃよぉ……』

たまらない眺めだった。二人の男に挟まれながら、淫らに自分の身体を弄る佳久に、フランツもレジーも欲望が高まる。

『チャンドラ……イく……っ』

やがて、詰まった呻きを洩らして、フランツが激しく佳久を突き上げた。

『あ……あ、ひっ……やぁぁぁぁ――――……………っっ！』

佳久が高い悲鳴を上げて、腰を突き上げる。両目を見開き、「あ、あ、あ……」と短く嬌声を上げながら、フランツが弾けさせた樹液をねっとりと飲み込んでいく。

フランツが終われば、次はレジーだった。もう何度目の交合かわからない。しかし、フランツ同様、レジーのモノも旺盛だった。

フランツの楔《くさび》が抜けた佳久の身体をバルコニーの床に下ろし、今度は手すりに手をつく形を取らせる。

そうしてひと息に、レジーは愛しい神子の花蕾を貫いた。

『あっ……ひぃ――……っ！』

続けざまの凌辱《りょうじょく》に、佳久の悲鳴が裏返る。その高い声に応じるように、庭園の向こうから掠れた嬌声が微かに聞こえた。

「あ……………ぁぁ――――……………っ！」

遠い、遠い声。

聞き覚えのあるそれに、レジーはわずかに眉をひそめる。

それは俊也のものだった。この庭園のどこかで、俊也も三人の雄たちに貪られているのか。

当然だ。今夜は満月だった。そして俊也は、長い時の果てに蘇《よみがえ》った稀なる神子だ。

『この月夜のせいか……』

呟いたフランツに、レジーは佳久を穿《うが》ちながら答える。

『神がもっとも、この地上に近い時だ。我らも常より……あぁ』

引き絞るように佳久の花襞が蠢いて、レジーは思わず甘い声をつく。

フランツが頷《うなず》いた。

『たしかに……。以前、神殿のあった場所でやった時のように、汲《く》めども尽きぬ欲望を感じる。――淫らな神だ。それほど、恋人たちが愛し合う様子を見たいのか』

『見るというより……ん……感じたいのだ。もっとも純なるまぐわいこそが、神の力となる』

時々力の具合を変えて、レジーは浮き上がるほどに佳久を突き上げる。

手すりにしがみついた佳久が甘く喘ぐ。

『あ、あ……いぃ……これも気持ちいいいい……あ……あ、んっ』

トロリとした目が、月を見上げる。その目はなにを見ているのか。

『あん……あ、んっ……』

もっと刺激が欲しいのか、佳久がバルコニーの手すりに胸を擦りつけ始める。

それに気づいて、フランツが苦笑した。

『そんなもので慰めなくていい。今度は……弄ってやれる』

いいだろう？　と許可を求めるフランツに、レジーは鷹揚《おうよう》に頷いた。三人で愛し合う形こそが、自分たちの関係において正しい形だった。

手すりと佳久の間に、フランツが膝をつく。愛しげに、チラチラと揺れる胸に口づけた。

『あぁ……っ』

甘く吸われて、佳久が濡れた声を上げる。同時に、レジーを食いしめる中が戦慄いた。

『素晴らしい……。あなたの中がわたしに絡みついて……とても素敵《すてき》だ、ヨシヒサ』

『ん、ん……レジーのも……あぁ、また大きくなった……あっ、フランツ、ダメ……あぅ……ペニス、コシコシってされるの……気持ち、い……あ、あ……あぁぁ――……っ！』

レジーの突き上げに、佳久が悲鳴を上げる。フランツの愛撫に鳴いて、レジーの責めに喘いで、佳久のすべてが快楽で染め抜かれる。

佳久は神のもの。

しかし、その佳久に奉仕するレジーもフランツもまた、神の下僕だった。

人々に豊穣《ほうじょう》をもたらす恵み深き神の――。

遠くに今一人の神子俊也の甘い悲鳴を聞きながら、レジーたち三人も神が望むままに絡み合い続けた。

甘い悦びを味わいながら――。

■月が見ている■

遠くから声が聞こえた。夜だからよく響くのだ。

けれど、向井俊也にはそれを気にしている余裕などなかった。

「あちらも盛り上がっているようだな」

ラジーブが低く笑う。

離宮の庭園の一角にある東屋《あずまや》だ。屋根があるだけで壁はない。もし、この近くを通りかかる人間がいれば、なにをしているのか丸見えだ。

幸いなことに今は深夜で、庭園はシンとしていた。だからこそよけいに声が響く。

「あ……あ、も……やめ、て……」

俊也は涙声で、自分を取り囲む男たちに哀願した。

ひんやりとした大理石のベンチで、ゆったりと休憩しながら俊也を眺めているのが、この離宮の主人ラジーブ・シュリーヴァースタヴ。

陶然として俊也を穿ち、腰を使っているのが、皆段はやさしいダヤラム・ワーディヤー。

そして、機嫌よく俊也の身体のあちこちを弄っているのが、愛すべき男マハヴィル・パテール。

三人三様に俊也を愛してくれていたが、それだからこそともに過ごす夜は激烈だった。

自室で本を読んでいるところを連れ出された俊也は早々に衣服を剝《む》かれ、まずはラジーブに犯されている。それから、ダヤラムに乗っかられていた。

快感はむろんある。俊也の肉体はある事情から三人の男たちに感じるようになってしまっていて、己の意のままにはならないのだ。

ただし、心は未だ平凡な日本人大学生のままだ。

だから――。

「あ、あ、あ……そんな、ダヤラム……んっ、そこ……ダメ……っ」

中の感じるしこりを集中的に抉られて、俊也から泣き濡れた拒絶が上がる。

もう一年以上、こうして三人に抱かれてきた。けれど、心がそれに馴染《なじ》むことはない。

いや、最近では淫靡な時間が始まればじきに意識が混濁して、恥ずかしいもなにもなくなっていたが、正気に戻ればいつも自分の痴態に身悶えるような羞恥を感じていた。

けれど今夜は、もう二人目の男根を挿入されているのに、まだ理性が残っている。

恥ずかしくて、三人に見られながら抱かれるのがたまらなくて、俊也は「ダメ……いや……」と喘いだ。

どうしたことだろう。今夜は満月で、だから、いつもよりももっと性感が過敏になっているはずなのに。

「シュンヤ、あぁ……出すよ、君の中に……んっ」

ダヤラムが俊也を突き上げながら、最奥《さいおう》で腰を震わせる。

ビュッ、と中でダヤラムの熱いものが飛び散るのを、俊也は全身をひくつかせながら味わった。

「あ……あぁぁ――――――………っ！」

熱い迸《ほとばし》りに、俊也の花芯からも蜜が飛び散る。

「あ……あ、ん……あぁ、んっ」

喘ぎながら俊也も腰を振り、淫らな体液を腹へと吐き出した。恥ずかしくても、中に出されるとこんなに感じてしまう。気持ちがよくて、腰から下が蕩《とろ》けるようだった。

「ふぅ……」

ダヤラムが深々と息を吐き、俊也を抱きしめる。

「シュンヤ、愛している……」

「ぁ……ん……」

身体が熱い。まだ、足りない。

けれど、意識はクリアで、俊也はひくつきながらまだダヤラムの雄に絡みつく自分の花襞が恥ずかしくてたまらない。

「やだ……も、抜いて……」

羞恥からの言葉だったのだが、ダヤラムが傷ついた顔になる。

その肩を、マハヴィルが悠然と叩いた。

「悪いな。シュンヤがご所望なのは、俺だ」

違うのに、俊也は即座に否定できない。マハヴィルの存在にさらに身体がグズリと蕩けたからだ。愛するマハヴィルのモノも、肉奥で感じたい。しどけなく足が開いた。

「……仕方がありませんね」

暗く、ダヤラムが呟き、マハヴィルに場所を譲る。弛《ゆる》んだ足を、マハヴィルの大きな手が開いた。膝裏を持ち、グッと胸につくほどに押し広げられる。

「……んっ」

望んでいたのに居たたまれなくて、俊也は顔を背けた。達したばかりなのに、また実り始めている花芯が恥ずかしい。ひくつく後孔に羞恥が募る。

それらをマハヴィルとダヤラムに視姦されている。と、ラジーブが近寄ってくる。俊也の枕元に座るダヤラム、膝の間のマハヴィルに続いて、彼も押し広げられた俊也の淫らな狭間を覗き込んできた。

「ゃ……見ない……で……」

耐えきれず、俊也は訴える。

「どうした、シュンヤ。今夜はいやに可愛らしいではないか」

ラジーブは嘲《あざけ》るようにそう言うと、俊也の濡れた蕾に触れてくる。そこは、ラジーブとダヤラムの出したものでいやらしく濡れていた。

「……やっ」

「恥ずかしいのか？　いつもはもっとしてくれと、しがみついてくるではないか、ふふ」

「…………あぁ、ぅ」

グチュ、と濡れた蕾にラジーブの指が挿入ってくる。

その時。

「……あぁ――――――…………っ！」

遠くから、佳久の嬌声が響いてきた。

ビクン、と俊也の身体が戦慄く。思わず、中のラジーブの指を締めつけ喘いだ下肢に、ラジーブがまた含み笑う。

「もう一人の神子が気になるのか？」

「そん……なことは……」

俊也は首を振る。それとも、佳久がこれほど近くにいるから、俊也の理性が残るのか。

その考えを、俊也は即座に否定した。

佳久が原因のはずはない。現に、何度か佳久たちを交えた夜を過ごしているが、こんなふうにいつまでも理性が残った状態にはならなかった。

いつでも、いの一番に俊也が蕩けてしまっていて――。

「もういいだろう、ラジーブ。たまにはこういうシュンヤも悪くない」

マハヴィルが微笑む。やさしく、濡れた蕾を撫でられた。

「ぁ……ん……」

思わず甘い声を上げた俊也に、ラジーブが苦い顔をする。自分だけに感じるのではない俊也に苛立《いらだ》っているのがよくわかる。

優越感を滲ませた眼差しでマハヴィルがチラリとラジーブを見やり、腰を進めた。

「俺のものも腹いっぱい出してやる」

「ん…………あぁ、マハヴィル」

三人目の雄が、俊也の肉奥を開く。二人の男の精で濡れそぼった襞がグチュリと広がり、熱い充溢に絡みついた。

自分は男だったはずだ。抱かれる側ではなく抱く側で、こんなふうに男に犯されて蕩けた声を上げるなど、想像したこともなかった。

けれど、熱い雄を挿入されるのが、この上なく気持ちいい。

「あ……あ……いぃ……」

思わず、蕩けた声が零れた。

ラジーブがギリリと奥歯を嚙みしめる。

ダヤラムが悔しそうに、俊也を見つめる。

その時、東屋の屋根の下から、月がわずかに見えた。

煌々と輝く満月――。

なぜだかわからない衝動が込み上げて、俊也の全身がグズリと蕩けた。

「…………ぁ」

しどけなく綻《ほころ》んだ蕾が、中に挿入っていくマハヴィルの充溢に絡みつく。

「シュンヤ……」

マハヴィルの興奮した囁き。

満月の下で今、二人の神子が男たちに蹂躙《じゅうりん》されている。その肉体を悦楽に捧げ、底のない悦びに浸っている。

「あ……っ」

ビクン、と俊也の背筋が仰け反った。

乳首に、濡れた気配がする。舐めて、キスされて……これは？

動揺した瞳を巡らせても、枕元のダヤラムが胸元に屈み込んでいるようには見えない。腰を下ろし俊也を見下ろしているだけだ。

ラジーブも足元に腰かけて、俊也には触れていない。

では、この感触はいったい誰のものなのだ。

「あ……あん……っ」

今度は性器がフルフルと震えた。扱かれて、腰が動く。

「シュンヤ……?」

マハヴィルが不審そうに声を上げる。

「あ……あ、ん……ぁん……気持ち……いぃ……あ、あぁ」

「どうした、シュンヤ」

一人で身悶える俊也に、男たちは眉をひそめる。

俊也と繋がっているマハヴィルも、動いていない。それなのに、まるで全身に愛撫を受けているかのように喘ぐ俊也に戸惑う。

やがて、ズンと奥を突かれた気がした。

「あぁ――――っっ!」

背筋を仰け反らせ、俊也は硬直する。遠くから、同じような佳久の声が聞こえてきた。

「…………ぁぁ――――……っっ!」

惑乱の中で、俊也は悟った。自分は今、佳久と繋がっているのだ、と。佳久の身体を這うフランツやレジーの手に感じているのだ、と。

なにが理由だろうか。周期的に訪れる聖なる数に等しい満月のせいだろうか。

それともここが――。

しかし、思考は甘く蕩ける悦楽に消えていく。

考えるよりも先に、してもらいたいことがあった。いやなのだ。マハヴィルたち以外の手で、感じたくなどないのだ。

「ぁ……触って……オレを……もっと気持ちよく、して……あ、あ……このままだと、オレ」

涙がポロリと零れ落ちた。囁きが、俊也の口をつく。

「フランツとレジーに感じちゃう……」

その一言で、ラジーブ、ダヤラム、マハヴィルたちもなにかを理解したのだろうか。

それとも、自分たち以外の男の手に、俊也の快楽を支配させたくなかったのか。

サッと、ダヤラムの顔色が変わった。

ラジーブの眼差しは鋭くなり、膝裏にかかったマハヴィルの手はきつくなる。

「他の男で感じるとは、許せぬな」

「シュンヤ、どうしてほしいですか？」

「中を思いきり苛めてやる。そうしてほしいのだろう」

「………あっ、あぁ」

三人三様の言葉とともに、マハヴィルが思いきり、乱暴なグラインドを開始する。

ラジーブの上体が、俊也の下腹部へと屈んだ。

ダヤラムは膝をつき、己の剛直で俊也の頬を撫でてくる。

うっとりと、俊也は伸しかかる三人の雄を見つめた。

まるでラジーブがするように、マハヴィルは乱暴に俊也の中を蹂躙する。

どこか凶暴な気分がマハヴィルを支配していた。

フランツとレジーの名を出されたからだろうか。

——見えぬ相手に嫉妬する、か……。

俊也を強引に穿ちながら、マハヴィルは心中でひとりごちた。

「あ、あ、あ……っ」

俊也は三人からの蹂躙を受けて、哀れに喘いでいる。しかし、俊也自身が望んだことであった。

下腹部では、珍しくラジーブが屈み、俊也の花芯を口で悦ばせている。

一方、ダヤラムのほうはマハヴィル同様、凶悪な気分に襲われているのか、常にない傲岸な愛撫を俊也に与えていた。

ペニスを咥えたがった俊也に肩透かしを食らわせ、代わりに乳首を弄っている。ペニスで。

「あ……あ……ん」

濡れたペニスの先端で、桜色をした尖りを押し潰し、時にペニスに奉仕させるように扱く形で前後させる。

「ん……なかなかいいものですね、これも。硬くなった乳首がペニスを擦って、心地いい」

「あ……熱い……ダヤラムの、あ、あぁっ」

ビクン、と下肢が引き攣《つ》る。ダヤラムを褒めた俊也に対して、ラジーブがさらなる甘い愛撫を加えたのだ。

絡みついた舌に幹ごとねっとりと吸われて、俊也が甘い悲鳴を上げる。

「こちらのほうが気持ちよいだろう？　わたしの口はどうだ、シュンヤ」

咥えたまま問われ、俊也から濡れそぼった嬌声が上がる。

「あ……あぁ……喋《しゃべ》ら……ないで……すごく……あ、あ、マハヴィル……！」

ラジーブへと気を移しかけた俊也を、マハヴィルは許さない。もっとも俊也が感じる行為をなしているのは、自分だ。

「気を散らすな、シュンヤ。おまえを一番気持ちよくしているのは、俺だろう。ここはどうだ、ん？」

「ダメ……ダメ……いやぁぁ、っ」

俊也の目が虚空《こくう》を見つめる。中のもっとも鋭敏な部分を抉られ、それなのにラジーブが咥えた根元を縛《いまし》めてしまい、ダヤラムからはペニスで触れる以外に指でも乳首を擦り上げられる。

その過ぎた刺激に、ついに意識が飛んだようだった。

「あぁ……あ、い……いぃ……いぃ……も、おかしく……なる……あぅ……あ」

「くっ……」

素晴らしい締めつけに、マハヴィルは歯を食いしばった。

まだイかない。イくものか。

俊也を抱くことは、自分自身の限界にも挑むことだった。こらえればこらえるだけ、悦びもまた倍増する。

「そろそろイッたらどうだ、マハヴィル」

小刻みに俊也の果実にキスを送りながら、ラジーブが忌々《いまいま》しげに言ってくる。

「誰が……。これからが本番だ」

「わたしはもうイきますよ。今夜はシュンヤの顔にかけてやりたい」

荒く息をつきながら、ダヤラムが俊也を見下ろして言う。

荒れた様子なのは、さっき「早く抜いてくれ」などと言われたせいだろうか。いかに俊也に甘いダヤラムといえども、拒む言葉には傷つく。

一方、甘やかすように果実を舐めてやっているラジーブは、どういう考えなのか。

今夜、俊也と佳久が出ていったあとのフランツたちとの会話を、マハヴィルは思い起こした。

問いかけは、例の秘儀についてのものだった。よく事情のわからぬまま秘儀に参加したマハヴィルたちと違い、フランツとレジーの二人には、俊也の話のとおりならば過去の記憶が残されている。

正確な秘儀の方法も、異様な神との関わり方も、彼らならば詳しいだろう。

マハヴィルたちはしだいにニンフォマニアめいた特徴を表し出した俊也を、なんとか自分たちだけで満足するように戻したかった。

それはおそらく、俊也自身も望んでいるはずだ。一度、気づかぬ間に見知らぬ男と寝ていた自分に、俊也はひどいショックを受けていた。

それ以来、マハヴィルたちは俊也により気をつけるようになっていたが、俊也の異常さは時を経るにつれて少しずつ増していた。

もし、フランツたちがそれを止める方法を知っているのなら、なんとかしてやりたい。

もっとも、会合の成果ははかばかしいものではなかった。前世の記憶を持つフランツとレジーでも、俊也のような四百九十六年に一人の神子は初めての存在であったし、神子となる儀式を途中でやめてしまった事例も知らない。

なぜ、俊也が今のような状態でいるのか、彼らにも答えは見つからなかった。

このまま、さらに俊也の状態は進行するのか。その果てに、俊也はどうなってしまうのか。

重苦しい沈黙で、話は終わった。

その上で、今夜のこの状態だ。満月の夜、俊也の飢えを満たすためにセックスをしないではおけなかったが、それにフランツとレジーに抱かれている感覚まで加わるとはどういうことなのだろう。

「あ……あん……佳久さ……そういうのが、好き……なの……あっ」

惑乱した俊也から、また意味のわからない言葉が放たれる。

ダヤラムが顔を上げ、マハヴィルを見上げた。

ラジーブがチュッ、と俊也の果実に口づける。

「シュンヤ、こちらに集中しろ。今、おまえに触れているのはわたしたちだ」

「んっ……ぁ……」

言い聞かせるようなラジーブに、マハヴィルもハッとする。今は、なにが起こっているか考えている時ではなかった。

俊也を取り戻さなくては。

突き入れた怒張を、マハヴィルは熟《う》んだ肛壁を苛めるように軽く回した。そうして囁く。

「シュンヤ、今おまえの中に入っているのは、誰だ?」

「あ……あん……中、あぁ……」

俊也の腰が動く。まるで、騎乗位で自ら腰を動かしているかのように。

「シュンヤ……シュンヤ、これは誰のモノだ。おまえを貫いているのは、誰の雄だ。答えろ、シュンヤ」

ダヤラムも動く。押し包むように俊也の頬を両手で包み、やさしくその身体を揺らす。

「シュンヤ、わたしを見てください。ここにいるのは、誰ですか?」

「あ……あ……」

ラジーブがねっとりと、俊也の果実を扱く。

「おまえに触れているのは誰だ？　おまえの一番弱いここを、握って扱いているのは?」

「シュンヤ、中を擦っているのは誰の雄だ?」

「あ……あぁ……」

唇にキス、ペニスに愛撫、アナルを貫く猛った欲望――。

ゆっくりと、俊也の目の焦点が合ってくる。喘ぎながらぼんやりと、その頼りない黒瞳がマハヴィルたちを見つめた。

「ぁ……マハヴィル……ダヤラム、ラジーブ……」

「そうだ、ここにいるのは俺たち三人だ。フランツもレジーも、ヨシヒサもここにはいない。わかるか、シュンヤ」

「ぁ……月が……」

ぼんやりと、俊也の眼差しが東屋に差し込む月光へと揺らいでいく。

それをダヤラムがさり気なく遮った。

「月などより、わたしを見てください」

頬を包んだ手を離し、身を起こす。見せつけるように、達する寸前となっている欲望を、俊也の視線に晒《さら》した。

「あなたの顔にかけますよ。いいでしょう?」

甘く、ダヤラムは微笑む。

普段は奉仕することが多いダヤラムのそんな言葉に、揺らぎかけた俊也の眼差しは魅入られたように彼を見つめ始めた。

「かける……。飲ませて……くれないの、ダヤラム」

「今夜はいけませんよ。あなたはわたしにひどいことを言ったのだから、少しはわたしにも意趣返しをさせてくれなくては。わたしの精液で汚れたあなたの顔……さぞかし綺麗でしょうね」

うっとりと囁くダヤラムに、俊也の身体も蕩ける。それをマハヴィルは突き入れた怒張で味わった。

クスリと笑ってやる。

「かけてほしいのだろう、シュンヤ。今、おまえの中がバターのように蕩けて、俺を包んでいるぞ」

「……ぁ」

続いてそそのかすように、ラジーブが傲慢に命じる。

「かけてもらえ、シュンヤ。おまえの顔がダヤラムの精液で汚れて、中にマハヴィルの精液を出してもらったら、最後におまえをイかせてやろう。できるだろう、シュンヤ？」

最後の一言は、ラジーブにしては甘い響きを帯びていた。

「ん……できる……」

舌足らずに答え、俊也が頷く。待ち望むように、その黒い瞳がダヤラムを見上げた。

「かけて、ダヤラム……オレの顔、ダヤラムの精液で汚して……」

「素敵ですよ、シュンヤ。今、かけてあげましょう」

膝立ちしたダヤラムが、俊也に見つめられながら自身を扱き始める。

普段は知性の立ち勝る雰囲気のダヤラムが、深く息をしながら自身の欲望を扱く様を、マハヴィルはラジーブとともに見つめた。

妙にそそる、淫靡な眺めだった。

すでに達する直前だったダヤラムの充溢は、何度かの扱きでドクリと膨《ふく》れる。

「んっ……出ますよ、シュンヤ……んぅ、っ」

「…………あぁ」

ビュッとかかった白濁に、俊也はうっとりと目を閉じた。

熱いもので、その顔が汚されていく。ドロリとしたものが頬にべったりとつき、飛び散った滴《しずく》が点々と、顔に淫靡な模様を描いた。

「……どうですか、シュンヤ」

放出を終えて、ダヤラムがわずかに上擦《うわず》った声で問いかける。

再び開いた俊也の瞳は、魔性のそれだった。陶然とダヤラムを見つめ、唇についた滴を舐める。

「ゾクゾクする……気持ちいい……」

そうして、マハヴィルへと手を差し伸べてくる。

「次は……あなただよね………して、マハヴィル」

「ああ、たっぷりおまえの中に出してやる」

マハヴィルは動き始める。淫らな魔性に支配された俊也は、可哀想だが魅力的だった。蹂躙して、メチャクチャにしてやりたくなる。

「あ……あ……あぁ、深……っ」

俊也は身悶えるが、ラジーブに根元を押さえられているため、絶頂は味わえない。

戦慄く中をさんざん楽しみ、鳴かせ、長い抽挿《ちゅうそう》の果てにマハヴィルは、愛しい恋人の体内に自身の胤を蒔き散らした。


いつしか、離宮から聞こえた佳久の嬌声は絶えていた。夢中になって俊也を貪っている間に、彼らも行為を終えたのだろう。

すっかり意識を失くしている俊也を、ラジーブは冷淡に見下ろした。

ダヤラムは放心したように、大理石のベンチに足を投げ出している。

マハヴィルはと見ると、悩ましげに眉をひそめていた。

「――さて、どうする？」

「どうするもこうするも、なんとかするしかないだろう。このままではシュンヤは……」

問いかけに即座に応じて、マハヴィルが爪を噛む。

ダヤラムは疲労した様子で、視線をラジーブに移動させてきた。

「しかし、フランツたちにもどういう現象なのかわからないのでしょう?」

方法などあるのかと、ダヤラムが首を小さく振る。

淫らなのはいい。

俊也が、ラジーブたち三人が相手でなければ満足できないのもいいことだ。

しかし、ふらふらと別の男を求めるのは気に入らない。さっきのように、行為に勝手に佳久たちを含めるのも。

俊也はラジーブたちのものだった。

ラジーブは不敵に微笑んだ。

「せっかくここに招いたのだ。彼らには知っているだけの知識を絞り出してもらおう」

「まずはそこからだな」

マハヴィルが同意する。頷きながら、意識のない俊也の髪を撫でた。

「できれば、シュンヤを家族に会わせてやりたい。状態がもう少し落ち着くといいんだが……」

そう呟いたマハヴィルに、ダヤラムが気だるげに口を開く。

「会わせて、どう言い繕うつもりです。たとえ、今より状態が落ち着いたとしても、わたしたちはシュンヤを手放せないでしょう? 結局、ほとんどをわたしたちのもとで暮らさせるのですから、家族になど会えないほうが却《かえ》ってシュンヤも諦めがつくのではありませんか」

「なんだ、良識派だと思っていたが、意外に過激な意見だな、ダヤラム。家族に対して行方不明のままでいいのか?」

マハヴィルが軽くため息をつきながら訊《き》く。

ダヤラムは肩を竦めた。

「客観的に見て、家族には説明しにくい関係だから言うんです。息子が外国人三人の愛人になっているなどと知れたら、やっかいですよ」

「家族と会っている時だけ、誤魔化《ごまか》せばいい」

「面倒ですよ。それに、シュンヤの性格でどこまで誤魔化せるか。第一……もし、里心がついたら」

ダヤラムの眼差しが暗く沈む。俊也を見つめ、続けた。

「わたしたちといる間は夢のような心地でいられても、家族と会えば現実感が戻ります。異常な関係に、シュンヤ自身が否と言ったら？　シュンヤはわたしたちと違って、真面目な子です。わたしたちを受け入れてくれているとはいっても、心の半分は良識の中にある。普通に生活していける程度の状態になれば、きっと日本に帰りたくなるでしょう。もうここには戻りたくなくなるかもしれない……」

「ダヤラム、おまえそんなことを考えて……」

マハヴィルが言葉を途切《とぎ》らせる。確実に俊也の愛を得ているといえるマハヴィルには、思いもつかないことだったのだろう。

怨《えん》ずるように、ダヤラムがマハヴィルを見つめた。

そうして、呟く。

「わたしは……シュンヤがこのままでもかまわない。色に堕ちてしまえば、シュンヤもわたしを愛してくれる……」

「ダヤラム……」

それは哀しい呟きだった。マハヴィルは言葉を失くしている。

ラジーブは短く息をついた。

「馬鹿馬鹿しい」

吐き捨てる。ダヤラムが睨むのもかまわず、ラジーブは鼻を鳴らす。

「愛など、欲しければ奪えばいい。それほどに苦しいのならば、他の男を見つめるこの黒い瞳を潰せばいい。愛を囁く舌を抜いてやればいい。——もっとも、そこまでせずともシュンヤは、マハヴィルだけでなくおまえもわたしも必要としている。自由になったあの時、これが迷わずマハヴィルの手を取れなかったことを忘れたのか？」

揶揄《やゆ》するように、ラジーブの片眉が上がる。

マハヴィルは苦く唇を噛みしめ、ダヤラムはハッと目を見開いた。

「そうでした……たしかにあの時、シュンヤは誰の手も取れなかった」

「マハヴィルだけではシュンヤは足りない。わたしにひどくされることも、おまえにやさしくされることも、シュンヤには必要なのだ。まったく……不愉快なことだがな」

再び、今度は不機嫌な思いで鼻を鳴らす。常に欲しいものは己のものにしてきたラジーブにとって、唯一意のままにならないのが俊也であった。

自分でも不思議なことだが、俊也の望むがままにマハヴィルとダヤラムの存在を認めていることも、納得がいっていない。いつものラジーブであったなら、必ず二人を出し抜き、欲しいものを独り占めしたことだろう。

しかし、俊也に関してだけはそれができない。別に俊也の心情を慮《おもんぱか》るつもりなどないのだが、結果的にはそうなってしまっている。

しかし、自分たち以外の男に関しては別だ。

「それほどおまえが不安ならば、シュンヤを家に帰さなければいいだろう。ただし、色狂いだけは、わたしはごめんだ。これ以上、他の男に足を開くのは我慢ならん」

傲然と言い放ったラジーブに、マハヴィルがため息をつく。

「やれやれ、二対一か。可哀想だが、状態がマシになったところで、シュンヤを家族に会わせてやれそうにないな」

「いいのか……？」

あっさりと前言撤回したマハヴィルに、ダヤラムがおずおずと訊いてくる。

それに対して、マハヴィルは実に簡単に頷く。

「仕方がないだろう。俺だって、シュンヤは独り占めしたいが、現実はそうじゃない。シュンヤ自身が俺たち三人を必要としている以上、おまえたちを無視して俺の好きなようにはできないだろう？　ま、シュンヤには災難だろうが、な」

そう言って、いつもの洒脱《しゃだつ》な笑みを浮かべる。

「ありがとう……」

ダヤラムが小さく礼を口にした。その肩を、マハヴィルは気安く抱く。

「珍しく気弱だな。政治家の間では『剃刀《かみそり》』なんて呼ばれているんだろう？　連中が今のおまえを見たら、夢でも見ているのかと驚くぞ、はは」

「シュンヤは別だ」

からかうマハヴィルに、眉をひそめてダヤラムが言い返す。そうして、俊也を愛しげに見つめた。そっと、その頬を包む。

「初めて会った時は、ここまで愛しくなるとは思いもしなかった。だが……これほど愛する者はいない」

そう囁いたダヤラムを、マハヴィルがどこか微笑ましそうに見やる。続いてマハヴィルも、俊也へと身を屈めた。額に軽くキスをする。

「俺もだ。遊びの恋はいくらでもしたが、本気はシュンヤだけだ」

「ふん、甘ったるい連中だ」

ラジーブは呆れた思いで、肩をそびやかす。

そんなラジーブに、マハヴィルが軽い笑声を上げる。

「一番独占欲が強いくせに、なにを言っているんだか」

「意地を張りすぎると、シュンヤからも逃げられますよ」

ダヤラムまでがそう笑ってくる。

ラジーブは鼻を鳴らして振り返った。

「そんな自由を、わたしが許すと思っているのか？　シュンヤがなんと言おうが、これはわたしのものだ」

そう言い放つと、立ち上がる。二人を払いのけ、ラジーブは寝入っている俊也を抱き上げた。

「後始末をする気はあるか？　そろそろシュンヤも

回復しただろう。第二ラウンドだ」

「絶倫め」

そう言いながら、マハヴィルも立ち上がる。

「またする気なのですか?」

俊也に同情めいた口ぶりで、ダヤラムはラジーブを見上げる。しかし、その手は上に羽織るシャツを取っていた。

ラジーブはクイと、片眉を上げてやる。

「またするんじゃない。後始末のついでに、いい気持ちになってしまったシュンヤの面倒も見てやるんだ。そのままにしては、シュンヤが可哀想だろう?」

嘯《うそぶ》いたラジーブに、マハヴィルが肩を竦める。その目も、悪戯っ子のように輝いていた。

「ま、たしかに。あそこを勃たせて泣いているシュンヤを放置するわけにはいかんよな」

「呆れました」

そう言いながら、シャツを羽織ったダヤラムが立ち上がる。

「あなたたちだけに世話をさせたら、シュンヤがまた消耗《しょうもう》してしまいます。制止役が必要でしょう」

「またまた。おまえだってシュンヤにせがまれたら、挿れてやるくせに」

「いやがるのに無理矢理挿入するあなたたちと一緒にしないでください。後始末でわたしがシュンヤを抱くのは、シュンヤのためです。あなたたちとは違います」

言い返すダヤラムに、マハヴィルが笑う。

「俺たちだって無理矢理じゃないさ。本心では欲しがっているとわかるから、綺麗にしたシュンヤをもう一度抱くんだよ。なあ、ラジーブ」

「本当に抵抗しているのを無理矢理犯すのも楽しいがな」

「鬼畜《きちく》……」

ダヤラムが呟くのに、ラジーブも笑い声を上げる。

それでも抱き上げている俊也の目蓋は、ピクリとも動かなかった。

しかし、浴室で後始末を始めれば、鳴きながら意識を浮上させるだろう。恥ずかしさで真っ赤になっている俊也の後孔を、皆で開いてやるのはたいそう面白い仕打ちだった。ポトポトと蕾から三人の精液を垂らしながらしゃくり上げる俊也を見ると、求めがなくても犯したくなる。

その想像だけで、ラジーブのそこは再び熱を持ち始めた。

――やれやれ。

絶倫だとマハヴィルは揶揄したが、俊也だからこその反応だ。俊也でなければ、いかなラジーブといえどもこれほどの欲望は覚えない。

――さて、また皆で楽しもうか。

意識を失くしたままの俊也に心で語りかけ、ラジーブはダヤラム、マハヴィルたちと離宮へと戻る。妬《や》けるライバルたちだが、切っても切れない同胞でもある。

薄く笑いながら、ラジーブは俊也を運ぶ。

その様を、冷たく輝く月が見下ろしていた――。

■終わり■

爽《さわ》やかな朝、というにはやや遅い時間、モーニング・ルームに男たちが集まっている。

思い思いに食器を取り、ブランチを取っている彼らに気だるい気配はない。

「ヨシヒサはまだ起きそうにないか?」

会話の口火を切って、ラジーブがフランツに訊ねる。

鷹揚《おうよう》な微笑みとともに、フランツが答える。

「そうだな。おそらく、午後になるだろう。シュンヤのほうも今朝は遅くなるのでは?」

優雅な問いかけに、ラジーブは軽く片眉を上げる。

「お互い、可愛がりが過ぎるか」

「仕方ないだろう。神子とはそういうものだ」

いかにも上流階級らしい含みの感じられるやりとりに、マハヴィルが目顔でレジーに笑いかけてくる。

レジーも笑みを返した。


「昨夜はなかなか派手にやっていたようだね」

レジーの囁きに、マハヴィルは肩を竦める。

「そちらも。いい声が聞こえてきましたよ」

「月がいけないのだよ。そちらもわかっているだろうが」

「満月には、やはりなにか意味があるのか……ふむ」

そのやりとりに、ダヤラムも加わる。

「昨夜はさらに特別だったようですが、なにかご存知では?」

レジーは無造作に厚手のハムにナイフを入れながら、首を傾げる。

「さて……シュンヤくんはなにごとにつけ、イレギュラーな存在だ。その上、昨夜は神も月の光に乗って下りられていた」

「神……?」

ダヤラムが眉をひそめる。こんな不可思議な目に遭っていても、まだ彼にとって『神』というのはどこか眉唾《まゆつば》な存在なのだろう。

マハヴィル自身もどう理解していいのかわからないところではある。

そんな二人に、レジーが苦笑を滲ませる。

「神は存在するよ。もっとも定義づけとしては、キリスト教的な絶対神とは異なるが、不可思議な存在はたしかにいる。我々の神も、そういった数多《あまた》いる存在と同じく、人にはないお力がある。ここには真神子がいるせいか、濃厚だ」

「真神子……シュンヤか」

マハヴィルが小さく息をついて、天井を見上げた。グルが復活させた神がどういう存在で、自分たちになにをもたらすのか、マハヴィルたちはまるでわかっていない。

かつて異教の僧侶であった男はゆったりと微笑んだ。

「ともかく、真神子が望むだけ与えてやるがいい。三人もいれば、シュンヤくんの欲望もだいたい抑えられるだろう。――その間にわたしのほうでも、どうするべきなのか調べておこう」

「お願いします」

「頼む」

ダヤラムとマハヴィルがそれぞれ頭を下げる。

神子たちはまだ眠っているだろう。

だが、それでいい。頭を使うのは、神子に傅く男たちの務めだ。

インドの明るい日差しに目を細めながら、レジーは紅茶を口に運び、ダヤラムは優美にナイフとフォークを使って食事を進める。

足を組んだマハヴィルが思うのは俊也か。

フランツは悠然と微笑み、ラジーブと互いの恋人について語り合う。

のどかなブランチの時間は、こうしてゆったりと過ぎていく。滞在中、神子たちがそれに参加することは一度もなかったが――。

終わり

Home Sweet Home

淫月～運命の花嫁～

杉浦佳久《すぎうらよしひさ》が新たな人生を歩み始めて様々な変化があったが、その最たるものといえばやはり日本を離れたことだろう。

佳久の愛する二人の男は、一人はドイツ、一人はアメリカ在住で、その二人の間をだいたいひと月交代で過ごすために、そういうことになった。

「じゃあ、行ってくる、フランツ」

「気をつけて、ヨシヒサ。自分の魅力を忘れないように」

相変わらず過保護なフランツに内心苦笑しながら、表情では神妙に佳久は頷《うなず》く。

ドイツ、フランクフルト空港だ。フランツは中までついてきたがったが、会議の予定が入っているため、佳久は半ば強引に断った。

名目上は秘書ということになっているが、秘書らしい仕事などほとんどできない佳久としては、せめてフランツの仕事の邪魔だけはしたくない。

フランツが心配する魅力に関しては――。

チラチラと自分を見つめる視線を意識する。

かつてはまったく感じることのなかった視線だ。

いや、現在だって容姿は大きく変わっていない。

強いて言えば、手入れが行き届き、身に着けるものが以前とは段違いの高級品になったくらいだ。

中身は相変わらず、たいして際立ってもいないごくごく普通の日本人だ。二人の恋人とは大きく違う。

佳久の恋人であるフランツも、レジーも、それぞれ洋の東西の極みのひとつといってもよい容姿に恵まれた男たちだった。

豪奢《ごうしゃ》な金髪に、サファイアの瞳をした堂々とした華やかさのあるフランツ。

オリエンタルらしく黒髪・黒瞳だが、鍛《きた》えられたスラリとした長身に、知的な空気が涼やかなレジー。

それぞれ単体で、どんな相手でも恋人に望める優れた男たちだった。

本来なら、佳久がそんな彼らに並び立つのは少々……いや、ものすごく苦しい。

が、それがおさおさ見劣りしないことになっているのは、佳久の特殊事情にあった。

――しっかし……ラシャクタラの神様ってのは強烈だよなぁ。

秋波《しゅうは》を送ってくる鬱陶《うっとう》しい視線を無視しながら、佳久は内心でぼやいた。

人に言えばまず信じてもらえない話だが、佳久は三千年以上昔に滅びた、南インドに栄えた王国ラシャクタラの最後の王の神子であった。

フランツは、神子である佳久が仕《つか》えた最後の王。

そして、レジーは佳久が王の神子となるための秘儀で、その相手役を務めた僧侶である。

そんな三人が、三千年以上の時を超えて再び出逢った。

そうしていろいろなことがあった結果、現在はフランツとレジーの愛を佳久が受け入れ、フランツとレジーもそんな佳久を許すことで、三人の関係が成り立っている。

問題は、その三千年以上前の過去にあった。

かつて、ラシャクタラ王国ではある神を信仰しており、その神の加護を受けることにより栄えていた。

それは実際に効力のある神で、王の巫女《みこ》・神子《みこ》を通じて王に力を授《さず》けることで、王国の繁栄が約束されていた……らしい。

そして、その王国の繁栄の素となる王の巫女・神子というのが、かいつまんで言うと、神の力を受けることですさまじく魅力的な存在になる……らしいのだ。

らしい、らしいと言うのは、佳久にとってそれは実感に乏《とぼ》しい記憶だからだ。

王スーリヤとしての自我を保ったまま転生を繰り返したフランツや、僧侶プルシャとしての意識を完全に取り戻しているレジーと違い、佳久の神子チャンドラとしての記憶は曖昧《あいまい》だ。自分自身のものとしてよりも、夢という意識のほうが強い。

今では、最初にそれらの夢を見始めた頃よりも多くのことを知るようになっていたが、一枚幕を隔てているような感覚は相変わらずで、古代ラシャクタラ王国の事情も、歴史も、他人事のような感覚がどうしても残っていた。

とはいえ、佳久とレジーが過去を思い出すきっかけになった、向井俊也《むかいしゅんや》という現在に蘇《よみがえ》った神子――完全な復活ではないのだが――を目の当たりにすることで、かつての巫女・神子の力については佳久にも恐ろしさがわかってきている。

その恐ろしさのひとつが、本人の容姿によらない、とんでもない磁力である。

それが神の力なのか、ラシャクタラの神の巫女・神子となった人間は、一様に信じられないほど蠱惑《こわく》的《てき》なオーラを放つようになっていた。

佳久と同じくあまり特徴の感じられない、どちらかといえば凡庸《ぼんよう》な容姿の俊也も、なんともコケティッシュな、見る者の気をそそる魅惑があった。そばにいれば、どうしても目を引きつけられずにはいられないような。

それと同じものが、佳久にも表れていると、フランツもレジーも言う。

二人ばかりでなく、俊也も同意したし、俊也の恋人たちも同意を示した。

佳久としては認め難《がた》いことなのだが、実際、ラシャクタラ王国の廃墟でフランツとレジーの二人に抱かれてから、人に声をかけられる頻度が上がっていた。

不本意だが、自分自身のためにもしかるべき対処をするのがベターな状況だと理解している。

しかし、鬱陶しいことである。

とりあえずは頑《かたく》なに周囲の視線を無視して、佳久はチケットカウンターに向かった。フランツが用意した席はファーストクラスのもので、ほぼ客の並んでいないカウンターに、佳久はさっさと進んでいく。

行き先は日本だ。月が替わって、レジーのいるアメリカで過ごすのだが、そのついでに大回りして、日本に立ち寄ろうという計画だった。

久しぶりに家族に会える。

フランツとレジーの二人と生きるために日本を出た佳久だったが、あまりに家族と離れすぎているのも寂しいものだ。母親のことなどは、あのお喋《しゃべ》りや感情の起伏の激しさにうんざりしていたはずなのに、離れてみると懐かしく思えてくるから、不思議だ。

チケットを受け取り、スーツケースをカウンターに預けると、佳久は弾んだ足取りで出国審査に向かった。

土産はたくさんスーツケースに詰めてあるが、空港内でもいいものがあったら買っていきたい。

それに、もう何度もドイツとアメリカを行き来するのに使っているが、空港自体も佳久は好きだった。なんだかワクワクする。

「えっと、姉貴にはグレッチェンのバッグだろ？義兄さんにはワインと、母さんにはマイセンのティーセットを入れたし、父さんと泰《やすし》にはビール詰め合わせと……」

しかし、こうやって確認してみると、つくづく女性への土産物のほうが高額だ。本当は父親と弟には、それぞれのビールに合わせたグラスなんかもつけたかったところだが、電話で話したところ母親から苦情が来た。

『ビール用のグラスなんて、いくつもあったら邪魔じゃないの。しまう場所がないわよ！』

そのくせ、自分はできればマイセン、高いようならもう少し手頃な素敵なティーセットが欲しいなどと言うのだから、女性というのは勝手なものだ。

菓子類に関しては、早々に断られた。

なにしろ、弟の泰が旅行会社に勤めている。ツアーの添乗にも行っていて、土産でしょっちゅう様々な菓子を買ってこられていた。だから、杉浦家では外国土産の菓子は珍しくないのだ。

とはいえ、菓子にダメ出しされたら、手頃な土産の選択肢が大幅に狭まる。

それに対してブツブツと文句を言いながら、しかし、免税店に向かう佳久の足取りは軽かった。なんだかんだ言いつつ、佳久も久しぶりの帰国に浮かれているのだ。つい、あれもこれもとさらに土産物を購入してしまう。

そうして二時間後、佳久は日系航空会社――どうしても日系の飛行機に乗りたいと佳久がリクエストした――のファーストクラス席に座った。ＣＡからも、久しぶりの日本語で応対され、帰国への気分はますます高まる。

機内食も当然和食をオーダーし、佳久は十数時間のフライトを満喫《まんきつ》した。


「――ただいま！」

成田《なりた》空港から東京駅に向かい、そこからさらに新幹線で地元まで二時間弱。

駅からはタクシーに乗って、ようやく佳久は懐かしい自宅に着いた。

玄関のインターフォンを押すと、待ちかねたように母親がドアを開けてくれる。

「おかえり、佳久。今日は、佳久の好きなコロッケよ！　あ、お姉ちゃんたちは仕事が終わってから来るって」

「姉貴たちも来るんだ」

わざわざ家まで来てくれるとは思わず、佳久は軽く驚く。

母親がバンバンと、肩を叩いた。

「当たり前じゃない。あんた、もう半年も帰ってこないんだから！」

そう言うと、急に母親が涙ぐむ。

「はぁ……すっかり垢抜《あかぬ》けちゃって。公務員より、外国を飛び回る仕事のほうが向いていたのかしら。ずいぶん立派になって……」

「……って母さん、泣くなよ。大袈裟《おおげさ》だなぁ」

「大袈裟じゃないわよ！　仕事でドイツに行ったかと思うと、そこで向こうの会社のえらい人にスカウトされて、なにを考えたのかあっちで働くなんて決めちゃって……。もう本当に、元気でやってるのか心配だったのよ。ドイツなんて、まあ……それに、アメリカにも行ってるんでしょ？　まったく、あたしと父さんの子がねぇ」

しみじみと頬に手を当てる。

佳久は苦笑した。形式だけでも働いていることにしてもらえたことに、感謝する。

実際には、二人の男の恋人をしているのだなどと言ったら、母親は卒倒するかもしれない。

——本当は、オレだって働きたいんだけど……。

心中で、佳久はぼやく。レジーもフランツも、どこにそれだけのパワーがあるのか、ほぼ連日、佳久を抱かない夜はなかった。それも、毎晩であるのに常に情熱的に。

正直、並の体力しか持たない佳久には、夜ごとの行為を受け入れるだけで精一杯だ。時には——というより、わりとしばしば——三人での行為もあるのだから、体力がもたないのも仕方がなかった。

それに加えて、やっかいな問題もある。

佳久の持つ、特別な磁力の件だ。

通り過ぎるだけの他人なら、無視すればだいたいすむが、働くとなるとどうしても深く接する相手が増えてくる。そうなると、対処も難しくなるだろうことが容易に想像できた。

フランツとレジーもそれを危惧《きぐ》して、佳久に働くことを勧めない。むしろ、自分たちの経済力はこのためにあるのだと、佳久を囲い込むことに力を注ぐ始末だ。

その魅力を、単に『垢抜けた』の一言ですませた母親に、佳久は苦笑するとともに、安堵《あんど》を覚えた。

以前と変わらぬ息子として扱われるのが、嬉しい。

家にいる時は、感情の起伏の激しい母親にうんざりしていたが、久しぶりに会うと懐かしさばかりが湧き上がる。

そうして夜になり、父親が帰宅し、姉夫婦もやってくる。弟は、三人に少し遅れて帰ってきた。

「お～、なんか兄貴、垢抜けたなぁ」

「でしょ？　なんかイケメンになったよね。ちょっと～、もしかしてドイツ人の彼女でもできたんじゃないの？　彼女ができると変わるからね～」

ニヤニヤと、姉に背中を叩かれる。姉の夫の紀之《のりゆき》はおっとりしたものだ。

「ドイツの水が合ってるんだね、佳久くん。なんだか生き生きしているよ」

「あ、お義兄さんにはこれ。お口に合うといいんですけど」

佳久は用意してきたワインを差し出す。

「お！　これは現地に行かないと手に入らないヤツじゃないか。佳久くん、よく買えたね！」

「ちょっと、勤め先の友人に伝手《つて》があったんで。あと、姉貴はこれな。いいバッグなんて抽象的なこと言うから、なにがいいか人に訊いちゃったよ」

もちろん、訊いた相手はフランツとレジーだ。ドイツのことならフランツのほうが詳しいだろうが、レジーを無視したらガッカリされてしまう。

その二人の意見で選んだブランドだった。まだ新しいブランドだ。

「わ～、グレッチェンのトートバッグだ。けっこういい値段だったでしょ。ありがとう、佳久♪」

「あと、母さんのはこれ。リクエストのマイセンのティーセット」

「うっそ！　お母さん、そんなもの頼んだの!?」

姉が驚く。値段がわかるのだろう弟も、「マジで？」と母親を見やる。

母親ときたら涼しい顔だ。

「あら、いいじゃない。買えたらの話だったんだから。お母さんが一番、高いお土産ね♪」

自分が一番だと、なぜか嬉しげだ。そういう子供っぽいところも、家にいた頃の佳久は苦手だった。だが、離れている今は苦笑ひとつで許せる気分だ。

というより、大きな秘密を家族に持っているからだろうか。本当は働いていないし、これらの土産も給料ではなく、フランツとレジーに与えられた小遣いで購入したものだ。

もっとも、小遣いというには少々高額だが。

それらを絶対に秘密にしなければならない後ろめたさに、ズキリと胸が痛む。

購入してきた土産に騒いでいる家族にそれを気づかれないうちに、湧き上がってきた胸の痛みを、佳久はひそかに押し隠した。

真実だからと、なにもかもを告白して幸福になれるわけではない。特に、佳久に関わる異常な話は、聞かされたほうもどう対応したらよいか、困惑するだけだろう。

家族に嘘をついているのではない。必要な誤魔化《ごまか》しだ。

そう自分に言い聞かせ、佳久は罪悪感を押し殺して、土産話に興じた。


深夜、佳久は泰の部屋に布団を敷いて、休んだ。佳久の部屋は、ドイツに拠点を移して早々に、母の衣裳部屋になってしまっている。

「母さん、メチャクチャテンションが高かったよな。兄貴が帰ってきたのが、よっぽど嬉しかったんだろうな」

ベッドに入った泰が、やや呆《あき》れたように言ってくる。それほど嬉しがるわりに、部屋のほうはさっさと自分のものにしているところが、母親の移り気なところを表していた。

なんでも大袈裟に反応するが、あっという間に気分が変わるのが佳久たちの母親だ。

「悪いな、泰。勝手に家を出ちゃって」

「え？　なに言ってるんだ、兄貴。別に、したい仕事があるなら、好きにすればいいだろ」

不思議そうに、泰が言う。

灯《あか》りを落とした闇の中で、佳久は一人苦笑した。

長男だからと肩ひじを張っていたのは、どうやら佳久だけだったらしい。なんとなく、家のことを考えるのは自分の責任のように思っていた。だから、こんなふうに家を離れたことに申し訳なさを感じていたのだが、泰はなんとも思っていなかったようだ。

――馬鹿だなぁ……。

勝手に四角四面に考えていた自分に、佳久は反省する。

「それよりさ」

と、泰が寝返りを打って、佳久に顔を向けてきた。

「オレ、来年くらいから海外の支店に行くことになりそうなんだよ。たぶんヨーロッパ。そしたらさ、たまには会えるよな。まあ、どこの国になるかによるけど」

「へぇ、ヨーロッパ駐在か。おまえもけっこう大変だな。でも、ヨーロッパに行ってまで兄弟で会いたいなんて、おまえいつからそんなタイプになったんだよ」

特に仲が悪いわけではなかったが、活動的な泰に対して佳久はインドアなタイプで、一緒に遊ぶとかいうことは思春期以降およそなかった。

それがこんなことを言ってくるのが可笑《おか》しくて、佳久はからかいを交えて言ってやる。

と、泰が困ったように頭を掻くのがうっすらと見えた。

「そりゃまあ、兄弟でベタベタするってのもあれだけどさ……でも」

口ごもり、ややあってポソリと呟く。

「兄貴、ドイツに行ってずいぶん変わったからさ……。なんかちょっと、心配っていうか……」

「え……なんだよ、それ。変な感じ……するのか？」

まさか、なにか妙な気配でも出ているのだろうか。

母や姉たちは垢抜けたと言ってくれたが、泰は同性

だけになにか感じ取ったのか。

「変じゃないけど……なんて言ったらいいのかな。なんか妙に綺麗になったっていうか……恋人ができたのか……恋人は恋人でも、う〜ん………」

唸《うな》って、むくりと起き上がる。真剣に見下ろされた。

「……ぶっちゃけ兄貴さ、男にもてたりしないか？　いや、兄貴がそっちの趣味だっていうならいいんだよ。でもさ、今の兄貴、なんか危なっかしくて……もし、その、困ったことがあるようなら、オレがヨーロッパにいる間だけでもいざって時の頼りになればとか……思ってさ。——ごめん。なんかメッチャお節介だよな。なに言ってるんだろ、オレ」

泰が困ったように頭を掻く。

佳久は呆気にとられて、弟の顔を見上げていた。

ある意味、鋭い。

それとも、泰は佳久に纏わりついているある種のフェロモンに無意識に気づいたのだろうか。

そして、心配してくれている。

「オレ……同性が好きそうに見えるか？」

ひっそりと、佳久は問いかけた。泰はますますガシガシと頭を掻く。

「いや、兄貴がそうかはわからないけど……。でもこうなんていうか、添乗でよく海外に行くだろ？　そうすると、向こうのオープンなゲイとか見るわけよ。まあ、だいたいはマッチョなタイプが多いんだけど、中にはさ……その、兄貴みたいな小綺麗なのが好きなのもいるわけ。特に日本人は、綺麗好きだし、やさしいし、ってある種の人気もあったりしてさ。今日の兄貴を見て、そのこと思い出しちゃってさ。だから……油断するなよ？　兄貴、オレと違って中高でも喧嘩《けんか》なんてしたことないだろし、力負けしたら、マジやばいから」

「あ……そ、なんだ」

前世の影響でそうなのか。それとも、本当に佳久のようなタイプが危ないのか。そこらへんは不明だが、弟が本気で心配してくれているのはわかる。

この様子では、もうすでに二人の恋人がいると打ち明けたら、遊ばれているのではないかと真剣に悩まれそうだ。

——しまったな。まさか、泰からこんな心配をされるとは……。

泰のヨーロッパ駐在が決定したら、よほど気をつけなくてはいけない。

それにしても、兄としては少々情けない。未だに、自分が他者を惹《ひ》きつけるらしいことに慣れないが、弟からしてそう思うのなら、今後はさらに真剣に気をつけようと、佳久は思った。

軽く咳払いし、佳久は泰に礼を言う。

「まあ、その……心配してくれて、ありがとう。たしかに、向こうだとジロジロ見られることも多いから、気をつけておくよ。上司からもそう言われたし」

「やっぱり！　向こうの人間から見てもそうなんだ。ホント、マジで気をつけろよ、兄貴。同じ男だから、男の性欲のやばさがわかるだろう？」

「せ、性欲って……う、うん、わかってるから」

今が灯りを消した状態でよかった。もし、明るい状態であれば、佳久の顔が真っ赤になっているのがわかってしまう。

泰に言われずとも、男の性欲のまずさの程度は、日々フランツとレジーに味わわされている。毎晩いやになるほど抱かれて、喘いで……とそこまで思い出しかけて、佳久は慌てて脳内の映像を打ち消した。

せっかく一人で眠れる夜なのに、エロいことを思い出してはダメだ。思い出しただけで、実に不本意なことなのだが、下腹部が疼《うず》く。夜ごとの淫事にくたびれきっているはずなのに、会いたいと思ってしまう。

——馬鹿、思い出すなって。

佳久は己を戒《いまし》めた。実家にいる間は、二人のことは忘れる。杉浦家の息子に戻って、健全な時を過ごす。

「もう寝よう！」

布団を頭から被《かぶ》り、佳久は泰との話を打ち切った。

泰も、自分が変な話をしてしまった自覚があるのか、おとなしくベッドに横になる。

「おやすみ。ごめんな、兄貴。寝しなに妙なこと言って」

「いいよ。心配してくれたんだし」

口早に言い、佳久は目を瞑《つむ》った。

けして気を悪くしてはいない。ただ、せっかく心配してくれる弟に対して、こんなにも淫らになってしまった自分が恥ずかしかった。

しかも、恋人が二人いるだなんて、常識から見れば超インモラルだ。久々の実家で、ごく普通の空気に触れて改めて、自分の身に起きた変化になんともいえない気持ちになる。

こうして時々実家に戻ることはできても、人生まで元に戻すことはできない。


それが不満というわけではないが、どこか寂しかった。

家族は温かい。一緒にいると懐かしくて、気持ちまでふんわりと弛《ゆる》む。

だが、佳久の居場所はもうここではなかった。

——二人に会いたい……。

まだ一人になって一日しか経っていないのに、むしょうに二人が恋しくなった。

そう思う自分に、佳久はより強く自身の変化を感じた。


実家には三日、滞在した。久しぶりの故郷を満喫し、四日目の朝、自宅を出る。

「——じゃあ、また時間ができたら帰ってくるから」

「身体に気をつけてね」

すでに会社に行っている父と泰は不在で、母の見送りだけを受けて、佳久は自宅をあとにした。タクシーで駅に向かう。

離れていく実家に一抹《いちまつ》の寂しさを感じたが、この三日間の滞在で強く、自分の居場所はここにはないことを自覚していた。

佳久が戻る場所――。

それは、フランツとレジーのもとだ。

早く二人に会いたい。

そんな逸《はや》る気持ちで、佳久はタクシーに乗っていた。

もっとも、レジーにはこれから会えるが、フランツとの再会はしばらく先だ。もちろん暇を見つけてはアメリカまで会いに来てくれると知っているが、今はどうにも待ち遠しかった。

こんな気持ちになる自分が、なんだか可笑しい。

――初めて会った時には、もう最悪だと思っていたのにな。

フランツからは有無を言わさぬ強姦で、レジーとだって無理矢理行為に持ち込まれた。

それまで、佳久にとって同性とどうこうなるなんていうのはどこか遠い世界での出来事で、自分の身に起こるなどと考えたことはなかっただけに、二人からのいきなりの淫行はショックで、ただただ拒むことしか考えられなかった。

それがこうして、少し離れただけでもう会いたいと思うような心持ちに変わるとは、本当に人の心というのはわからないものだ。

そんなふうに考えているうちに、タクシーは駅に着く。佳久は代金を払って、下車した。

足早に、構内に入ろうとする。

と、派手な気配に気を引かれ、佳久はつい視線をそちらに向けた。

「……え!?」

思わず、驚きの声が上がる。

あり得ない人が、視線の先に立っていた。相手もすぐに佳久に気づき、大きなストライドで歩み寄ってくる。しかも、二人。

呆然《ぼうぜん》と、佳久は呟いた。

「フランツ……レジー……」

ずっと会いたいと思っていた二人の登場に、佳久はただ驚きに目を見開くばかりだ。

どうして、二人がここにいる。ここはアメリカでもドイツでもない。日本の、しかも田舎の地方都市だ。

「よかった。ここで待っていれば、会えると思っていた」

とレジーが言えば、フランツも甘く、佳久に微笑みかけてくる。

「車を待たせている。おいで」

「……なんで、二人ともこんなところにいるんだ」

唖然《あぜん》とする佳久に、フランツとレジーが苦笑して顔を見合わせた。気まずそうに、フランツが顎《あご》に指を当てる。

「いや……実家に戻ったら、そのまま里心がつくのではないかと……」

「え……」

「わたしもフランツから電話をもらって、不安になってしまった。ずいぶん楽しそうに空港に入っていったと聞いたから……」

レジーが続ける。

誰もが目を瞠《みは》らずにはいられないイケメン二人が、なんとも言いにくそうにそんなことを打ち明けてくることに、佳久はただただ口をポカンと開けている。

どちらの男も快く帰省を許してくれたのに、本心では不安があったのか。佳久が、もう帰ってこないかもしれない、と。

うっすらと、佳久の頬が赤く染まっていった。二人の強い愛情をひしひしと感じて、そんな場所ではないのに身体が熱くなってくる。

「もう……そんなことあるわけないじゃないか。オレだって、本当は初日から……二人に会いたくて……って、なに!?」

いきなり二人に左右から腕を摑まれ、佳久は驚いた。

「早く車に行こう」

とフランツが言えば、レジーも。

「こんなところで、そんな可愛らしいことを言わないでほしい」

「え、って……ちょっと」

スーツケースをレジーに取られ、そのまま二人に手を引かれてロータリーに待機していたリムジンに連れていかれる。背中を押されるように、それに乗せられた。

「このまま中部国際空港《セントレア》まで行ってくれ」

口早に、フランツが運転手に指示を出すと、辛抱できないといった様子で、運転席と後部座席を区切る仕切りを閉めるよう、リモコンで操作する。

「セントレアって、え？　オレが乗る飛行機は、成田からのはずじゃ……」

「ここからなら、成田よりもセントレアのほうが近いだろう。うちの自家用ジェットを待機させてある」

そう言い終わるやいなや、フランツが佳久の唇を奪う。貪るような口づけに、佳久は目を見開いたまま、抱きしめられた。

隣では、レジーが苦笑している。

「この困った王はな、ヨシヒサ。待っていられないと、わたしのところにまで飛行機を飛ばしてきたんだよ。うちにも自家用機くらいあるのにな」

ぼやく口調ながらも、ちらりと対抗意識を覗《のぞ》かせる。佳久のために飛ばす自家用機くらい、自分も持っていると主張したいのだろう。

佳久をフランツと二人で愛することに納得しているレジーなのだが、時にこうして対抗心を見せる。本来ならレジーは、佳久を独占したいのだろう。当然だ。

レジーは、最初に佳久——神子チャンドラと愛し合ったラシャクタラの僧侶プルシャだ。

もちろん、佳久もレジーを大切に思っている。

しかし同時に、フランツのことも佳久は愛していた。死の間際になってその愛を受け止めた王スーリヤを。

「ん……ん、ふ………ぁ」

熱いキスが解け、佳久は呼吸を荒らげてフランツを見上げた。フランツも胸を上下させている。

「――ヨシヒサ、今すぐ欲しい」

「そんな……だって、ここ車の中で……」

じれたような求めに、佳久は自身も胸を喘がせながらも困惑する。

広いリムジンとはいえ、ここは車中で、しかも空港に向かっているところだ。到着すれば、大勢の人がいる空港内に入らなくてはならない。

抱かれた直後の身体で、そんな人ごみに入るなんて、考えただけで怯えてしまう。佳久が男に抱かれたばかりだと、見る人が見ればわかってしまうのではないか。そんな恐れだ。

助けを求めようと、佳久はレジーを振り返った。

王であったフランツよりも、レジーのほうがまだしも良識をわきまえているところがある。

しかし、待ちきれないのは、レジーも同様だった。隣から佳久の両肩に手を置き、耳朶《じだ》に囁きかけてくる。

「セントレアまでは、車で三時間ほどだ。時間は充分ある」

「レジーまでそんな……あっ！」

サマーセーターの裾を、レジーが脱がせるために上げ出した。

フランツの手が、佳久のスラックスの前にかかる。

「二人とも、こんなところで……！」

「ヨシヒサも、わたしたちに会いたかったのだろう？」

レジーが囁く。ベルトを弛めながら、フランツがニヤリと唇の端を上げげた。

「あんなに可愛らしいことを言われて、興奮しない男はいない。諦めろ」

「あっ、レジー……フランツ！」

両手を上げさせられ、レジーにサマーセーターを脱がされる。フランツには、スラックスの前を寛《くつろ》げられた。

「……やっ！」

佳久を巡るライバルでもあるのに、まるで呼吸を合わせたようにレジーが佳久を持ち上げ、浮き上がった下肢からフランツが下着ごと着衣を脱がせていく。

こういう時ばかり息が合うなんて、ずるい。

「二人とも……んっ」

今度は強引にレジーのほうを向かせられ、彼に唇を奪われた。その間に、フランツに足を広げられる。

「ん……んっ……ん、ゃ……んんっ」

足の間にフランツが身体を入れ、やさしく首筋を撫でた。その手はすぐに這い下り、胸へと滑る。

「……ヨシヒサも、もうここがツンと硬くなっている」

「んん……っ！」

フランツの言うとおり、戸惑う心とは裏腹に、身体のほうはすっかり二人からの行為に高まり、胸の先がツンと尖り出していた。

それを片手で抓《つま》まれ、もう片方にフランツの唇が吸いついてくる。

チュッと吸われて、レジーに唇を奪われたまま、佳久は軽く背筋を仰け反らせた。

——ゃ……だ、ジンとする……。

彼らとこうなるまで、佳久にとってこういうことは女性とするもので、同性と行う行為ではなかった。胸を弄《いじ》られて感じてしまう自分など、まったく知らなかった。

第一、男の胸が感じるなんて——！

けれど今は、フランツとレジーに愛されて、すっかり抱かれるための身体に変化していた。

「ゃ……い、や……こんなところで、やめ……あ」

キスが離れると、レジーが佳久の性器に手を回してくる。胸をフランツに、背中をレジーに向ける恰好になった佳久の背後から腕を回して、抱きしめるように股間に触れてきた。

「こちらは、わたしが可愛がろう。口よりもずっと素直なヨシヒサの正直な部分だ」

「や……レジー……触らないで……んっ、こんなところで、こんな……あ、フランツ、やぁっ」

レジーの愛撫にばかり気を取られると、フランツが自分を忘れるなとでもいうように抓んだ乳首をキュッと引っ張る。

片方には痛み。けれどもう片方、唇で咥《くわ》え、舐め吸われているほうの乳首には甘い愛撫が与えられ、佳久はますます情動が昂ぶるのに惑乱した。

そんなことをする場所ではないのに、空港に向かっているところなのに、どんどん身体の熱が荒ぶっていく。

「あ、あ、あ……ダメ……やめて……あぁ、んっ」

「やめてと言うわりには、ヨシヒサのペニスはすっかり硬くなっているよ。ああ、先端が濡れてきた。わかるか？」

レジーが囁き、わざと聞かせるかのように、蜜の滲《にじ》んだ先端を指の腹でグリグリと撫でてきた。クチ、クチュ、と微かな粘着音が耳朶《じだ》を打つ。

佳久はもう、全身が朱《しゅ》に染まっていた。恥ずかしいのに、してはいけないのに、二人の手にどんどんどうしようもない状態になってしまっている。

なんて淫らで、なんてはしたない身体なのだろう。

「ひどい……」

喘ぎを噛み殺しながら、佳久は呻《うめ》いた。こんなにいやだと言っているのに、聞いてくれない二人が恨めしい。

けれど、なじる呟きを洩《も》らした佳久の胸から顔を上げ、フランツが切なげに頬を包む。宝玉のごとき綺麗な青の瞳が、狂おしく佳久を見つめていた。

『ひどくても……我は我慢できぬ』

古い、ラシャクタラの言葉で、フランツが——王が訴える。

レジーもペニスから手を離し、背後から佳久を抱きしめてきた。

『いつでもあなたを抱けるこの歓《よろこ》び……。儀式によらずあなたを愛せる自由が、どれほど愛しいことか』

二人の物狂おしいほどの想いが伝わってくる。なんと切なく、王に、プルシャに、求められていることか。

『あぁ……王よ……プルシャ……』

気がつくと、佳久の言葉もラシャクタラのものになっていた。心が杉浦家の息子佳久でありながら、神子チャンドラへと帰っていく。

プルシャと抱き合う時、それはいつも僧侶たちの詠唱《えいしょう》のただ中だった。衆人環視《しゅうじんかんし》の中、愛し合うほかなかった。

王に抱かれる時、常にチャンドラは王を拒み、泣いていた。愛を受け入れた時にはもう、死は目前に迫っていた。

今、なんの制限もなく抱き合えるのは、なんという幸福だろう。

佳久の心の奥で、歓喜に震える魂《たましい》があった。これは、チャンドラの歓びか。

そして、チャンドラは佳久でもあった。どうしで、この歓びに抗《あらが》えるだろう。

いけないのに、拒まなくてはならないのに、佳久の口が開く。

「あまり……激しくしないでほしい。運転手さんには気づかれないように……」

身体から力が抜け、せめてもの望みを伝えて、二人に身を預ける。

フランツが嬉しげに目を細めた。

レジーが愛しげに、佳久への抱擁《ほうよう》を強くした。

「ありがとう、ヨシヒサ」

「感謝する。——運転手には、わからぬようにだな？」

やさしく、開いた内腿をフランツに撫でられた。

下肢が震え、果実の先端からトロリと蜜が幹を伝った。

「……んっ、汚れる」

「では、こうしよう」

スーツの胸ポケットから、フランツが爽やかな青のハンカチを抜いた。それで佳久の性器を包む。

「これで、シートを汚す心配はもうない。おいで、ヨシヒサ。もっといろいろなところに触れたい」

「あ……」

そっと身体を引き寄せられ、佳久はフランツに抱きつく恰好になる。

抱擁を解いたレジーが、背後で背筋に這うようにキスを始める。

「では、わたしはこちらを」

「あ……あぁ……ん、レジー……ぁ、フランツ」

レジーのキスが、背筋を伝って下りていく。

フランツには耳朶を唇に含まれた。それから首筋を、熱い唇が這う。手は、ハンカチで包みながら、果実をゆったりと扱《しご》いてくれていた。

ゆっくりと、身体の熱が高められていく。

やがてレジーのキスが背骨の付け根まで下り、それからそっと尻の狭間《はざま》に指が触れた。

「……ぁ」

膝立ちの体勢になるよう促《うなが》され、浮いた尻をレジーに開かれる。

「舐めるよ、ヨシヒサ」

「あ……ぁ、う」

レジーが背後に屈み、開いた尻の狭間、後孔に舌を這わせてきた。ビクンと硬直した佳久を、フランツがしっかりと支える。

「大丈夫だ、ヨシヒサ。愛している」

「フランツ……あぁ、レジー……あぅ、っ」

「もう指を挿《い》れるのか、レジー」

佳久を抱きかかえたフランツが、レジーを軽く咎《とが》める。

だが、レジーは小刻みに佳久の蕾《つぼみ》にキスを繰り返しながら、そろそろと、確実に佳久の中に指を含ませていった。

「ヨシヒサも待ちわびている。もう……柔らかい」

レジーの言葉に、フランツが息を呑む気配を感じる。感嘆の声が、フランツから洩れ出た。

「あぁ……本当だ。ひくつきながら、嬉しそうに咥えているな」

「やめて……言わないで……あ、あ」

言葉に出される羞恥に、佳久はギュッと目を閉じる。けれど、中に挿入《はい》った指が動き出し、背筋が引き攣《つ》った。

「あ、あ……んっ」

「とても……気持ちがよさそうだ」

レジーの声が上擦《うわず》り、一度抜けかけた指に今度は二本目の指を添えて、佳久の中に挿れてくる。

「あぁ……っ」

フランツが囁いた。

「本当だ。指だけで、前もとても濡れている。わかるか、ヨシヒサ。おまえの果実が洩らす音だ」

ハンカチの中に手を入れられ、じかに花芯を扱かれる。クチュ、ヌチュ、と恥ずかしい音が立ちのぼり、佳久をさらに羞恥させた。

「いやだ……やめて……オレばっかり、こんな……あ、んっ」

「いいや、感じているのはあなただけじゃない。わたしも……もうあなたが欲しい」

「……レジー……っ」

指でいやらしく後孔を穿《うが》ちながら、背後でレジーが身を起こし、佳久に囁く。カチャカチャと、ベルトを弛める音が聞こえた。

「ぁ……ふ……ん、ふ……あ」

器用に片手だけでスラックスの前を寛げながら、レジーに後孔を弄られ続ける。恥ずかしい孔《あな》を綻《ほころ》ばせるように前後に動いたり、深く挿れたところで中で指を広げたりして、佳久は鳴かされた。

「——しまったな。わたしがそちらの位置を取ればよかった」

フランツが舌打ちする。

レジーは鼻を鳴らした。

「ヨシヒサが日本に来るまでは、ずっとあなたのところにいたのだ。その間、好きなだけヨシヒサを己のものにしただろう」

「だが、この先のひと月はおまえのものだ。……ふ、まあいいか。どちらがあとでも先でも、わたしたちに時間はたっぷりある。ここは、ラシャクタラではない」

そう言うと、激しく喘いでいる佳久に、フランツは軽く口づけた。

「ぁ……フランツ……」

ぼやけた視界に、フランツが映る。だがすぐに、背後のレジーを意識する。レジーの指が抜けて、代わりにもっと充溢《じゅういつ》したモノが宛がわれたからだ。

「レジー……」

頼りない仕切りの向こうに運転手がいることに怯え、佳久から縋《すが》るような声が上がる。

レジーが静かに、佳久の肩にキスを落とした。

「大丈夫だ、ヨシヒサ。やさしく挿れるから」

「あぁ……レジー……んっ」

佳久の顎が上がり、目蓋《まぶた》がギュッと閉ざされる。言葉どおりゆっくり慎重に、レジーの雄が身体の奥に挿入ってきたからだ。

柔らかな襞口《ひだぐち》が限界まで広げられ、太い先端部分がゆっくりと入り込む。

なんて熱い。そして、なんて逞《たくま》しく漲《みなぎ》っている雄か。

「あ……ぁ……レジーが……あ、あ」

二人の男が、それを凝視していた。挿れながらレジーが、佳久を抱き支えながらフランツが、それぞれに、犯される佳久の痴態《ちたい》を見つめる。

やがて耐えきれなくなったのか、フランツが強引に、佳久の唇を塞いできた。

「あ、フラ……んぅ、っ」

舌を搦《から》め捕《と》られ、きつく吸われる。

背後ではじんわりと、レジーが己のすべてを佳久の中に収めようとしていた。そうしながら、二人から与えられる刺激に痛いほど張りつめた胸に指を這わせる。

キュッと抓まれて、佳久はキスされている喉奥からくぐもった呻きを洩らした。ハンカチに包まれた性器がグッと反り返る。

苦しい――。

だが、双方に愛されることで、佳久の身体は満たされていく。愛されるのは、なんて心地いいのだろう。

「あ……あぅ、んっ」

ゆっくりと腰を使われて、佳久は小さく喘いだ。

やがて、繋がった襞口に、レジーの繁みを感じる。とうとうすべてで繋がれたのだ。

レジーが熱く吐息をついた。

「全部、挿入った。わかるか、わたしがあなたの中にいることが」

身体の中で、レジーがドクドクと脈打っている。根元まで深々とレジーを咥えさせられ、佳久の疼く身体は蕩《とろ》けた。

――あぁ……レジーに愛されている……。

しかし、これですべてではなかった。

「レジー、おまえの膝にヨシヒサを乗せてやれ」

そう促したフランツが、佳久の足を開かせてその狭間に身を屈めてきた。トロトロの蜜に塗《まみ》れた花芯からハンカチを奪い取ると、じかに口に咥えてしまう。

「あ……やぁ、っ！」

「……っく」

いきなりの口淫に後孔がきつく締まり、レジーが低く呻く。しかし、この体勢には不満のようだった。舌打ちしながら、広いシートの上で佳久を膝立ちさせる。

「こちらのほうがいい。わたしも動ける」

「や……立っていられない……あ、ぁ」

前をフランツにしゃぶられ、後ろをレジーに穿たれ、膝立ちといえども姿勢を保てそうにない。腰から崩れ落ちそうだ。

その腰を、胸を、レジーが力強く支えた。

「これならいいだろう。いくぞ、ヨシヒサ」

「いや……ダメ………やめてぇ……っっ！」

「大きな声を出すな。運転手に知られたくないのだろう？」

「ぅ……んぅ、っ」

佳久を穿ちながら、レジーが乱暴に指摘する。もう彼も、佳久を抱く動きを止められない。やっと味わえた愛しい恋人の身体に、抽挿ごとに荒々しく、性器が凶器へと変貌していく。

フランツも熱心に、佳久の花芯に奉仕を続けていた。高貴な王が自ら、不浄の部分を咥え、舌を這わせていくのに、佳久はさらに昂ぶらざるをえない。

二人にすべてを愛されている。佳久のなにもかもを、二人が愛してくれる。

急激に情動が高まった。

「んっ……んっ……んっ……ダメ……イ、く……っ」

「いいぞ、イけ。すべて飲んでやる」

低い促しとともに、甘く性器を吸われる。同時に、貪るように後孔を突き上げられた。

「わたしも……あなたの中に、出る……っ」

レジーに支えられながら、佳久は思いきり仰け反った。ピンと張りつめた乳首が、空気に触れているだけでピクピクと疼く。咥えられている性器が蕩けてしまう。そして、背後で――。

「ふ……ぁ……んん、っっ」

ドクン、と身体の奥でレジーの充溢が膨張した。浮き上がるほどに最奥《さいおう》を突かれ、佳久の肉襞がキュンと窄まる。

果実に熱く絡まるフランツの舌、唇に扱かれ、佳久はこらえる間もなく絶頂に達した。

「いっ……んんん――……っっ!!」

叫びかけた口は、背後からレジーに塞がれた。全身を引き攣らせながら、佳久はフランツの口中に悦びの蜜を迸《ほとばし》らせた。

肉奥では、レジーも熱い放埒《ほうらつ》を佳久に叩きつけている。ガクン、ガクンと腰を使われ、たっぷりと欲情した白濁を飲み込まされた。

「あ……あ……すご……」

佳久も同意したとはいえ、脳天を突き刺すような絶頂だ。もうこれだけで力尽きて、抱き支えてくれているレジーに全身でもたれかかるしかない。すべてがぐったりとして、もうなにもできそうにない。

しかし、佳久はもうダメでも、まだ待っている男がいる。

喉を鳴らして佳久の蜜を嚥下《えんか》しながら、フランツが身を起こした。それに合わせるように、レジーが後孔から自身を抜いていく。

「――フランツ、あなたの番だ」

フランツに後孔を捧げるように、佳久は背後からレジーに抱き上げられ、大きく足を広げさせられた。

あまりの痴態に、佳久は眩暈《めまい》がしそうだ。恥ずかしすぎて、耐えられない。

だが、レジーも、フランツも、許さない。

「ぁ……ぁ……フランツ……」

息が苦しい。全身がだるい。頬が上気し、佳久はせめても目を閉じてしまいたかった。

けれど、なぜなのだろう。二人の男の視線に焼かれ、また彼らの欲情を感じ、フランツの口で達したはずの果実が再び勃ち上がり始める。

蕩けるように、佳久の口が勝手に動いた。

頭がぼぅっとする。

「フランツも……欲し……」

発せられた言葉は、淫らに雄を求めるものだった。

フランツの目が陶然と細められる。

『あぁ……我が神子よ。なんという嬉しい許しか。我が蜜も、その甘い蕾に飲み干してくれ』

王の声、王の言葉――。

フランツが下肢を寛げ、猛りきった充溢を取り出すのを、佳久はうっとりと見つめていた。

背後から、レジーが囁く。

『王よ、神子はわたしのもので、そして、あなたのものでもある。我らの神子の、なんとおやさしいことか』

レジーがやさしく、佳久のこめかみにキスをした。

佳久は蕩けた眼差しでレジーを見上げ、それからフランツを見つめた。佳久の王もプルシャも、なんと愛しい男たちだろう。

『陛下……どうぞ、あなたのお胤《たね》も僕に……』

『チャンドラ……なんと愛しい』

レジーに抱えられた佳久に、フランツが覆い被さってくる。そして、王の充溢にも佳久は貫かれる。

「あぁ……っ！」

歓喜が込み上げた。レジーにもフランツにも愛されて、二人の愛で佳久のすべてが満たされる。

「あ、あ……フランツ、いぃ………レジー、キス……して……」

「欲張りな神子だ」

そう言うレジーの目はやさしい。顔中にキスの雨を降らされながら、佳久はフランツからの蹂躙《じゅうりん》に甘く喘いた。

帰る家は、杉浦の家ではない。

佳久が帰るべきは、ここ。フランツとレジーのいる場所こそが、佳久の住処だった。

――愛しい……。

どちらの男も愛しくてたまらない。

佳久の歓喜、チャンドラの歓喜、そして、神の歓喜に佳久は身を委《ゆだ》ねた。

佳久は、ラシャクタラの神の神子。愛だけが、佳久を、フランツを、レジーを満ち足りさせる。

このあとさらに機内でも、佳久とフランツ、レジーは心ゆくまで愛し合う。

それは、神が許した愛だから――。

終わり

ニーラムの憂鬱

淫夜～二人の花嫁～

目の前で、宮原海《みやはらかい》と陸《りく》の双子が楽しそうに戯《たわむ》れている。プールの水が跳ね、陸が無邪気に海に抱きついている。

その光景を、ニーラム・クリシュナ・シャールカルはデッキチェアーに寝転んで眺めていた。

短髪に無精髭のニーラムは、陸と海を取り巻く男たちの中で、もっとも無頼《ぶらい》な雰囲気を持つ男だ。趣味が高じてやっている考古学研究の一環で、発掘作業などにも従事しているからだろうか。自分たちの手を汚すことなど考えもしないあとの三人と違って、身体を使う仕事も苦ではない。

しかし同時にニーラムは、マハラジャの血を引く由緒ある家系の出でもあって、泥塗《どろまみ》れの発掘作業と同じくらい、贅沢《ぜいたく》な環境でも寛げる男だった。

今、滞在しているのも、イギリスのパブリック・スクール時代からの悪友であるラグナート・マハーダージー・ガルナパティの夏の別邸だった。高原の避暑地なので、昼間の太陽の中での水遊びも、まあ楽しい。

ピアニストである陸が、この夏を完全なオフとしたおかげで、ニーラムたちも久しぶりにのんびりと、宮原兄弟たちと遊ぶことができていた。

普段の陸はツアーで飛び回っていて、捕まえるのも容易ではない。ニーラムは陸にセックスを許されていたが、陸を抱けることはそう多くなかった。

それにしても、見事に立場が逆転したものだ。冷えたカクテルのグラスを手に、ニーラムはため息をついた。

そもそもは自分たちの遊び相手とするために海と陸を拉致したというのに、気がつけば自分たちのほうが双子に隷属《れいぞく》している。

特に、ニーラムと同じく陸とのセックスを許されているアニル・ラクシュマン・ガラダは、完全に陸に堕《お》ちていた。

遊んではいても、恋を知らないというのは怖いものだ。

「海、陸、浮き輪を持ってきたぞ！」

陸にリクエストされた浮き輪を二つ、甲斐甲斐《かいがい》しく膨《ふく》らませて、アニルがプールに戻ってくる。勢いよく飛び込み、双子に向かって浮き輪を運ぶのを、ニーラムは苦笑を浮かべつつ見つめた。

変われば変わるものである。アニルは、四人の中でもっとも享楽的《きょうらくてき》で、軽薄な男であった。海と陸に異教の儀式を仕込んでいる時にも楽しそうに、無垢《むく》な双子に淫らな振る舞いを強いていた。

それが今では、海に変わって陸のマネジメントまでしている。

もっとも、アニルには楽しいことだろうが。

マネジメントをすることで、ツアー中の陸につきっきりになることができ、ニーラムよりもよほど陸を抱く機会が多い。

とはいえ、それを純粋に羨《うらや》ましいと思うには、ニーラムは屈折しすぎていた。

だいたい、恋に落ちるのは一度で充分だと思っている。

陸は可愛いが、もう一度他人に溺《おぼ》れて、自分の心をズタズタに引き裂くほど、ニーラムは馬鹿ではない。

微妙に立場は変わっても、陸に己の支配権を渡すつもりはさらさらなかった。

「海、この体勢、気持ちがいいよ！」

陸が浮き輪に仰向けに乗り、水に漂っている。弟に勧められ、海は苦笑しながら同じように浮き輪に乗る。

異教の神子《みこ》となり、屈託のない無邪気さで人を魅了する陸と違い、神子とはなり得なかった海のほうが冷静だ。ただ、楽しむ弟に合わせる意味で、同じように遊んでいる。

なぜなら、海は陸を愛しているから——。

苦々しいものが込み上げ、ニーラムは手にしていたカクテルを飲み干した。

陸も海を熱愛していて、双子の世界は二人だけで完結している。アニルやニーラムたちがそばにいることを許されているのは、単に性欲解消のためだ。

一方、ニーラムと同じようにデッキチェアーにいたのに、立ち上がったラグナートとラヴィ・スプーシュ・ラームは少々事情が違う。

ああ見えて一途《いちず》な陸と違い、実は海のほうが多情で、陸を愛するのと同時に、ラグナートとラヴィも必要としていた。

しかし、そういう彼らも、これ以上双子たちのみで戯れることにじれたのだろう。身軽にプールに入り、海に向かって泳いでいく。

近づいた彼らは、ラグナートが海の後ろ、ラヴィが前方にポジションを取った。

二言、三言話すうちに、ラグナートが後ろから海を拘束する。ラヴィが足を広げさせた。

「ちょっ……なにをするんだよ！」

海の上げた声が聞こえる。

対して、それに答えたラグナートたちの声は、通常の声量のため聞こえない。だが、どうせろくでもないだろうことは、ニーラムには見当がつく。

案の定、見ているうちにラヴィが、海から水着を剝《は》ぎ取ってしまった。

「やめろよっ……こんなところで！」

海が騒ぐ声が聞こえる。しかし、騒いでいるのは、海一人だ。近くに漂っている陸も、興味津々の様子で海への仕打ちを眺めていた。

なにか陸が言い、それに対して海が怒る。だが、すぐに一声上げて、顎《あご》を反らせた。

足の間にラヴィが身を進ませ、海の弱みを握ってきたからだ。

「い……あ、っ」

海の婀娜《あだ》な声が、プールサイドに響いた。

――やれやれ……。

ニーラムはため息をついて、首を左右に振った。

連日あれだけ抱いておいて、ラヴィもラグナートもまだ飽きないらしい。海は神子ではないというのに。

同じ顔、同じ肢体をしていながら、陸のほうが海より数倍魅力的だった。

それは陸の、異教の神子ゆえの磁力だ。その磁力を求めるからこそ、ニーラムたちは古代の秘儀を掘り起こしたのだ。

それなのに、せっかくの神子を作り出したというのに、神子でないほうに執着するとは、ラグナートもラヴィも酔狂《すいきょう》なことだ。

「いぅ……っ、あぁっ」

ラグナートが背後から海の乳首に悪戯《いたずら》を始めている。ラヴィのほうもただ海の果実を苛《いじ》めるだけでなく、水の中からその後孔にもなにかしているらしい。

海の身体が上気し、瑞々《みずみず》しい魚のように跳ねるのが見えた。

と、陸のほうもそんな海に情欲をそそられたらしい。浮き輪から降り、兄へと近寄ろうとした。

すかさず、ニーラムは口を開けた。


「アニル、陸を捕まえておけ！」

心が海にあるのはいいとしても、昨夜も双子で番《つが》わせてやったというのに、また兄と楽しむのは見過ごせない。陸にとって、アニルとニーラムは単に性欲解消のための道具にすぎないとしても、あまりこちらを馬鹿にされても困る。

ニーラムはデッキチェアーから立ち上がり、プールに飛び込んだ。軽く泳いで、陸とアニルのもとに向かう。

「ええ!?　ぼくたちもヤるの？」

泳ぎ着くと、アニルに捕《と》らえられた陸が、ムッと声を上げている声が聞こえた。

顔を上げ、ニーラムはやや強引に陸の顎を摑む。

「悪いな、俺も欲情した。――アニル、陸の水着を脱がせてやれ」

「なんだよ。いやに苛立《いらだ》っているなぁ、ニーラム。陸が海を気にするのが、そんなに癇《かん》に障《さわ》るか？」

華やかな印象を助長する金のメッシュを入れた髪

が、今は濡れて貼りついているが、それでも充分華々しい美貌のアニルが、やや呆《あき》れた口調で言ってくる。

　軽薄なくせに図星をついてくるアニルに、ニーラムは小さく舌打ちした。自分でも意識したくない心理を、他人に指摘されたくない。

「違う。挿《い》れたくなっただけだ。それに、ラグナートもラヴィも、陸に邪魔されたくないだろう」

「……んっ……ん、やめ……ぁ、ラヴィ」

　海の濡れた声が耳朶《じだ》を打つ。目の端に、腰を跳ね上げる海の姿が映った。

　水の中で、ラヴィの腕が動いている。海の花園を思う様、苛めているのだろう。

　一方、上半身はラグナートのものだ。項《うなじ》に口づけ、執拗《しつよう》に海の乳首を指で捏《こ》ね回している。

　浮き輪から降りたところをアニルに抱き留められている陸は、そんな兄の艶姿《あですがた》に釘付けだ。

「海……すごく綺麗……」

　燦々《さんさん》と輝く太陽の下で跳ねる海の肢体は、二十五歳の青年の健全な健《すこ》やかさを感じさせるだけに、いっそう淫らな光景となっていた。

　ニーラムは、アニルに捕らえられた陸の背後に回る。後ろから肩に手を置き、わざと淫靡《いんび》にひそめた声で囁いた。

「——陸、おまえも気持ちよくなりたいだろう」

「うん……セックス、したい」

　陶然と、陸が答えた。淫蕩《いんとう》な神子の、素直な言葉だった。

　可哀想な、可愛い陸。

　本来なら陸も、兄である海と同じく、清廉《せいれん》な青年であったはずだ。同性どころか、異性との行為も彼には恐ろしく、無理矢理乱暴されれば、泣き喚《わめ》いて抵抗するところだ。

　けれど、彼は古代の神に選ばれた。

　肉の誘惑に、彼は逆らえない。

「いい子だ」

耳朶《じだ》を含むように囁き、ニーラムは陸の肩から腕に、そして腰へと手を滑らせた。

なんだかんだ言いつつ、素直にアニルとニーラムの二人に身を任せようとする陸に、アニルも興奮を隠せない。

「あぁ、陸……」

「アニル、キスして」

甘く、陸がアニルにせがむ。

その陸から、ニーラムは水着を脱がせていった。膝下まで下ろすと、あとは陸が自分で、水着を足から抜く。

「ん……ふ……」

キスに夢中の陸の腰を、ニーラムは撫でた。行為の予感に、淫らな神子の中心では早くも欲望が鎌首をもたげている。

なんと淫奔《いんぽん》な神子であることか。

こういう存在が欲しくて、陸を作り上げた。

——忘れるな。心はもう、誰にも渡してはならない。

陸は可愛い、セックスドールだ。

心を戒《いまし》めるために、ニーラムはあえて己にそう言い聞かせる。そうでもしなくては危険なほど、陸の無垢なのに淫蕩な魅力は、強烈だった。

やさしく気遣いたくなる本心をあえて振り捨て、ニーラムは乱暴に、陸の後孔を指で穿《うが》った。

「……んぅ、っ」

アニルに唇を塞がれた陸から、詰まった悲鳴が上がる。陸の唇を貪りながら、アニルが非難がましい視線を投げかけた。

それにフンと鼻を鳴らし、ニーラムはかまわず、そのまま強引に陸の後孔を指で広げた。

「ん……ぁ、水が……入る、あぁ……」

唇が離れ、陸が蕩《とろ》けた呻《うめ》きを上げる。

「気持ちがいいだろう、陸」

「んぅ……ぃやぁ……冷た……あ、あ」

非難する声を心地よく聞きながら、ニーラムは片手で己の水着をもどかしい思いで下に押し下げた。

途中からは足で抜き、準備が整うと、いっそうひどく陸の後孔を指で広げた。

中に水が入る感触に、陸が悲鳴を上げる。

「い……やぁぁ……っ」

「ニーラム……！」

「馬鹿、陸の前を確かめてみろ。勃っているだろう」

抗議の声を上げたアニルに、ニーラムは傲然《ごうぜん》と指摘してやる。

そのまま答えも待たず、指で広げた後孔に、ニーラムは己の充溢《じゅういつ》を宛がった。指を引き抜くのにあわせて、間髪《かんはつ》容れずに陸の秘奥に嵌《は》めてやる。

「あぁぁ――……っ！」

陸が高く声を上げて、全身を引き攣《つ》らせた。

しかし――。

「陸、イきそうだ……」

陸の前を摑んだアニルが、うっとりと呟いた。乱暴に雄を咥《くわ》えさせられた陸を心配していたのに、そのくせ男としての本能だろう、ペニスを握った手は、イかないようにきつく根元を縛《いまし》めたままだ。

「アニル、やっ……」

切ない声を上げて、陸がアニルにしがみついた。

ニーラムはその耳朶に囁いてやる。

「イくのは、俺とアニルがおまえの中でイッてからだ。そうだろ、アニル？」

アニルの喉がコクリと鳴る。陸を見つめる瞳が、酔ったように陶然としていた。

この誘惑に、元が享楽的なアニルは抗《あらが》えない。陸からもたらされる甘い悦《よろこ》びは、それほど深いのだ。

「……ああ、そうだ。オレたちがイッてからだ。陸、たくさん気持ちよくなろうな」

「そんな……あ、あ、ニーラム、やめて……そんな動いたら……あぁ、んっ」

小さな波を起こしながら、ニーラムが陸の後孔で動き出す。まるで蜜壺のようなそこに、ニーラムは今にも達したくなる衝動を抑えた。できるだけ長く、陸を喘がせてやる。ニーラムとのセックスがいいと、脳髄に、身体に、刻み込んでやる。

そのすぐ近くでは、いよいよ海が浮き輪から下ろされていた。

「や……なに……まさか、こんなところで……」

怯えた海の声は、ややサディスティックなきらいのあるラヴィの情動を、さぞ煽《あお》っていることだろう。

「大丈夫だ、海。ラグナートが支えているから、溺れたりはしない。もっとも――これ以上逆らったら、どうなるかわからないがな」

笑みを含んだ口調から、彼がどれだけ興奮しているかわかる。

ラグナートが「やれやれ」と、ため息を吐くのが聞こえた。

「悪く思うな、海。ラヴィは海が可愛いから、こういう意地悪をするだけだ。大丈夫、ちゃんと支えているから」

苦笑を滲《にじ》ませた声は、この傲岸な男には珍しい甘さを含んでいた。

「や……無理……やめて……」

仰向けに、半ば上体を倒された恰好は、さぞかし恐怖心を誘うだろう。しかも、ラヴィに両足を抱えられて、プールの底に海の足はついていない。

「……聞き分けがない。ラグナート、少し落としてやれ」

素直に身を預けない海に、ラヴィが残忍に友人を促す。

大丈夫だと言ったわりにラグナートも興が乗ったのか、

「わたしを信頼しないとは、いけない子だな、海」

などと嘯《うそぶ》いて、わずかに海を支える腕の力を抜く。

とたんに、海の身体がプールに沈みかけた。

「やぁ……っ！」

だが、寸前で掬い上げ、ラグナートが囁く。

「おとなしくラヴィに抱かれるか？　いい子にしていれば、ひどいことはしないぞ」

「……っん……ふ、っく……し、してる……してるから……も、離さないで……」

恐怖から、声を震わせながら誓った海に、ラヴィが鼻を鳴らす。

「そうだ。そうやって、最初からおとなしくしていればいい。わたしたちが、君を溺れさせるわけがないだろう。——さあ、挿れるよ、海」

「…………っ……っく……ぁ、あぁ……は、いる……」

空に向かって仰向けの体勢で、海がラヴィに貫かれていく。ただし、仰向けといっても若干《じゃっかん》斜めだ。下肢は、ラヴィと繋げられるように水の中に入り、上体だけが水の上でラグナートに抱かれている。

「あ、あ、あ……こんなところで、こんな……」

「ああ、よく見える。おまえがラヴィに犯されて、ペニスを勃たせているのが、丸見えだ」

ラグナートが喜悦《きえつ》交じりに嬲《なぶ》る。

あの様子では、彼も昨夜の双子たちの交歓に、妬《や》けたのかもしれない。それで、やけに意地が悪いのか。

「いや……だ……見ちゃ、や……だ……あ、あぁ」

言葉でも嬲られて、海が啜《すす》り泣くように喘いだ。

その海の喘ぎに、ラヴィが低く息をつくのが混ざる。軽く水面を波打たせながら、海の肉奥を犯している。

「ん……これで全部だ。ふふ、本心ではいやではないのだろう？　ラグナートが言うとおり、気持ちよさそうにペニスを勃たせているではないか」

「物足りないなら、乳首を弄ってやろうか？　赤く腫《は》れて、触ってほしそうだ」

ラグナートがクスクスと笑った。

「あぁ……海……」

ラグナートとラヴィの二人に嬲られて喘いでいる兄に、陸が切なげに洩らす。自分ではない二人に抱かれて海が高まるのが、どうしようもなく妬けるのだろう。

だが、陸は海だけのものではない。

そして、妬いているのも海だけではない。

ニーラムは思い出させるために、陸の深みにある弱い部分を強く抉《えぐ》った。

「……ひっ……あぁぁ、っ！」

「おっと、まだイくなよ、陸。おまえがイくのは、オレたちのあとだろう？」

アニルがきつく、陸のペニスを押さえ、やや意地悪く頬にキスを送る。海へと意識を逸《そ》らした陸に、さすがにアニルも妬心《としん》を抑えきれなかったのだろう。

「ひっ……いや、ニーラム……そこ、や……あ、あんっ……いやぁぁ、っ」

ニーラムも、陸を罰するために執拗《しつよう》にそこを突いてやった。グリグリと抉りながら、顎を鷲掴《わしづか》みにして上向かせる。

「陸、今おまえは誰に抱かれている？　おまえのペニスを苛めているのは、誰だ？」

「ぁ……あ、やめて……も、やめ……イきたい、イかせて……あぁぁ、っ」

ビクン、と陸の中が収縮した。チラリとアニルを見やると、ニヤリと笑いかけられる。

「いけない子には、お仕置きだよな？　――陸、まだ余裕があるみたいだから、可愛いペニスも扱いてやるな。気持ちいいだろう」

陸の根元を縛めながら、アニルがペニスを弄っていることがわかった。だから、陸の中が急に締まったのだ。

前と後ろ、両方からの酷《むご》い愛撫に、陸の目から急速に焦点が失われていく。

「あ、あ……ダメ……ダメェ……っ」

「ダメじゃない。イイだろう？」

ニーラムが言えば、アニルも陸の首筋にしゃぶりつきながら嬲る。

「ひどくされたほうが、陸は反応がいいよなぁ。――おい、早くイけよ、ニーラム。オレも陸でイきたい」

「せっかちだな、アニル。陸がおかしくなるほどに、二人でじっくり感じさせてやればいい」

ラヴィのことをサディスティックだと評したが、どうやらニーラムの中にも同じサディスティックな部分があるようだ。

イきたくて、陸が泣きながら喘いでいるのに、可哀想だとは思わない。それどころか、もっと泣かせてやりたくて、興奮した。

――大丈夫だ。俺はまだ、陸に心を明け渡していない。

むしろ、ニーラムのほうが支配者だ。

たっぷりと陸を戦慄《わなな》かせ、悲鳴を絞《しぼ》り取ってから、ニーラムはこらえにこらえた放埒《ほうらつ》を、陸の中に放つ。

けれども、当然陸はそのままで、今度はニーラムがペニスを縛める中で、アニルに貫かれた。

「あぁ……メチャクチャ蕩けてる。陸、いい……」

「簡単にイくなよ、アニル。もっと、陸を泣かせるんだ」

「わかってるって。――陸、今だけはオレたちのことだけ考えていてくれ」

「……んっ……んっ……も……許し……ぁ、あ」

陸の切れ切れの喘ぎが、耳に心地いい。

すぐそばでは海が、今度はラグナートに抱かれていた。ラグナートに抱っこされながら繋がれる体勢だ。

「あ……ラグナート……」

「よしよし、いい子だな、海」

そうして、幼子をあやすように、軽く身体を揺さぶられる。それがすなわち、海の中を擦る動きになっていて、海は哀れに嬌声《きょうせい》を上げさせられていた。

その後ろから、ラヴィが海の背中にキスをしている。

双子たちは、それぞれ別の男たちに抱かれていた。血を分けた同胞《はらから》ではなく。

――そうだ、これでいい。

陸はアニルとニーラムに、海はラヴィとラグナートに抱かれて喘いでいれば、それでいいのだ。

それはけして、ニーラムが陸を愛しているからではない。愛にはもう、二度と身を任せない。

ニーラムが陸を求めるのは、快楽ゆえだ。この得《え》難《がた》い悦楽のためだけに、陸を抱く。

それ以上の意味はない。心にしっかり鍵をかけて、陸を可愛く思う以上の感情に蓋《ふた》をする。

それが、ニーラム・クリシュナ・シャールカルの愛し方だった——。

終わり

熱く濡れた夏の夜

淫夜～二人の花嫁～

熱いシャワーで情事の痕を洗い流す。とはいえ、情欲はいまだ治まってはいない。

当然だろう。ニーラム・クリシュナ・シャールカルの今現在の相手は、この程度のセックスで満足できるような安っぽい玩具ではない。

「あれだけやって、まだ二、三発はいける気分か。底なしだな……」

シャワーのコックを閉めながら、ついぼやく。玩具の双子の兄、海《かい》を交えて六人でのドロドロのセックスをしたばかりなのに、こんなふうにじれる自分にいささか呆《あき》れる。

セックスはむろん好きだった。好きだからこそ、あの双子を神娼《しんしょう》への秘儀へと引きずり込んだのだ。

だがその結果、自分の心まで引きずられる事態に陥《おちい》るとは、想像もしていなかった。認めたくないからこそ、ニーラムはあえて彼を玩具呼ばわりしている。玩具と思っていれば、まだ自分の心に歯止めをかけられる気がするからだ。

恋はもういい。他人の態度に一喜一憂《いっきいちゆう》して振り回されるのは、一度でたくさんだ。二度は多すぎる。

濡れた身体にバスローブを羽織り、ニーラムはともすると不機嫌な気分で寝室に続くドアを開けた。ベッドではおそらく、彼――陸《りく》が満足した面持ちで寝入っているだろう。久しぶりのバカンスで、最愛の兄である海と――おまけとして四人の男たちもついていたが――抱き合ったのだ。満腹した猫のように満足しているに決まっている。

けれど、その不愉快な想像にも、一片の痛快さはある。陸の愛する海には、陸以外にも愛する男たちがいることだ。彼らは過ぎたセックスに意識を失くした海を、行為の終焉《しゅうえん》とともに自分たちのベッドへと連れ去っていた。

今、陸のそばにいるのはニーラムとともに陸を共有しているアニルだけだ。

しかし、寝室に戻ったニーラムはふと眉をひそめる。ベッドにいるはずの陸とアニルの姿が見えなかったからだ。歩み寄ると、ベッドサイドにメモが置かれていることに気づく。

「なんだ……？」

筆跡はアニルのものだった。旧離宮の夏の寝所に来いと書かれている。

「車で十分程度だが……ふむ」

旧離宮は、この屋敷と同じ敷地内にある。二十世紀初頭まで使用されていたが、現在は改装された一部の区域を除いて、大部分が閉鎖されている。

そんな離宮の、しかも夏の寝所に来いとはどういうことか。アニルのことだ。またなにか、奇妙な遊びを思いついたのかもしれない。ニーラムと違い、歯止めの利かない彼は陸にメロメロだ。暇に任せて陸のツアーにもついていっているアニルは、ニーラムの見るところ陸の下僕だった。

面倒な遊びでなければいいのだが。

そう思いながら、ニーラムは濡れた髪を乱暴に拭く。そうしながら使用人を呼び、着替えを用意させた。ついでに、旧離宮の夏の寝所にエアコンがないことを思い出し、冷えたドリンクや氷なども車に積むよう言いつける。

まるで自分の邸宅のように振る舞っているが、ここはニーラムの住まいではない。アニルの夏の別宅なのだが、そんな遠慮など互いにしない仲だ。今頃は、ラヴィとラグナートも、海を挟んで好きに休んでいるだろう。疲労しきって意識を失くしている海を肴《さかな》に、二人で楽しんでいるかもしれない。

神娼でもない海に彼らがあれほど夢中になるとは想定外だったが、それはまた別の話だ。ニーラムの玩具は陸だった。

バスローブから簡単な着衣に着替えたニーラムは、使用人に用意させた車に足を運んだ。深夜の闇の中、旧離宮に向かってそれを走らせる。

十分弱で、目的の場所に到着した。さて、アニルは陸となにをしているのか。

その時だった。車を降りた耳に、陸の甘い嬌声《きょうせい》が聞こえた。

「あ……あん、っ……アニル……あぁ」

外はうだるような暑さだ。夏の離宮だからといって、特別涼しいわけではない。

「この暑い中でまたセックスか？　ご苦労なことだ……」

ニーラムはやれやれと首を振った。わざわざこんな場所でことを再開した二人の気が知れない。立っているだけで、もうじっとりと汗が滲《にじ》んできた。しかも、六人での爛《ただ》れたセックスの直後だ。

アニルもまだやり足りなかったのか。それとも、陸がアニルを誘ったのか。

神娼とはそういう生き物だとわかってはいても、ニーラムから舌打ちが洩《も》れる。

なぜ、ニーラムを待たずに二人きりで先に行く。

——いや……いや、あれは玩具だ。断じて妬《や》けたわけではない。

再度、ニーラムは心にストッパーをかける。陸に惹《ひ》かれても、心を奪われるのは危険だ。

あえてゆったりとした足取りで、肩には氷の入ったクーラーボックスをかけ、もう片方の手に冷えたドリンク類を詰めた籠《かご》を下げて、婀娜《あだ》な声の聞こえる場所へと向かう。

しかし、近づくにつれて、ニーラムは軽く片眉を上げた。

ぼんやりとしたランプの灯《あか》りがゆらゆらと蠢《うごめ》いている。まるで漂うように。

次いで、強い花の香りを感じた。酩酊《めいてい》しそうな、濃厚な甘さとかすかな青臭さ。

入口に立って、ニーラムはなぜ灯りがゆらゆらと漂っていたのか知る。

「水を張ったのか、ここに……」

声に気づいて、アニルが視線を向けてきた。見下ろす形だ。なぜなら、この寝所のベッドは人の身長ほどの高さにあるからだ。

「先に始めてるよ、ニーラム。にしても、やっぱり暑いよな、ここ。水をたっぷりにしても、ちっとも涼しくなった気がしない……んっ、陸、そんなに締めつけるなよ」

「だって……気持ちい……風が乳首に触れて……ぁ」

ぼんやりとした灯りの中、陸がニーラムのほうに見せつけるように胸を反らした。その背後から、アニルが伸しかかっている。獣の姿勢で、陸を貫いているのだろう。

ニーラムの喉が自覚しないままにコクリと鳴った。汗にまみれた陸の肌がぬめったように、鈍《にぶ》い灯りに照らされて、残酷なまでに艶《なま》めかしく目を奪う。

床についていた陸の手が片方だけ上がった。

「そよ風があるの、アニルはわからない？　汗で濡れた乳首に風が当たって……あ、あ、気持ち……いい……」

言いながら、陸自身の指がさらに快感を煽《あお》るように自らの乳首を抓《つま》んだ。

「……うっ」

アニルが低く呻《うめ》く。それだけで、彼を咥《くわ》え込んだ陸の中がどんなふうに蠢き、どんな具合に雄を悦《よろこ》ばせているのか、ニーラムはまるで自身が陸の中にいるかのように感じた。

入口から四、五十センチほど低くなっている床は、今はたっぷりの水で浅いプール状になっている。

それは前近代の、夜を涼しく過ごす知恵のひとつだった。石造りの床を水が満たし、それが外気温で気化することで、多少なりとも涼を得られる。

現代のエアコンと比べれば、児戯《じぎ》にも等しい仕組みだ。だが、水に浮かぶゆらゆらとした灯り、漂う花々の香、ほぼ柱だけで壁などないせいで寝台部分にやさしく差し込む月光が、たくまざる効果を上げている。

まるで、この世の光景でないような――。

「ニーラム……ぁ」

背後からゆったりと突き上げられながら、自ら乳首を愛撫していた陸が、潤んだ眼差《まなざ》しでニーラムを見下ろした。掠《かす》れた、声にならない唇の動きが、ニーラムを誘う。

——来て。

ニーラムは魅入《みい》られたように、淫らに雄を求める陸に目を奪われ続けた。ニーラムが、アニルが、そしてここにはいないラグナートが、ラヴィが、玩具として作り出した神娼。

もし、それの魅惑がこれほどになると知っていたなら、自分はけして古代の秘密を追い求めたりはしなかっただろう。

いや、知っていてなお追い求めた愚かな自分を、ニーラムは苦く嘲笑《あざわら》う。これほどに胸狂おしくなるとは知らなかった。ただただ、陸のみが欲しくなるとは——。

ラヴィやラグナートは、どうしてこの陸ではなく、海のほうを求められたのだろう。

ニーラムにはわからない。アニルに訊《き》いても、首を傾げるだろう。

——四人で陸を争うことになる事態は避けられたが……。

無意識に、クーラーボックスと籠が地面に置かれた。

さっき着たばかりのシャツのボタンを、指が外していく。陸を見つめたまま、ニーラムはそれを肩から滑り落とし、スラックスのベルトを弛《ゆる》める。

ふと下を見ると、陸とアニルの着衣も同じような場所に脱ぎ捨てられていた。

裸になった陸を、アニルは花嫁のように抱きかかえて高い寝所部分に上げたのだろうか。

「ぁ……おっきい……」

すべてを脱ぎ捨てたニーラムに、陸の舌舐めずりするような囁きが聞こえた。アニルに抱かれる陸の痴態《ちたい》のみで、ニーラムのそこは逞《たくま》しく漲《みなぎ》りを見せている。

「来いよ、ニーラム。陸がオレだけじゃ満足できないってさ。口にニーラムが欲しいだろう、陸？」

「あぁ……んっ」

思いきり突き上げながら、アニルが陸に問いかける。陸は高い声を上げて、喘いだ。喘ぎながら、

「欲しい……」と求めた。

なんという淫売だろう。陸が愛するのは海のみであるのに、身体はアニルとニーラムからのセックスも求める。陸がニーラムたちを必要としているのは、この過ぎた情欲を海にぶつけないためだ。海の身を案じて、陸はニーラムたちを利用している。

急にむらむらと怒りが込み上げ、ニーラムは持参したクーラーボックスと籠を手にした。大きな足音を立てて、水の張ってある室内に入る。人の身長ほどの高さにある寝所部分は、部屋の中央だ。四つの柱で支えられて、三メートル四方ほどの大きさで鎮《ちん》座《ざ》している。

水をかき分け、ニーラムはその寝所部分に上る階段まで進んだ。無言で、濡れた足でそれを上がる。

「――なんだ。ずいぶんな荷物を持ってきたな、ニーラム」

小刻みに陸の奥の部分を突きながら、アニルがにやりと笑って、ニーラムを見上げる。ニーラムは軽く鼻を鳴らした。

「暑いだろうと持ってきたが、気が変わった。どけよ、アニル。これを入れるのに、グラスよりももっといい場所がある」

クーラーボックスの蓋《ふた》を開け、ニーラムは中の氷を掌《てのひら》に載せた。アニルが軽く目を瞠《みな》り、次いで小さく喉の奥で笑いを洩らす。

「おいおい……そういうのは、ラヴィのやることだと思うけどなぁ」

「俺を待たずに抜け駆けするからだ。もっとも、陸には罰にならないだろうがな」

ニーラムにしては珍しく、意地悪く唇の端を歪《ゆが》めて言うと、陸が喘ぎながら振り返る。

「なに……？　なに……するの……あっ」

中を穿《うが》っていたアニルが抜けて、陸が物足りなさ

げな声を発する。その眼前に、ニーラムは掌の氷を示した。

「夏用のお遊びだよ、陸。あれだけやったのに、まだ男が欲しいのならば、少しは冷ましてやるのが親切だろう」

「……って……中に入れるって……氷？　嘘……」

怯《おび》えたのか、陸が逃げるそぶりを見せる。すかさず、アニルが陸の腰を捕《と》らえた。

「おっと、陸。逃げちゃダメだって」

「や……やだ！　氷なんて……っ」

さっきまでの淫欲に染まった様子はどこへやら、陸はすっかり怯え始める。

どうやら今夜は少々サディスティックな気分なのか、怯えた陸にニーラムは奇妙な満足感を覚えた。今夜こそは、自分が陸を支配していると思える。

陸を捕らえながらも、アニルがふと訊《き》いてくる。

「にしても、氷を中に入れても大丈夫なのか？」

多少は心配なのだろう。それをニーラムは軽く笑い飛ばす。

「これほど暑いのに？　じっとしていても汗まみれだ。むしろ、中から冷やしてやったほうが気持ちいいかもしれないぞ。試してみよう」

そう言えば、元は淫事に貪欲なアニルだ。悩む間もなく、陸を押さえつけた。

「ちょっ……やめてよ！　氷なんていやだ……っ、アニル、ニーラム！」

「ああ……中を綺麗《きれい》にせずにここに連れてきたのか？　俺たち皆の精液で、濡れ濡れじゃないか。まあ、これならよく入りそうだが」

屈《かが》んだニーラムは、陸の後孔に氷を添える。ビクン、と冷たさに陸が震えた。

「……ぁ、やだ………あぅ、んっ」

けれど、少し押すだけで、つるんと呑み込むように、陸の後孔に氷が入ってしまう。

「やぁ……ぁ……冷た……っ」

冷たいと言いながら、陸の花弁はひくひくと口を開閉させている。

「もの欲しげだな」

ニーラムは含み笑い、もうひとつ氷を取り出した。

「それも？」

アニルが問うが、ニーラムは肩を竦《すく》めてやる。

「ひとつではすぐに溶けてしまうだろう。もう一、二個入れてやろう。そのあと、俺のこれで蓋をしてやる」

「……なんか今夜のニーラムって……鬼畜《きちく》」

わざと恐々《こわごわ》とさせたアニルの呟きに、ニーラムは含み笑いで答えた。

もうひとつの氷が陸の中に入り、さらにひとつ、花襞を開いて滑り込んでいく。

ぶるぶると震える陸に、ニーラムはやさしく囁いた。

「さあ、陸、零《こぼ》れないように蓋をしてやる」

「あ……あ、あ……」

ゆっくりと、ニーラムはアニルに押さえられ、尻だけ高く掲げた陸の後孔に己の雄芯《ゆうしん》を咥えさせていった。大きく張った先端部分が花びらを広げると、グチュと淫らな粘着音が辺りに響き渡る。

「い……やぁ……」

久々の、陸の抵抗する悲鳴だった。それを認識したとたん、ニーラムの雄がドクリとさらに膨張《ぼうちょう》した。

海を苛《いじ》める時、ラヴィもこんな気持ちなのだろうか。少し、ラヴィの感覚がわかったような気がした。

だが、冷静に考えられたのは、そこまでだった。

氷に冷えた内壁にニーラムの熱い充溢《じゅういつ》が触れたのを感じた陸が、声を裏返らせた。

「……ひっ」

全身が蠕動《ぜんどう》するように震え、淫らな粘膜がニーラムに絡みついてくる。

「熱……熱い……あ、あ、熱い……あぁ、っ」

「陸？　……うっ」

氷で冷えた中に、ニーラムの雄が実際以上に熱く感じられるのだろう。うねるように陸の中が蠢いた。

なんだ、この動きは。

「あ……熱い……あ、あ、ニーラムが……あ、熱いぃぃ……あ、あんっ」

「……すげ……あんなにいやらしく腰が動いて……」

アニルが魅入られたように呟く。

さっき、アニルに抱かれていた時の陸にはまだどこか余裕が感じられた。だが、今の陸は初めての感覚に我を忘れている。

それはニーラムも同様だった。ふとした思いつきだったのに、これはどうだろう。心地よく冷えた中に欲望を包まれる爽快感、それを突き上げるごとに冷感は熱に変わっていく。

「うっ……いいぞ、陸」

深々と突き刺した先端にまだ溶けていない氷が当たり、ニーラムは興奮した呻《うめ》きを洩らした。冷たさと熱さ。相反する感覚が、剝き出しになった神経をより刺激する。

「あ、熱い……熱いよぉ……あ、ああっ！」

「――ずるいよ、陸。ニーラムとだけ楽しむだなんてさ。オレも……仲間だろう？」

「ひぃ……っっ」

陸の背が反り返り、全身が硬直した。いつの間にかクーラーボックスから氷を出したアニルが、それを陸の胸に滑らせたからだ。

「うっ、陸……そんなに締めつけたら……っ」

ニーラムは反り返った陸の背を抱きしめ、腰の動きを激しくした。絞り取るような締めつけに、もう耐えられない。

「いやっ……いやぁぁぁぁ――……っっ！」

ニーラムは陸を抱きかかえ、思いきり突き上げた。身を起こし、串刺しになる形になった陸の胸を、アニルが氷で苛め続ける。

両目を見開いたまま、絶叫した陸は勢いよく蜜液を噴き上げた。その内部に、ニーラムも熱い樹液を暴発させる。

「あ、あ、あ……熱い……あぁ……あん、あっ、冷た……あぁ」

冷たさと熱さ、両方を感じながら、陸はイッた。見つめるアニルの目が興奮している。

「すごい……。ニーラム、次はオレも挿れたい」

「……ああ、すごいぞ、これは」

ニーラムの息も弾んでいる。全身が汗で濡れていた。砲身を抜くと、陸の中も濡れている。精液と、溶けた氷の水分で。

「――陸、次はオレの番だからな」

そう言いながら、アニルがやさしい仕草《しぐさ》で陸の身体を仰向《あおむ》ける。しかし、大きく広げさせた足の狭間《はざま》にまず当てたのは、新たな氷だった。ふたつ入れて、それから自身を挿入する。

「う……すげぇ、本当だ。冷たくて、でも熱く……ああ、最高だ、陸」

「あうぅ……や、また……あ、あんんっ！」

鋭い声は、今度はニーラムが陸の乳首に氷を押し当てたからだ。

「や……ぃや……」

「そのわりには、もう陸のペニスも勃っている、ふふ。最高に夏向きのセックスだな」

ニーラムが笑うと、陸を貫いたアニルも笑った。楽しげに。

「マジでこれ、毎年癖になりそうだ……んっ、陸、めちゃくちゃエロい動きなんだけど」

「ぁ……いや……ぃや……おかしくなっちゃう……あ、あ、熱い……あぁ！」

床一面に張った水のおかげで、わずかに涼感のあるそよぐ風、氷から溶ける水と汗が入り交じってぬめる肌。

少しだけ、日頃の鬱憤《うっぷん》を晴らしたニーラムは薄く笑った。こういう立ち位置なら、悪くない。

翻弄されるのは陸。自分は、その陸を支配する。

惹かれる心と拒む心、ふたつの己と駆け引きしながら、今夜もニーラムは陸と戯《たわむ》れる。次の夏も、また次の夏も、こうして陸と楽しむだろう。己の心に抗《あらが》いながら――。

いいや。支配することで、自分は陸への恋を許すかもしれない。

――主導権は、俺のものだ。

やさしく、ニーラムは喘ぐ陸の身体を氷で玩《もてあそ》び続けた。

終わり

sweet moon

淫雨～捧げられた花嫁～

シンディアがラダとなにか相談しながら、邸内の改装をしていたことは知っていた。

なにをしているのか興味深かったが、二人に「内緒だ」と微笑まれて、少しだけ仲間外れにされたような不満というか、もやもやというかを感じていたりもした。

しかし、その内緒の改装がよもやこういうことだったとは、聡史《さとし》も予想していなかった。

「どうかな。サトシが安らげるように、和風にしてみたんだが」

とシンディアが言えば、ラダも、

「日本人にとって檜《ひのき》の風呂というのがいいと聞いたから、建築家も日本人を使うほうがいいのではないかとシンディアにアドバイスしてみたんだが、どうだろう」

と聡史の様子を窺《うかが》ってくる。

それまでシンディア邸の浴室といえば、各自の部屋に簡易的に取り付けられたものか、もっとゆったりと使用できる主寝室ならぬ主浴室かの二択であったが、聡史の目の前に広がっている浴室はそれらとはまったく趣《おもむき》を変えた、純和風の浴場であった。

大人が五〜六人は入れそうな浴槽はもちろん檜造りで、床も同じ檜張りだ。壁も半ばまでは檜で覆われ、そこから上は白壁になっている。

すでに浴槽には満々と湯が張られ、しかも檜で造った湯口から温泉場のように湯が浴槽へと流れ落ちている。デリーに温泉が出るという話は聞かないから、おそらく普通に水を沸かしたものだろうが、なかなかの贅沢《ぜいたく》だ。

そしてその浴槽に入れば、全面ガラス張りの窓から屋外の景色がよく見えるようになっている。

といっても、敷地面積の関係から、見渡す限りシンディア邸の庭園なので、プライバシー面に問題はない。さらに言えば、浴室は二階なので、庭園の世話をする使用人たちの目も心配しなくていい。

いや、浴室を使用するのは普通夜なのだから、使用人の目など気にしなくてもいいではないかと言われそうなのだが、聡史たち三人にとって浴室を使用するのが夜のみとは限らないわけで……。

「サトシ、せっかくだから今から入ってみないか？」

聡史の右側から、シンディアがやさしく耳朶《じだ》を啄《ついば》むように囁いてくる。

続いて左側に陣取ったラダが、同じようにして聡史の左の耳朶に唇を触れさせながら、そそのかしてくる。

「この広さなら、問題なく三人で入れるだろう？」

いつも事後に、メインの浴室に三人で入る時に、聡史が「三人でなんて無理だよ……」というのを理由になんとか断ろうとする言葉を逆手にとって、そんなことを言ってくる。

たしかに、今までの浴室はいくら贅沢に造られているといっても、そこはさすがに欧米風浴室の限界で、男三人が浴槽に入ろうとすれば、真ん中に挟まれる形の聡史などは身体を折り曲げられ、しかもそれが足を開く形なものだから、そこからさらに悪戯《いたずら》をされてしまい、なかなか恥ずかしいものがあったのだ。

だが、この純和風の浴場なら、聡史も狭さを理由にあんな恥ずかしい恰好をさせられずに入れるだろう。

しかし、である。

――こんなに明るい中で入るのか……？

時刻は昼下がり、ブラインドを下ろしていないガラス窓からは、燦々《さんさん》と眩《まぶ》しい日差しが浴室内に射し込んでいる。

こんな中で入浴などしたら、なにもかもがラダとシンディアに見られてしまう。

むろん、今までにも真昼間に入浴する羽目になったことは何度かあったから今さらなのだが、シンディアとラダの二人にトロトロにされてからの入浴と、未だ正気のままの入浴では難易度が違う。

「あ、あの……本気で……?」

一縷《いちる》の望みをかけて、聡史は左右の二人に訊《き》いてみた。聡史の羞恥心を慮《おもんぱか》って、冗談にしてくれないだろうか。

そんな聡史に、ラダは少し困ったように、一方シンディアは甘く、微笑みかけてくる。

「初入浴は、三人で一緒がいいな」

とシンディアが。

「ダメかな、サトシ」

とラダが。

二人の恋人にそうねだられては、聡史もそれ以上拒めない。

シンディアもラダも聡史に対して相当に甘い恋人なのだが、そう思う聡史自身も二人に対しては甘かった。愛する二人からお願いされたら、なかなか断れない程度には。


なぜなら、聡史とシンディア、ラダの三人は普通では考えられないような過程を経て、三人での恋人関係を構築していたからだ。

実在した古代神とその秘儀——。

それは異常と言ってよいシチュエーションだった。もし、あんな状況でなかったら、性的にはごく平凡な価値観の聡史が、ラダとシンディアという二人の男を同時に恋人にするという暴挙には及べなかっただろう。

結局聡史は、古代の神の神子《みこ》にはなれなかったが、三人で愛し合うすべてを神に捧げた秘儀の日々は、彼らの間に特別な繋がりをもたらした。

互いにすべてをさらけ出したことが、より深い結びつきに繋がったのか。

とにかく、離れ難い思いを強く感じ、それは秘儀が終わった現在までも続いていた。

いつまでも、果てしなく、互いに身体を繋げていたくなる。三人で溶け合っていたくなる。いついつまでもずっと、永遠に――。

　こんなことになるまで、聡史はどちらかといえば性的には淡白なほうであった。

　ラダも、事情があってとある教団にまつわる研究に忙しく、そういう経験は乏《とぼ》しい。

　シンディアだけは、二人より年長ということもあって、年齢相応に経験があったが、それも淫らなことが好きというより、暇潰しの側面が強かった。

　けれど、秘儀の過程で想いを伝え合い、古代神の祭壇で身体を繋げ合うことで、聡史たちは至高の悦《えつ》楽《らく》を味わった。今も、三人で絡み合うことで味わい続けている。そして、悦《よろこ》びを極めるごとに、互いを想う気持ちもまた、吸引力を増すのだ。

　それは三人が真に愛し合っているからだよ、と古代神の神官であったというレジー・チャンという中国系アメリカ人の男が言っていた。

　聡史たちの他にもこの古代神に翻弄《ほんろう》された人間は複数いて、その彼らが言うには、件《くだん》の古代神というのはなにより人間の愛し合うエネルギーを好むという話だった。

　聡史自身も、秘儀の最中にそんな神の姿を見ている。

　聡史は神子に選ばれなかったが、それでも秘儀に関わった人間の一人として、今も古代神は聡史たち三人の愛し合うエネルギーを歓《よろこ》んでいるのかもしれない。

　その返礼が、三人での行為の異常なほどの昂《たか》ぶりか。

　聡史にはラダとシンディア以外との性交の経験はなかったが、それでも、彼ら二人との行為が特別なのだという感覚はわかる。おそらく、仮に彼らと別れることがあって、他の恋人ができたとしても、二人としているほどの悦楽はないだろう。

　とはいえ、ラダやシンディアと破局の日が来るとは、思えなかったが。

　たとえ二人のほうが聡史に飽きたとしても、聡史が二人に愛想を尽かすことはないと思う。

そしてたぶん二人も——。

「ん……」

ラダとシンディアの二人にそれぞれキスされながら、聡史は二人の手でシャツのボタンを外されていく。

シャツを落とされるともう、乳首がツンと張りつめていて、その恥ずかしい桜色を二人の手で抓《つま》まれた。

「可愛い、サトシ」

シンディアが囁き、ラダがため息をつく。

「綺麗《きれい》だ……」

まだ十八歳なのに匂うような雄の色香のあるラダや、三十一歳の男盛りの艶やかさのあるシンディアと比べると、平凡すぎるほど平凡な聡史は、けして可愛くも綺麗でもない。それなのに、二人はいつもうっとりと聡史を称賛してくる。

それが気恥ずかしくて聡史は赤面するが、同時に、彼らの心からの讃辞に身体の奥深くが熱くなっていく。

「……ぁ」

ラダにスラックスのジッパーを下げられ、シンディアに中へと手を入れられる。小さく、シンディアが笑った。

「よかった。サトシも……熱くなっている」

「言わないで……ください……んっ」

ラダが首筋に吸いつき、聡史は詰まった呻《うめ》きを洩らした。ラダも陶然《とうぜん》とした様子で囁く。

「サトシはいつも、そうやって恥ずかしがる。すごく……可愛い」

「馬鹿……オレのほうが、年上だぞ……ぁ」

聡史は二十三歳。ラダより五歳年長で、シンディアからは八歳、年齢が下だった。

もっとも、外見上は聡史が一番年下に見える。ラダが大人びていて、聡史が日本人らしく少々若く見えるのだ。

そんな二人に、シンディアが吐息だけで笑みを洩らす。

「年齢は関係ない、サトシ。その心ばえが、可愛く、愛しいのだ。そうだろう、ラダ」

「ええ」

ラダが頷《うなず》き、ジッパーを下げた聡史の前を広げ、スラックスを床へと落としていく。下着は、恥ずかしいところに触れていたシンディアによって下げられた。

プルン、ともう反応している聡史の果実が外気に晒《さら》される。

「可愛い」

ラダが聡史の耳朶に囁き、シンディアが含み笑う。

「まったくだ」

「……やだよ。オレばっかり……」

恥ずかしくて、聡史は眩暈《めまい》がしそうだ。

だが、もちろんやさしい二人は、聡史にだけ恥ずかしい思いはさせない。

二人で聡史からすべてを剝《は》ぎ取ると、今度はそれぞれに交替で聡史を支えつつ、素早く自身の衣服を脱ぎ捨ててくれる。

聡史はもうふらふらだ。ただ衣服を奪い取られるという行為のみで、もう呼吸が上がり、足から力が抜けかけていた。

それもまた、愛する二人から可愛いと言われる部分だ。聡史にとっては恥ずかしい話だったが。

やがてともに全裸になったラダとシンディアに抱えられながら、聡史は軽く湯気が漂う中、シンディアの膝に当然のように座らされる。

「浴槽に入るのは、まずは身体を洗ってからというのが日本の作法と聞いた」

「僕が調べたのだけど、間違ってないかな、サトシ」

「……ぅ」

聡史は涙目で、目の前に膝をついたラダを睨《にら》む。足は、シンディアの手で広げられていた。

これで本当に入浴するだけと言われて、誰が信じるだろう。最初から恥ずかしすぎる体勢だ。

「普通に洗う気はないくせに……」

ラダが苦笑する。

「だって、サトシがあんまり可愛いから」

「洗うだけで我慢するから、ね？」

シンディアが聡史の髪にキスしながら、なだめるように言ってくる。

そこは聡史の同意もなく、行為に持ち込む気はないのだろう。

だからといって、安心というわけにはならない。

最後まではしない。けれど、この体勢で洗うとなれば、それはそれでつらい目に遭《あ》うことが想像できるのだ。しかし、聡史はそのことを口に出すのが恥ずかしくて、二人を代わる代わる睨むことしかできない。

いやらしいことはしないで、と言いたいのだが、言えば言ったで、今度はどんなことがいやなのかと訊かれてしまう。

結局はある種の羞恥プレイめいたことになるのが耐えられなくて、あるいはそうやって言わされることでなぜか聡史自身も昂ぶってしまって、まずい行為になだれ込む危険があった。

だから、聡史としては恨めしい思いで睨むしかない。もっとも、二人の目からすると睨むというより、哀願するという眼差しであったが。

文句の言えない聡史を、ラダが愛しむように見つめながら、ボディーソープを泡立てる。

「そっと、洗うからね」

「……ぅ」

「大丈夫だ、サトシ。ラダもわたしも、君にひどいことはけしてしないよ」

嘘つき、と聡史は言いたかったが、それを言葉にする前にラダに泡をそっと胸に置かれてしまう。ツンと尖った乳首を泡で包まれ、その泡をそっと胸を中心に広げられる。

「あ……」

鈍いような、ジンジンするような疼《うず》きが、泡に包まれた胸から広がり、聡史の身体からゆっくりと力が抜けていく。

恥ずかしい。けれど、こんなふうにやさしく触れられたら、どうしても身体が甘く綻《ほころ》んでしまう。

そんな聡史の様子を敏感に見て取るのが、シンディアだ。しっかりと聡史の身体を支えながら、ラダにこう勧め出す。

「ラダ、胸はわたしがやるから、君はもっと下を洗ってやるといい」

ラダも悪戯《いたずら》っぽく目を煌《きら》めかせて、シンディアに頷く。もとより、聡史をその気にさせるのは望むところなのだ。

「わかりました。——サトシ、そういうわけだから、少し下のほうに泡をつけるからね」

やさしい、ただ洗うだけだよと言いたげな囁きのあと、泡を作ったラダの手が腹部に下がり、そこをさわさわと数回撫でてから、すっかり勃ち上がっている果実へと移動した。

「……あ、っ」

同時に、胸の泡をふわふわと撫でていたシンディアの手が、ゆるく乳首を抓んでくる。

ラダも、泡をつけるという口実で、硬くなっている花芯を握っている。

柔らかな泡の感触のあとの直接的な刺激に、電流のような快感が聡史を襲い、高い声が上がった。

「あぁ……っ」

「洗うだけだからね」

シンディアが言う。

「全部、僕たちで綺麗にしてあげる、サトシ」

ラダが甘く告げる。

「や……い、や……こんな……あ、あ……」

聡史はもう、ただ恥ずかしい声を上げるだけだ。

乳首と性器。このふたつを、身体がぐずぐずになるまで、二人に丹念に清められた。

「ぁ……ぁ……ダ、メだ……んっ」

こうして、二人の手で聡史は全身をやさしく洗われた。

「う……ん、ふ……はぁ、はぁ……ぁ」

明るい日差しに、全身余すところなく照らされている。

そんな健全な明るさの中で、聡史は達しないように、自身で果実を握りしめた恰好で、ラダによって髪を洗われていた。

すでに全身を二人がかりで綺麗にされて、息も絶《た》え絶《だ》えだ。

シンディアはラダに聡史を任せて、手早く自身を洗っている。ゆっくりと念入りに清めた聡史と違い、少々乱雑な手順だ。

髪までさっさと洗ったところで、ラダと交代する。まだ洗髪が途中の聡史を、今度はシンディアが支えて洗い出す。

「オレばっかり……こんな念入りに……んっ」

ラダとは違う感触に地肌を擦られ、聡史は小さく呻く。シンディアは片手で聡史の髪を洗いながら、もう片方の手で腰を抱いて支えてくれていた。

やさしく髪を洗う指の感触に、握りしめている果実がピクピクと反応する。

イきたい。

だが、ここで達してしまったら、続きがつらくなることは経験上わかっていた。二人がかりで聡史を可愛がるラダとシンディアはいいが、その二人を一人で受け入れる聡史のほうは、こうやって絶頂をコントロールしなくては、すぐに二人の高まりを受け止めきれなくなってしまうからだ。

達しはするが、蜜が一滴も出ない状態で何度もイかされるのは、快楽地獄だ。

――秘儀の最中は、何回でもイけたんだけどな……。

そう思うが、あれは特別だったのだろう。通常の行為では、いつも聡史のほうが先にばててしまい、それでも二人があまりに気の毒でつい大丈夫と強がり、結果大変な責め苦を味わうことになるのだ。

その経験が、恥ずかしながらも自分で自分のモノを握りしめるというこれに繋がっていく。

「んっ……んっ……」

聡史は懸命に、イきたくてイきたくてたまらない衝動をこらえる。

それを目にするラダは、大急ぎで全身を洗い、髪も適当に洗っていく。

シンディアも「もう少しだからね」と言いながら、ラダの終わるタイミングを見計らいつつ、髪のシャンプーを落とし、コンディショナーをつけていく。

もちろん、昂《たか》ぶっているのは聡史だけではない。聡史を支えながら髪を洗ってくれているシンディアも股間が硬くなっているし、大急ぎで全身を清めているラダも若い果実が隆々と勃ち上がっていた。


おまけに、聡史は気づかなかったが、必死に性器を握りしめて衝動をこらえている聡史の姿を目にするたびに、二人の雄も逞《たくま》しさを増していっている。聡史の恥ずかしくも淫らな姿は、二人の恋人にとっても目の毒だった。

慌ただしくラダの洗髪が終わるのと時を同じくして、聡史もやっと髪のコンディショナーを落としてもらえる。

全身が綺麗になったところで、こらえきれなくなったシンディアにキスを奪われた。

「サトシ……ッ」

「んっ……んぅ……シン……んん、っ」

さっきまでの戯《たわむ》れるような軽い口づけと違い、貪るように唇を割られ、口中に舌を入れられる。口蓋《こうがい》を、頬の裏側の粘膜を、歯茎を、愛しむように舐《な》めつくされ、最後に舌を搦《から》め捕《と》られた。

「んん……っ」

頭の芯が痺れるような荒々しい口づけに、聡史は詰まった呻きを洩らす。

だが、我慢できないのはシンディアだけではなかった。ラダも、待ちきれないとばかりに、聡史の肩に吸いついてくる。

「サトシ……あぁ、サトシ……」

そうして、身体を捻《ね》じるような体勢でシンディアにキスを奪われていた聡史の身体を、シンディアと向き合う形に整えてくれる。

そのまま、ラダは聡史の肩から背中、背筋伝いに下肢へとキスの雨を降らせていった。

そして――。

「ん……んんぅ、っ！」

背筋を伝い下りたラダの舌が、終着点へと至る。やさしい指が聡史の尻の間を開き、その狭間《はざま》にある、二人の雄を何度も受け止めた小さな蕾《つぼみ》をくすぐるように舐め始めた。

「ん……ふ……ゃ……んん」

唇はシンディアに、後孔はラダに、聡史は存分に舐めまわされる。前を握りしめている指が、小刻みに震えた。

――ダメ……イく……イッちゃう……っ。

ほぼ朦朧《もうろう》としつつある意識の中、聡史はもうこらえきれないと、衝動を解き放とうとした。

だが、まるでその瞬間を悟ったかのように、ラダが後孔から唇を離す。シンディアもキスを解いた。

三人ともに荒い息遣いで、互いを見つめ合う。

背後から、ラダが囁いた。

「浴槽に入ろう、サトシ」

「ああ。イくのは、中でだ」

シンディアも、彼にしてはやや乱暴な口調で、ラダに同意する。

聡史はもう、なにも言えなかった。まだ本格的な愛撫も始まっていないのに、全身がとろとろになっていて、二人のなすがままにしか動けない。

ただ、掠れた声で呟《つぶや》いた。

「早く……して……」

イきたくて、欲望を解き放ちたくて、もうそのことしか考えられなかった。

コクリ、とシンディアの喉が鳴る。背後では、ラダも同じように喉を鳴らしていた。恥ずかしがる聡史も可愛いが、こうやって欲望に蕩《とろ》けている聡史も、二人をたまらなくさせる。どちらの聡史も、ラダとシンディアがともに愛する愛しい恋人だった。

二人は視線だけで短く会話を交わし、ラダが抱き上げる形で聡史を浴槽に運ぶ。

温かい湯の感触に、聡史は喘ぐような吐息をついた。全身が湯に包まれ、シンディアに背を支えられる。うっすらと目を開くと、ラダが両足を押し開いているのが見えた。

「ラ……ダ……」

「そうだよ。今、イかせてあげるから」

そう言ってまた、ラダは聡史の背後のシンディアにちらりと視線を送る。シンディアが促《うなが》すように頷《うなず》いたのを確認し、腰を聡史の足の間に進ませた。

「挿《い》れるよ」

「さあ、サトシ。手はこちらだ」

股間を握っていた手を、シンディアに解かれる。縛《いまし》めを失った果実が、ピクンピクンと震えた。

「サトシ……」

シンディアが頬にやさしくキスしてくれる。

「サトシ……」

ラダのほどよく筋肉の乗った腿が、自分の内腿に触れるのを感じた。

そして、舌で蕩かされた肉襞《にくひだ》を、ゆっくりと熱いモノで押し広げられる。

「あ……ぁ……あぁ……あぁぁ……」

挿入はやさしく、この日初の交合を味わうようなじんわりとしたものだった。聡史は大きく口を開いて喘ぎ、全身を引き攣《つ》らせた。

自分が同性に抱かれるなんて、こうなるまで一度だって考えたことはなかった。自分の肉奥がこんなふうに、同じ男のモノに開かれる日が来るなんて、想像もしていなかった。

だが今、聡史の肉体は同じ男からの蹂躙《じゅうりん》を悦んで受け入れている。秘儀の夜から数限りなく抱かれて、聡史の身体は二人に愛されるための器官へと変貌を遂《と》げていた。

ラダの若い雄に貫かれて、背筋が仰《の》け反《ぞ》った。張りつめた乳首が湯を弾き、その刺激にも聡史は全身をひくつかせる。

「あ……あ……あぁ……イ、く…………イくぅぅぅ――っっ！」

悲鳴のような叫びとともに、聡史はついに欲望を解き放った。昂ぶりきったペニスがビクンと跳ね、白いものを先端から吐き出す。それにつられて痙攣《けいれん》するように何度も、腰が揺れた。

「……くっ」

ラダが呻き、きつく収縮した内部にそれでも強引に自身を食《は》ませていく。食いしめるごとにドクドクとラダの欲望も逞しさを増し、それが聡史をさらに陶然《とうぜん》とさせた。

気持ちがいい。頭が蕩けるほどに、いい。

だが、快楽はこれで終わりではない。蕩ける聡史の脳髄に、シンディアの囁きが注がれる。

「とても綺麗だ、サトシ。ラダに貫かれてイく君は、なんて淫らで、美しい……」

「ぁ……シンディ……ア……」

のろのろと目を開けると、己の痴態《ちたい》を貪るように見ているシンディアがいた。眼差《まなざ》しに欲望が、荒い息遣いに雄の情動が感じられる。

「そんな目……見ない、で……」

「なぜ？　この体勢では、君の可愛い唇にわたしを愛してもらうことはできない。ならば、目で君を味わわせてくれ」

「そんな……シンディア…………あ、んっ」

不意に、根元までずっぷりと聡史に挿入したラダが、動き出した。

「シンディアばかりを見るな、サトシ。今、君を抱いているのは僕だ。僕をもっと感じてくれ」

「あっ……ラダ、んっ……あ、あ、ダメ……だ、まだ準備が……あ、あっ」

　達した直後で、まだラダの欲望を受け止める準備ができていない。絶頂の余韻が全身に漂っていて、その甘さだけで肉奥がぐずぐずになっている。

　それなのに、ラダの若い雄に力強く中を穿《うが》たれ出し、聡史は悲鳴を上げた。達したばかりの股間が、ピクピクと揺れる。

　苦しい。苦しいのに、抉《えぐ》られると腰が跳ね上がる。

背筋から甘い悦楽が這い上がっていく。

だが、絶頂の余韻にたゆたう身体をさらに突き上げられるのは、快感の上に快感を刻む行為で、よすぎて神経が耐えられない。

　聡史はラダに許しを請おうとした。

　その唇をシンディアに塞《ふさ》がれる。

「ダメだよ。時間を置いたら、また前でイッてしまう。その前に一度、ラダの雄だけでイくんだ」

「んっ……んぅ……っ」

　聡史は拒もうと、シンディアの腕を掴む。だが、力でシンディアに敵《かな》うわけがない。ねっとりと唇を塞がれ、後ろはラダに揺すられた。

　聡史を穿ちながら、ラダが荒い息遣いでシンディアに話しかける。

「ひどい人ですね。このままドライで聡史にイけだなどと……んっ、んっ、サトシ……すごい」

　キスと強引な抽挿《ちゅうそう》に、聡史の中が戦慄《わなな》く。その戦慄きに、ラダはさらなる快感を得たようだった。

　ラダの言葉に、シンディアが聡史から唇を離し、にやりと笑う。

「前ばかりでは、サトシがつらくなるだろう。――二度目にここでイくのは、わたしに抱かれた時だ、サトシ」

　聡史はただヒクヒクと、身体を揺らすだけだった。

　力強く中を抉るラダの雄に、肉壁が疼《うず》く。根元まで強く貫かれるごとに、全身がひくつく。

だが、前は少しずつ反応しても、まだ力を取り戻さない。気持ちがいいのに前が実らず、ただ中ばかりがぐずぐずと蕩けていく。

「いや……ラダ、いや……だ……やめ……あ、あ……ダメ……ダメ、だ……」

このままでは、二人の言うとおり、中だけでイッてしまう。そんな女の子みたいな達し方なんて、恥ずかしい。恥ずかしいのに、ラダの力強い抽挿に身体が反応していく。

「う……イくよ、サトシ……ん、イく……っっ！」

身体の上でラダがついに呻く。小刻みに奥を突かれ、揺れる身体をシンディアに支えられ、悲鳴を上げる身体を勢いよく突き上げられた。

「くっ……サトシ、っっ！」

「い……いやぁぁぁぁ――…………っっ！」

最奥《さいおう》で、ドクリとラダの欲望が膨張した。次の瞬間、昂ぶりが奥まで迸《ほとばし》る。

熱い放出に、聡史の柔襞がビクビクと痙攣した。

脳天を突き刺すような悦楽の極みが、犯された肉奥から全身に広がっていく。

目を見開いたまま、聡史は全身をビクビクと戦慄かせ続けた。ラダが強く、聡史を抱きしめる。シンディアがしっかりと、湯の中で浮かびながら震える聡史を支える。

目の前が真っ白になり、やがて聡史は弛緩《しかん》した。前でイき、中でイき、とうとう力尽きたのだ。

――も……ダメ、だ……。

束の間、聡史は意識を手放した。

ぐったりと弛緩した身体から、ラダが雄蕊《ゆうずい》を引き抜く。力を失った身体はだらりと、湯の中に沈んだ。ラダは「はぁはぁ」とまだ荒く息をしていた。

――若いな。

シンディアは、薄く笑った。ラダを馬鹿にしているわけではない。むしろ、しゃにむに聡史の身体を貪った情熱に、敵わないものを感じているのだ。

だが、ラダに若さの情熱があるなら、シンディアには年長者ゆえの余裕がある。荒々しく奪ったラダとは正反対に、シンディアは長く、聡史を鳴かせるだろう。

「はぁ、はぁ……すみません。先にサトシを……」

謝ってくるラダを、シンディアは軽く手を上げて制する。

「いや、サトシももう待てなかった。わたしでは、サトシを別の意味で泣かせてしまうからな」

そう言って含み笑うと、ラダが複雑そうな顔をして苦言を呈《てい》してくる。

「シンディアは少し意地悪すぎますよ」

「そうは言っても、わたしも年寄りだからな。年を取ると、少しでも長く愛する人の中で繫がって、その肉奥を味わいたくなるのだよ。仕方がないだろう」

嘯《うそぶ》いてやると、自分がシンディアよりも早いということを多少は気にしているのか、ラダが恨めしげな眼差しになる。

「……どうせ僕は、こらえ性がないですよ」

「いやいや、それが若さというものだよ、ラダ。現に、サトシも悦んでいただろう？　前と中と、続け様にイかせるとは、なかなかだ」

これは本心から褒めると、

「そんなことは……」

と謙遜《けんそん》しつつ、ラダは照れ臭そうにこめかみを掻く。ラダも、自分の行為で聡史が感じてくれることが嬉しいのだろう。

現に今、聡史はラダとの交合で意識を失くしている。それほどに、ラダの行為に感じてくれたのだ。

聡史を愛する雄として、ラダが満足するのも当然だろう。

そしてシンディアも、ラダの情熱のおかげでゆったりと、聡史を愛することができる。

「――さて、次はわたしの番だ」

そう言うと、ラダから聡史をもらい、自身の中心を跨《また》ぐように、足を開かせる。

「対面座位ですか?」

「このほうが、ゆっくりサトシを味わえる。ラダにも、サトシの胸やペニスを弄《いじ》ってもらいたいしな」

含み笑いながら言うと、ラダがわざとらしく天を仰いだ。

「やっぱりあなたは意地悪だ」

このやり方だと、聡史は気持ちがいいばかりで、その気持ちのよさが逆に彼を泣かせることになる。その点を、ラダは意地悪だと言うのだろう。

だが、ラダといえども、快感に泣きじゃくる聡史に情意を覚えないわけではない。二人で聡史を泣かせる行為は、どう言葉を言い繕っても『興奮する』としか言えない作業だった。

だから、シンディアはこう言ってやる。

「そういうわけだから、ラダ。サトシの絶頂は、君がコントロールしてやるんだよ。わたしは、前と中と同時にイくサトシを味わいたいからね」

「え……それはちょっと、ずるくないですか。僕だって……」

前と中と、同時にイく時の聡史は最高だ。完全にタガが外れて、とろとろというよりジュクジュクになった中が雄に絡みついて、時には犯すこちらまで意識を持っていかれそうになる。

先に聡史を抱かせてやったのだ。これくらいは許してもらいたい。

シンディアは少しだけ意地悪く、にやりと唇の端を上げてやった。

「ラダは可愛いサトシが見られたのだからいいだろう? ——さあ、サトシ。今度はわたしとひとつになろう」

まだ意識を飛ばしたままの聡史にやさしく囁くと、シンディアはゆっくりと、聡史の腰を自身の下腹部へと落とさせていった。

「…………ん……ん、ぅ」

ラダの雄に何度も擦り上げられた襞はすぐに弛《ゆる》んで、シンディアの勃ち上がったそれに柔らかく蕾《つぼみ》を開く。

「ぁ……あぁ……」

蕩けるような甘い声を上げながら、聡史はシンディアの雄蕊を呑み込んでいった。

と、途中でうっすらと目を開ける。

「……ぁ、シンディア」

シンディアは中が怒張を呑み込みやすいように軽くその身体を揺らしながら、愛しい恋人に囁きかける。

「そうだよ。ラダが終わったのだから、次はわたしでいいだろう？　ほら、わたしのこれも待ちきれない」

「あ……そんな……あ、ん」

ラダが背後から、聡史の胸に手を這わせてきた。

燦々と日の光が射し込む中、二人の男に前後から愛撫されている聡史が、どれほど愛おしいことか。

綺麗に反り返る身体、湯を弾く瑞々《みずみず》しい肌、そんな中で桜色にツンと尖っている乳首。

視線を下肢へと向ければ、可愛らしいペニスがゆらゆらと揺れているのも見える。まだ力を取り戻していないそれは、今すぐ咥えたくなるくらい愛らしかった。

とはいえ、この体勢ではシンディアにも、もちろんラダにも咥えるのは無理だ。

——口で可愛がるのはこのあとにしようか。

どちらにしろ、あまり長く湯船につかりすぎるのも、聡史をのぼせさせてしまう。

それにしても、日本流の浴室というのもなかなかよいものだ。浴室の広さに価値は感じていなかったシンディアだが、こうやって三人で楽しむとなると、浴槽の広さなどは特にポイントが高い。聡史と行為を楽しむにしても、どんな体位でも問題ないのは素晴らしい。

なにより、最初に聡史にここを見せた時の彼の表情で、手をかけた元は取れている。

今までの暮らしで、聡史が特段浴室に関する苦情を口にしたことはなかったのだが、やはりラダの調べたとおり、日本人にとっての入浴というのは、格別なものがあるようだ。

すべてを呑み込んだ聡史が、小さく喘ぎつつ身体を揺らしている様を眺めながら、シンディアは満足そうに微笑んだ。

柔らかく自身を包む聡史の中を味わいつつ、彼の腰を支える。時々、聡史が動かないシンディアにじれたように腰を揺らすのが、また可愛かった。

ラダはラダで、シンディアに一番いい聡史の抱き方を取られたのが悔しいのか、背後からチュッチュッと何度も聡史の肌を吸いながら、胸を指先で転がしたり、肌を撫でたりして、聡史の情欲を高めようと奉仕している。

それにつれて、聡史の頬が朱色に変わっていくのも、また一興だった。

もう少し意地悪をしてやりたい気分になり、シンディアは小さく喘いでいる聡史にこう言ってやる。

「サトシ、じれったいなら自分で動いてごらん。腰を上げて、落として……できるだろう？　それとも、ラダにやってもらおうか」

「そん……な……あっ」

聡史の答えを待たず、ラダが聡史の腰に手を添えてくる。シンディアは素直に、ラダに場所を譲《ゆず》ってやった。

ラダによって腰を抱き上げられ、深くまで埋められた怒張を引き抜く動きをされ、聡史が上擦《うわず》った声を上げる。

「待って……待って、ラダ……あ、んっ」

「こうしてほしいのだろう、サトシ。僕がやるから、サトシは気持ちいいことだけ味わうといいよ」

「だって、それは……あ、あ……あぅぅ、っ」

ラダはどうしたら聡史からいい声を引き出せるのか、心得ている。首筋に何度かキスを落としながら、浮力で軽い聡史の身体を片腕で上げ下げし、もう片方の手で彼のペニスを弄り始めた。

――やれやれ。意地悪なのはどちらなのか……。

つい苦笑いして、シンディアは聡史を喘がせるラダを見遣った。少しラダをからかいすぎたようだ。

ラダとシンディアは、聡史を交えて三人で愛し合う関係であったが、同時に聡史を巡るライバルでもある。

もちろん、ライバルとはいっても本気で聡史を取り合って争うつもりはない。聡史自身がそれを望んでいないし、彼の望みはラダとシンディアの二人に愛されることにあるのだから、争いなどご法度《はっと》だ。

だが、だからといって妬《や》ける気持ちが微塵《みじん》もないと言えば嘘になる。今日はそれを、少し刺激しすぎたようだ。

どうやら、ラダに抱かれて気をやった聡史に、シンディア自身も多少じれるものがあったのか。それでつい、ラダをからかう口が過ぎたのかもしれない。

――そんなわたしたちの間に挟まれるサトシも大変だな。

そう思いながら、シンディアも聡史を蕩かせる行為から手を引くつもりはない。ラダがそうするのなら、シンディアも聡史に奉仕するまでだ。

ラダが聡史の腰を上下させる動きに合わせて、シンディアも聡史の肉奥を突き上げる。

「あぁ……っっ」

「シンディア!?」

いきなり動いたシンディアに、ラダが驚いたように声を上げた。

それにシンディアは、にやりと笑ってやる。

「このほうが、サトシはもっといいだろう?」

「ふ……ぁ、ぁ、ぁ……いやぁ……っ」

ラダの動きとタイミングを合わせて突き上げ、奥のいい部分を突いてやる。

だが、今日はもっとその先までいってやろう。

シンディアはラダに目で合図し、再度彼が聡史の腰を落とすのと動きを合わせて、奥に怒張を突き入れてやる。

と、最奥にグリという感触を得た。そこを集中的に、責め続ける。

「いや……いやだ……そこ、やっ……あぁっ」

聡史が涙目になり、なんとかシンディアの動きを止めようと、しがみついてくる。その手を引き剝がし、ラダにもっと聡史の身体を上下させるように頼んだ。

「ですが、シンディア……」

いつもと違う聡史の抵抗する様子に、ラダが躊躇《ためら》いを見せるが、シンディアは大丈夫だと顎をしゃくった。

「あとでラダにも教えてやろう。ここが……サトシのもっといい部分だ……んっ」

呻き、シンディアは逃げようとする聡史を抱きしめて、最奥のさらに奥地にペニスの先端を強引に呑み込ませた。

「……ひぃぃ……っ！」

グニュという感触とともに奥地の粘膜がシンディアの亀頭の部分を包み込み、聡史が引き攣《つ》った悲鳴を上げる。だが、ひくひくと唇を喘がせながら、キュンと聡史の粘膜が収縮した。

ピュッと、湯の中に聡史の蜜が飛び散る。

「あ、サトシ……」

呆気なく達してしまった聡史に驚くラダに、シンディアは今までにない感覚に耐えながら、彼に説明してやった。

「今、わたしがいるのが……サトシの一番の奥だ。いわゆるS状結腸《けっちょう》の部分だな。この折れ曲がっている部分にこうやってペニスの先を咥えさせてやると……」

「あ……ひ……ひぃっ……！」

少し引いて、再び奥のS状結腸の部分にグニュと漲《みなぎ》った亀頭を咥えさせてやる。

聡史は白目を剝いて悲鳴を上げると、全身をぶるぶると震わせて再び与えられたとんでもない快感に戦慄いた。

わずかに抜いて、またそこを亀頭で責めてやる。

聡史は今度は両目を見開いて「ひっ」と鳴き、ついで泣き出した。

「やめ……やめて……死ぬ……死んじゃうぅ……っ」

「気持ちがいいだろう？　わたしも、君にすべて搾《しぼ》り取られそうだ」

突き上げるたびに、聡史がビクンビクンと戦慄いて、小さな絶頂をラダに、シンディアに見せつける。

「ダメ……ダメぇ……っ」

コクリ、とラダの喉が鳴った。

「ラダも……ここを突いてみたいか？」

「……はい」

シンディアはその素直な答えに、目を細めて微笑んだ。聡史も無垢だが、ラダも若い。研究にばかり打ち込んでいた彼には、シンディアのような豊富な経験はない。

そんな彼に、聡史の愛し方を教えるのもまた、シンディアにとっては楽しみであった。二人で、聡史に最高の快楽を与えるのだ。

「この……本当の奥に精子を吐かれるとどうなるか、よく見ていろ、ラダ」

ラダが無言で頷く。感じて、感じすぎて、目を開きながらも意識を飛ばしている聡史に、目を奪われていた。

シンディアは力強く、座位の状態で聡史の奥を突く。

だが、やがてもどかしいものを感じ、一度彼からペニスを引き抜くと、体勢を強引に変えさせた。サトシに浴槽の縁に手をつかせ、背後から乱暴に剛直で貫く。

「あぁぁぁ……っっ」

そのままほとんど無我夢中で、腰を動かした。開いたばかりの奥地にペニスを捻じ込み、突き上げ、聡史の普段はつつましい柔襞を淫らに収縮させる。

ついには聡史が耐えられず、自身の上体を支えられなくなると、ラダが浴槽から出て、彼の半身を抱きとめた。

「あ、あ……ダメ……あぅぅ……」

「出すぞ……っ」

吠えるようなひと声と同時に、シンディアは聡史のもっとも弱い奥地の肉襞にペニスの先端を咥え込ませた。そのまま、ドクリと欲望を迸らせるままに粘液を呑み込ませる。

「ひっ……ひぃぃぃぃぃ――……っっ！」

高い悲鳴とともに、聡史が薄い蜜をラダに向かって吐き出す。そのまま全身が痙攣し、そのくせさらにシンディアの欲望をねだるように粘膜をヒクヒクと蠢《うごめ》かした。

それほど、直腸から折れ曲がった部分を開かれるのは気持ちがいいのだ。

そして、ついに意識を失くす。さっきラダに与えられた束の間の自失ではなく、本気の気絶だ。


ラダが信じられないと言った顔で聡史を見つめ、やがてシンディアを見上げる。

シンディアはにんまりと唇の端を上げ、ゆとりを見せつけるようにゆったりと、聡史の中から自身を引き抜いた。本音を言えば、今の聡史の嬌態《きょうたい》にシンディアももっていかれそうだったのだが。

「――さて、次はおまえがやってみるか。今なら、楽に奥まで挿入《はい》れる」

「はい……」

ラダは、いやだとは言わなかった。


檜の板の上に、聡史を横たえる。シンディアからの激しい行為に、聡史は完全に意識を失くしていた。

その足を、ラダは開いた。ちらりと浴槽の縁に腰かけるシンディアを見ると、大丈夫だと言いたげに頷かれる。

こういう時、彼との年齢差をラダは感じる。どう足掻《あが》いても、彼との経験の差は覆《くつがえ》せない。

だが、とラダは聡史へと視線を移し、意を強くする。こんなにも不甲斐《ふがい》ない、こんなにも情けない自分を、聡史は愛してくれた。己《おの》が身を犠牲にするほど、大切に思ってくれた。

シンディアを愛するのと同時に、聡史はラダも愛してくれている。

これは、愛しい聡史をさらによくするための教えだ。年齢差を悔しく思うところではない。

「挿《い》れるよ、サトシ」

意識のない彼に声をかけ、ラダはそっと、彼と再びひとつになった。

「あぁ……」

声を上げたのは、聡史ではなくラダだ。彼の柔襞のあまりの心地よさに、つい声が出てしまう。彼の中は熱く熟れて、ラダとシンディアの出したもので濡れていた。それが、再度の挿入を助ける。

「奥まで挿入ったか？」

そう問いかけるシンディアに、ラダは頷いた。

「はい。いつものところまで挿入りました」

「そこから、さらに突き上げてみろ。まだ、もう少し進むはずだ」

「はい……」

聡史の足を抱え上げ、思いきって腰を突き上げる。

「……んぅ、っ」

聡史から、小さな呻きが洩れた。苦しいのかと、ラダは聡史の様子を窺う。だが、続いて吐き出されたのは、甘い吐息だった。

「――もう一度」

シンディアの促しに、ラダは無言で再度、聡史を突き上げる動きをする。

もう一度。さらにもう一度――。

「…………ん？」

と、先端がグニュとなにかを押し開くのを感じた。

「……んぅっ！」

意識を失くしている聡史が、ラダにしがみついてくる。さらに、押し開いた先端がなにかねっとりとしたものに包まれ、吸いつかれる。

「これ……は……」

シンディアが気だるげに、濡れた髪をかき上げた。

「それが、聡史の本当の奥の奥だ。いいだろう?」

「吸いついてくる……んっ」

「そのまま、小刻みに突いてみろ」

「はい……ぁ……あっ……ん、んぅ、サトシ……っ」

なんだこれは。

ラダは動転し、そうなりながらも聡史の新たな肉奥を味わった。ねっとりとペニスの先端に絡みつく粘膜がたまらない。少し抜くとすぐに閉じて、それをまたこじ開けるように亀頭を捻じ込むと、今までに味わったことのない悦楽が脳髄を溶かす。

だが、それは聡史も同様のようだった。何度目かの突き上げで、気を失っていた聡史が無理矢理目を覚まさせられたようだった。


「ひっ……ぃや……なに……や、や……ラダ……やだぁぁ……っ」

そう言いながら、ラダの突き上げに合わせるように腰をクンと突き上げてくる。そのうちに、ピュッピュッと薄い蜜が、聡史の果実から飛び散ってきた。

「気持ちがいい? 気持ちがいいんだな、サトシ……僕も、すごく……いい、っ」

「やっ……あっ……あっ……あっ……いやぁぁっ」

ほどなくして、ラダも聡史の中で達してしまう。

それほど、この行為に聡史の中がすごいことになるのだ。

本当の奥まで精子を撒《ま》き散らされて、聡史が裏返った悲鳴を上げて、前とも中ともつかない絶頂に痙攣する。

ラダも荒く息をつき、そのかつてない快美を堪能《たんのう》した。聡史との行為はいつも最高によかったが、まだそれ以上のものがあるとは知らなかった。なんという快感だ。

そうして堪能しきって、やっと目を開けると、シンディアがにやりと笑いかけてきた。

「これからもっと……もっと、三人で愛し合おう」

そうして、浴槽から出ると、横たわって自失している聡史の半身を抱き起こす。ラダとまだ繋がっている聡史に、シンディアが恭《うやうや》しげに口づけた。それは愛しげな、包み込むようなキスだった。

シンディアもまた、聡史を愛しているのだ。

ラダも、聡史を愛している。シンディアが口づける彼の胸元に、ラダは唇を落とした。二人でチュッチュッと、聡史を愛する。

やがて、聡史が目を開いた。様子がおかしい。しどけなく身体を開いたまま、求めるように腰を揺らしてくる。さらに。

「あ……シンディア、ラダ……ん……」

喘ぐ声が蕩けていた。

それは、めったに聞くことのない、聡史のトロンとした声だった。二人に続け様に、ありえない奥を責め抜かれ、自失から解けてなお、悦楽が去らないのだ。

そのまま、ラダと繋がっていた下肢がいやらしく、ラダを締めつけたりもする。

「気持ち……いい……」

「ふむ……これは回線が飛んだな」

シンディアが呟く。ただしそれは、少々悪い大人の呟きだった。

だが、ラダもこんな可愛い聡史を前に、聖人ぶったことなど言えない。悦楽に蕩けた聡史は、淫らで、そして可愛かった。

だから、ラダもやさしく聡史の肌を撫で、動こうかなどと言ってしまう。

聡史は嬉しそうに頷いた。

「ん……もっと、よくして……あ……シンディアも……欲し……」

子供が「あーん」とするように、聡史がシンディアへと口を大きく開ける。

普段も聡史は、ラダやシンディアのペニスに口での奉仕をすると言い張るが、どちらかといえばそれは義務的な感覚が強そうなものだった。奉仕されるばかりでなく、自分も二人に尽くしたい。その気持ちの表れが、口淫だった。

それが、今はうっとりとシンディアのペニスを欲しがる。

シンディアもそれに気づき、苦笑した。

「わたしのモノを舐めたいのか？」

問いかけに、聡史がうっとりと頷いた。

「好き。ホントは……いつも好き。ラダも……シンディアのも……お口、熱くなって……気持ちいい……」

「……思わぬ本音を聞けたな」

シンディアが驚いたように呟く。ラダも同じだ。まさか、いつも懸命に二人のペニスに口での奉仕をしている様子の聡史が、本心ではそんなことを感じていたなんて知らなかった。

思わず、ラダは聡史に訊いてしまう。

「ペニスを咥えるのが好きなのか、サトシ」

「好き……二人の、すごくおっきくて……熱くて……舐めてるだけで、オレも……だから」

そう言うと、ねだるように背中を支えるシンディアの下肢に手を伸ばしていく。キュッと握って、甘える眼差しでシンディアを見上げた。

「仕方がないな」

シンディアの苦笑に、ラダも苦笑する。

「仕方ないですね。好きなだけ、舐めさせてあげてください。そのあとは……」

「もちろん、ラダのも舐めたいよな、サトシ」

「ん……」

甘く蕩けた、聡史の答えに、ラダもシンディアも昂ぶる。自分たちの恋人は、なんて淫らで、なんて可愛らしいのだろう。

シンディアが聡史の頭を自身の膝の上になるよう、再び横たえる。聡史は嬉しそうに、シンディアの熱いモノに唇を開いた。咥えて、舐めて、美味しそうにしゃぶる。

「ん……シンディアの……おっきい……」

その様子が可愛くも妬けて、ラダはゆるく、聡史の中に挿入ったままの自身を揺らした。

「僕のも……小さくはないだろう？」

「あ……ん、ラダ……すごい。さっきイッたのに……もう……」

「サトシの中が素晴らしいからだよ。熱くて、ねっとりとしていて、挿れているだけでイきそうだ」

「わたしも、サトシの口でイきそうだよ。君は、どこもかしこも素晴らしい」

シンディアも負けじと、聡史を称賛してくる。

聡史は嬉しそうに微笑み、ラダを、シンディアを見上げた。蕩けた、普段の理知的な彼とは正反対の、けれど、やはり愛しい彼だった。

「二人とも……好き。お口も、うしろも……全部、二人でいっぱいに……して」

そんな愛しい恋人の求めに、否と言えるわけがない。

「もちろん」

とラダは答え、シンディアは「歓んで」と甘く囁く。

昼下がりの明るい浴室で、こうして三人は心ゆくまで抱き合った。聡史どころか、ラダもシンディアも、二人ともに蜜がなくなるまで、存分に愛し合う。

真夜中にベッドの上で目覚めた聡史が、すべてを思い出して赤面し、布団の中に隠れるが、それはまた別の話。

新たに造った浴室は、三人専用の愛し合う場となるのだった。

終わり

溺れてはいけない……

淫雨～捧げられた花嫁～

「――で、今は三人で暮らしているというわけだ」

ニヤリ、と男臭い不精髭――それでも不思議とだらしなくは見えない――を生やした口元をからかう形に歪《ゆが》めた男――ニーラム・クリシュナ・シャールカルが聡史《さとし》を冷やかす。

大学の研究室で、ニーラムの手伝いをしている最中での会話だ。

聡史は薄く頬を染めながら、軽くニーラムを睨《にら》んだ。

「あなたに言われたくはないです」

日本であれば、指導教授に対して『あなた』などという言い方は許されないだろう。だが、ここはインドで、しかもニーラムは単に指導教授というだけではない関係でもあった。

どう説明すれば、信じてもらえるかわからない間柄だ。相馬《そうま》聡史は日本からの留学生で、インドの古代史を学んでおり、様々な事情から、つい最近指導教授をニーラムへと変更している。

その事情というのが、簡単には説明できない事情で……。

「いいじゃないか。二人のいい男に愛されて、この頃、また綺麗《きれい》になったんじゃないか?」

まるで視姦するような眼差《まなざ》しで、ニーラムが聡史に目を細める。その視線に、聡史は小さく身を竦めた。

自分で自分が、綺麗になったのかどうかなど、わからない。第一、自分たちが行った儀式は失敗に終わり、神子にはなれなかった聡史に神子特有の不可思議な魅惑は発生していない。

ただ、以前は野暮ったかった髪型が恋人たちの勧める美容師の手で洒落たものに変わったり、服装も二人の恋人から代わる代わるプレゼントされたものになったことで、だいぶ垢抜《あかぬ》けたとは思う。

研究一辺倒《いっぺんとう》で、オシャレに興味のない聡史とは違い、恋人の一人――シンディア・プルサティ・ガルディーはセンスのいい大人の資産家の男であったし、年下の恋人であるラダ・カーマカーも己のことには無頓着だが、聡史を磨《みが》くことには時間も金も惜しまない。例の儀式のあとは大学も辞めて、今は学んだことを生かした歴史作家としてインドの文壇に地位を築こうとしている彼は、気づけばそれなりの資産を得ていた。

三人の中で、もっとも金がないのが聡史だ。

例の古代王国に関する発表はできないが、それでもインド古代史は好きだし、研究を続けたい。そのため、収入に関しては、日本で懸命に貯めた留学資金と、最近こちらで始めた日本語の個人教師としてのものしかない。普通の留学生ならそれで充分なのだが、莫大《ばくだい》な資産を持つシンディアと、作家として名を上げげつつあるラダとは比べ物にならない。

とはいえ、そこはある程度割り切っていかなければ、この三人での関係は続かない。

――シンディアやラダが、こんなオレでも好きでいてくれるのが信じられないけど……。

二人の聡史に向ける気持ちを疑っているわけではない。ただ、それとは別の話として、最近多少垢抜けはしたが、容姿としてはわりと十人並みな聡史を、シンディアやラダといったたいていの人間がハッとなるような優れた風采《ふうさい》の男二人が愛してくれることが、今でも夢のように思えるのだ。その上、二人のどちらも選べない、どちらも愛しているなどとふざけたことを言った聡史を受け入れてくれた。

自分のどこにそんな魅力が？　と自分自身でも不思議であるのに、現実として聡史は二人の並外れた男に愛されている。

そんなことを思い返し、つい頬の赤みを濃くした聡史に、ニーラムがニヤニヤと意地の悪い笑みを深める。

「愛されている実感ってのは、ただの人間でもこんなに可愛くするんだなぁ。毎晩二人に愛されて、身体のほうは大丈夫なのか？　陸《りく》と海《かい》でも、神子《みこ》ではない海のほうはだいたい途中で快楽に耐えられず失神するが、聡史はどうなんだ？　ちゃんと二人を満足させているか？」

「そ……なっ、なんてこと訊《き》くんですか……っ」

ニーラムには──というより、ニーラムを始めとする例の儀式に関係する面々には──さんざん恥ずかしいところを見られてはいるのだが、それにしても行為に関することをあからさまに訊かれるのにはは羞恥がある。

慌てふためいて視線を逸《そ》らす聡史に、ニーラムがますます質《たち》の悪い顔になる。

「大事なことだぞ？　セックスの不満が関係の破綻《はたん》に大きく影響するのは、離婚原因の統計からも明らかだ。もちろん、そうではないカップルも多いがな。ただ、おまえたちの場合、本来なら一対一の関係で堪能できるものが、二人で一人を共有する関係だからなぁ。シンディアだってまだ枯れる歳ではないし、ラダのほうはやりたい盛りの年頃だ。どうなんだ、そこのところは」

「それ、は……その……あ、あなたには、か、関係ないと……」

なんとか言い返しているが、口調には勢いがない。元々、二人には我慢を強《し》いているという負い目がある上、ニーラムの言うとおりただの人間である聡史は、二人の濃厚な行為に意識を失くすことがしばしばだったからだ。

指摘されれば、満足させられていないかもしれないという不安が聡史に生じる。

ニーラムがそんな惑いを見透かしたように、聡史をさらに追いつめる。

「関係なくはないぞ。例の神とやらは、神子たちのセックスだけではあきたらず、たくさんの愛し合う恋人たちのセックスをご所望《しょもう》のようだからな。おまえたちが抜けたら、また神が新しい神子を作らせようと、極上のセックスを餌に誰かを引き入れようとするかもしれないだろう？　秘密を知る人間が増えれば、それだけ暴かれる危険も増す。それは俺たちにとってもまずい事態だ」

そこまで言って、ニーラムがニヤリとする。机の引き出しからなにかを取り出し、俯《うつむ》いた聡史の顔を覗《のぞ》き込む。

「――そこで、いいものをやろう」

目の前に、枯れた木の欠片をぶら下げられた。

聡史は首を傾げる。

「なんですか、それは……」

正直、ニーラムがなにを企《たくら》んでいるのかわからない。聡史を不安にさせて、どうしたいのだ。

「例の遺跡で見つけたものだ。どうやら、古代でも聡史と同じ心配をした人間がいたらしい」

「……つまり？」

眉をひそめた聡史に、ニーラムがニンマリと目を細める。

「あそこの神は、セックスの悦《よろこ》びを求める神だ。当然、その対象にうるさいことは言わない。一対一で愛し合うもよし、一対複数でも、複数対複数でもよし、なんでもありだ。ただ、神子以外の人間にとっては、すぎる快楽は毒にもなる。だから、これが必要とされたんだろうな」

そうして、聡史の肩を引き寄せると、耳にひそやかに囁く。

「セックスの時に、これを焚《た》くんだ。煙を吸うと、一種のトランス状態になる。いくらでも二人からの愛情に応じられるぞ」

「な……っ」

つまりこの香木は媚薬だということか。そんなものを勧めるなんて、と聡史が声を上げかけると、ニーラムが素早く離れる。そうしていっそ爽《さわ》やかと言ってよい口調で、心配ご無用と告げてくる。

「ちなみにこれは、中毒性はない。伝手《つて》を使っていろいろと調べたから、確実だ。安心して使ってくれていい。使用量は、一回にほんの二ミリか三ミリ分で充分だ。それで、聡史の二人の恋人を満足させてやってくれ。聡史もそれを望んでいるだろう？　さあ」

聡史の手を取り、強引にそれを握らせてくる。

「ちょっ……困ります！　こんなの渡されても、つ、使うだなんて……！」

ただでさえ、三人での行為を日常的に行っていて、自分の淫らさに赤面する思いなのだ。それなのに、こんな怪しげな香木を使おうだなんて、とても言えない。

しかし、そんな聡史をニーラムは悪魔的な囁きでそそのかしてくる。

「聡史も、あの二人に我慢をさせたくないだろう？　時にはこういうものを使って、二人の想いに応《こた》えてやらないと。いくら愛されているとはいっても、それに甘えてばかりでは、な」

「そ、れは……そう、です……けど……」

ニーラムの指摘は一々的《まと》を射《い》ていて、胸にズキリとくる。特に、『甘えてばかりでは』という部分は堪《こた》えた。

——そうだよな……。

愛されているかを疑ったことはない。だが、それに甘えて二人の許しになんのお返しもしなければ、いつかはこんな聡史に二人も愛想を尽かしてしまうかもしれない。なにもない聡史には、ただ真心を返す以外に二人に報いる術はないのだから——。

迷う気持ちを消せないまま、結局聡史はその香木を持ち帰ったのだった。

三人での夕食後、リビングに場所を移したところで、聡史の視線は壁際のローチェストの上に飾られている物にチラチラと吸い寄せられる。

左右にさり気なく花が飾られた中央に鎮座《ちんざ》しているのは、涼しげな浅葱色《あさぎいろ》をした陶器の香炉だ。シンディアの気分によって使用される時があり、エキゾチックな良い香りを聡史もラダも楽しんだ記憶がある。

――あの香炉を寝室で使えば……。

帰宅してからずっとそんなことが脳裏にチラつき、そのたびに聡史は慌ててそれをかき消すということを繰り返していた。

恥ずかしい、という気持ちがある。二人が満足するまで聡史が応えるためとはいえ、香木を使用した結果、自分がどんな状態になるのか、どんな痴態《ちたい》を見せることになるのか、考えると恐ろしいものがある。

なにしろ、例の遺跡で発見されたものなのだ。

超常現象などさほど信じてはいない聡史だったが、あの秘儀に関わった結果、不可思議なものが現実にある、と身をもって体験した。

その秘儀と関わる古代王国の遺跡で見つかった香木に、せいぜいがプラシーボ的効果しかないなどとは思えない。下手をすると、ニーラムが言う以上の媚薬的効果がある可能性もある。そんなものに身を晒すのは恐ろしい。

しかし、聡史がシンディアとラダの二人の恋人を満足させられているかといえば――。

「どうした、サトシ。久しぶりに、なにか香木を焚きたいか？」

聡史の視線に目敏《めざと》く気づいたシンディアが、いつものようにやさしく問いかけてくる。包み込むように聡史を愛するシンディアは、常に大人の男の包容力で聡史を甘やかしてきた。口にする前に、なんでもその望みを叶えようとする。

シンディアとともに、聡史を挟むように座ったラダがフッと目を細めて微笑む。

「白檀《びゃくだん》が、サトシは好きだったよね。取材先で買ってきたものがあるから、持ってくる」

ラダがフットワーク軽く立ち上がろうとする。三人の中でもっとも年若いラダは、甲斐甲斐《かいがい》しさで聡史に尽くす。

「あ……う……そう、じゃなくて……」

モゴモゴと言いながら、聡史は立ち上がろうとするラダの腕を引いた。

「どうした、サトシ？」

ラダが首を傾げる。聡史の顔が赤くなった。その頬を、シンディアが指の背で撫でる。

「香木を焚きたいのではないのか？　早とちりしてしまったかな」

会話自体を楽しむような余裕に、聡史の頬の赤みはますます濃くなった。

——ううう……あの人がよけいなことをしなければ……。

そうすればこんなふうに、二人に変に思われる態度を取らずにすんだのに、と逆恨みにも似た思いを持ってしまう。

答えられない聡史に不審を覚えたのか、ラダが思案するように、顎に指を当てた。聡史の心の動きに、ラダもシンディアも敏感だ。言葉にしなくとも、すぐになにもかもを暴かれてしまう。

「今日はたしか……シャールカル先生の研究室に行く日だったよね。なにか……あった？」

大学を辞めてはいたが、ラダも聡史がニーラムの研究室に移ったことは知っている。そしてニーラムは例の秘儀に関係する人物だ。そのため、教師と教え子という以上に、彼の性格を知る機会を持っていた。同じ秘密を知る仲間として、ニーラムが真面目な聡史をからかうことがよくあると、知っている。

特に淫猥《いんわい》な話をしているわけでもないのに顔を赤らめる聡史の様子から、ニーラムになにか吹き込まれたのではないかと、勘を働かせたのだろう。

図星を指され、聡史はますます挙動不審になり、口をパクパクさせる。

シンディアが苦笑した。

「どうやら、本当になにかあったようだな。またからかわれたのかな、サトシ」

シンディアがやさしくそう問いかける。

どう言ったらよいかわからず、聡史は片手で顔を覆って、俯いた。

「……訊かないでください」

羞恥に、聡史は耳朶《じだ》が熱くなる。ラダがそっと、聡史の手を握ってきた。

「あの人の言うことなど、真に受けなくていい。サトシの反応を面白がっているだけなんだから」

「そうだな。あちらの恋人——リクのように奔放《ほんぽう》ではないから、そこが面白いのだろう。気にするな」

シンディアも、聡史を慰めてくれる。

二人の恋人に口々に甘やかされて、逆に聡史は罪悪感が募っていく。

からかわれたわけではない。

いや……もしかしたら、からかわれたのか？　複数の恋人を満足させるためのものだと言って、からかってきたのだろうか。

ふと、そんな疑惑が湧き上がる。言われた言葉を額面どおりに受け取るきらいのある聡史は、そのことでよく——それこそ日本にいた時から——からかわれることがよくあった。ニーラムのこれも、もしかしたら彼流の冗談かもしれない。

——そうだよな……いくらでも行為の相手ができるようになる香木だなんて、さすがに眉唾《まゆつば》っぽい……気がする。

恥ずかしさをこらえて、聡史は顔を上げた。ラダを見て、シンディアを見遣《みや》る。それから、小さく口を開いた。

「……妙な香木を……もらったんだけど……からかわれたのかな」

「香木？」

「なにをもらったんだ？」

ラダが、シンディアが、問いかける。その口調は温かくて、聡史はそれに力づけられ、再び口を開く。

「あの……古代王国の遺跡で見つけたらしいんだけど……その……自分たちみたいに……あの、複数の……で、愛し合う場合に使うみたいで……」

「媚薬のようなもの、ということか」

シンディアが軽く眉をひそめる。三人で愛し合っているとはいえ、本来は奥手の聡史に勧めるものとしてはいただけないと感じたのだろう。

逆にラダは、興味を引かれたようだ。

「例の遺跡で見つけたものなのか？」

「そう……言ってた。複数で愛し合うカップルが使うものだって……。自分たちみたいな場合、ラダやシンディアを、その……ま、満足……させてあげられない、から……。オレ、なに言ってるんだろ」

かなり踏み込んだことを口にしてしまい、恥ずかしさに聡史は両手で顔を覆った。

小さく、どちらのものとも知れない笑いが頭上から聞こえた。三人でもう数知れないほど抱き合った夜を過ごしながら、未だこうした羞恥を克服できない聡史が、ラダにもシンディアにも可愛くてならないのだろう。

「サトシがわたしたちを満足させていないだなんて、どうして思うんだろうね」

シンディアが耳朶に囁き、ラダが握った聡史の手にやさしくキスを落とす。

「僕たちのほうこそ、毎晩サトシに無理をさせているんじゃないか心配なんだけどな」

「う、うぅ……またそうやって、すぐに甘やかす」

日本人としても奥手の聡史には、ラダやシンディアのこうした甘やかな振る舞いにどう返すのが相応《ふさわ》しいのか、毎回対応に困る。顔が赤くなるし、恥ずかしくて体温も上昇してしまう。

そういうつまで経《た》っても初心《うぶ》な反応が、ラダやシンディアにはたまらないのだと気づかないまま、聡史はこれ以上甘やかすなと窘《たしな》める眼差し――と聡史は思っている――で、二人を代わる代わる見遣った。

「あんまり甘やかされてばかりいると、思い上がった人間になりそうだから、やめてほしいよ」

困惑した口調で言う聡史を、シンディアが思わずといった様子で抱きしめる。

「……まったく。君はどこまで可愛いのか」

「同感です。――サトシ、この程度は甘やかすうちにも入らないよ。それに、愛する人に甘くなるのは当然じゃないか。もっともっと、サトシをトロトロに蕩《とろ》かしたいくらいだよ」

「と、蕩かしたいって……」

しかも、シンディアからは『可愛い』とまで言われて、聡史は身の置き所がなくなる思いだ。聡史程度が可愛く見えるだなんて、完全にあばたもえくぼ状態だ。

クスクスとラダが笑う。

「せっかくだから、もらった香木を使ってみる？本当に危ないものなら、シャールカル先生も渡さないだろうし、からかっただけなら、単にいい匂いがするだけだ。――どうですか、シンディア」

最後に問われたシンディアが、聡史の髪にキスをしながら、ラダに答える。

「しかし、もし媚薬の効果があるのなら、サトシの身体に負担ではないか？」

心配する言葉に心が温かくなる一方で、聡史は身体の奥底で違う熱が灯《とも》るのを感じる。

――オレ……本当にエッチになってる気がする。ラダが好きで、シンディアが好きで、二人から愛されて、どんどんどんどん肉体が淫らになってきているような。

――でも……もし、本当に媚薬の効果があるなら、今夜こそ二人を満足させられるかもしれない。

二人の情熱に最後まで応えられたのは、あの古代遺跡での秘儀の時だけだ。あの時は、悦《よろこ》ぶ神の力みたいなものが全身を満たして、いくらでも二人からの激しい情熱に応えることができた。

でも今は、途中で力尽き、意識を失くすことばかりで、二人を本当に満足させていない……と思う。愛されるばかりではない。自分も、ラダやシンディアを愛したい。満たしたい。悦んでもらいたい。自分からこんなことを言うのは恥ずかしいけれど。

聡史は羞恥をこらえて、おずおずと口を開いた。

「オレ……使ってみたい」

「サトシ?」

シンディアが心配そうに、聡史の顔を覗き込む。

その目を真っ直ぐに見つめ返し、聡史は赤面しながら自らの心を励まして答えた。

「か、からかわれているだけなら効果はないかもしれないけど……もし……もし、その……本物なら、なにか効果があるなら……オ、オレも、二人を、ま、満足、させたい」

そうして、ラダへと視線を移す。

「二人がオレを甘やかしたいみたいに……オレも二人に……二人に、いっぱい愛してるって……伝えたい。たくさん、悦ばせたい」

「サトシ……」

ハッとしたように、ラダが目を見開く。握る手が強くなり、それを胸に抱きしめる。

「サトシが僕を許して、恋人にしてくれただけで満足してる。でも、僕のことを思ってくれて、嬉しい」

「わたしもだ。サトシとのセックスに不満など一欠片もない。だが、気にかけてもらえて、こんなに幸福なことはない」

「だから……二人とも甘すぎるって」

聡史の口元に、つい苦笑が浮かぶ。二人ともが好きだと我儘《わがまま》を言う聡史を、これ以上甘やかしてどうするのだ。

だが、今夜は聡史だって、二人を甘やかす。ニーラムに渡された香木が、本当に言ったとおりの効果があることを期待しつつ、どんなに淫らな自分でもすべてを晒して二人に尽くそうと決意した。

トロリとした白い靄《もや》のような煙が、香炉から立ち昇る。わずか二、三ミリの香木からのものとは思われぬほどうっすらとした白いものが立ち昇り、寝室に広がっていった。

大きく深呼吸して、聡史はその香りを吸い込む。

特に異常は感じられない。香り自体は白檀をさらに濃厚にしたような、モダンテイストのこの寝室よりも、インドのマハラジャ王宮風の室内のほうが似合うような、異国風のものだ。

しかし、いやな癖があるものではない。心身がリラックスするような、そんな香りだった。

それがいいのかもしれない。リラックスして愛し合えということだろうか。それによって、いつもよりちょっと……感じやすくなるのかもしれない。

などと思いつつ、聡史は自分から二人の手を引き、ベッドへ誘った。こういう積極的な行動もあまりしないことで、頬が熱くなる。だが、今夜は恥ずかしがらず、聡史のほうから二人に奉仕するのだ。

二人に悦んでもらう。そのために、頑張ろう。

香りを吸ってもまったく淫靡《いんび》な気分にはならなかったが――そのことで、少しホッとしてもいたが――ラダとシンディアに悦んでもらいたい気持ちに変わりはない。

そんな決意をした聡史の肩に、ラダが触れる。頬にキスをして、そっとベッドに腰かけさせられた。

ラダとは反対側に、シンディアが腰を下ろす。

「香木は、からかわれただけみたいだな」

やさしく囁きながら、シンディアの手が聡史のシャツのボタンを外していく。

ラダの手は、スラックスに伸びる。

「残念だった、サトシ？　でも、こうしてサトシに触れられるだけで僕たちは幸せなんだから、いいよね」

「あ……ちょっ……今夜は、オレが……んっ」

奉仕されるばかりではなく、今夜は聡史が二人を悦ばせたい。そう思っているのに、二人の手がどんどん聡史の服を脱がせていき、シャツを剝《は》ぎ取った手が胸に触れ、スラックスを寛げた手が下着の中に入り込む。

何度も愛され、可愛がられる器官だと教え込まれた胸は尖って、抓《つま》まれただけでジンと疼《うず》き、じかに握られた陰茎はピクンと反応した。

「ダ、メ……オレも、二人の服……ぁ」

「脱がせてくれるのか？　それなら、まずはサトシが裸にならないとな」

「ん……待っ……んぅ、っ」

シンディアに唇を塞がれる。舌を搦《から》め捕《と》られ、唇を吸われ、そのことに意識が逸れる間に、胸を弄《いじ》る手がやわやわと乳首を転がすものに変わった。

——ジンジンする……。

胸が恥ずかしいほどに感じて、腰が疼く。口中に入り込んだ舌が上顎を舐めると、背筋をゾクゾクとした快感が這い上がった。

「シンディア」

ラダが、なにかをシンディアに促す。と、キスがいっそう深まり、胸を弄っていた指が離れた。その手が脇に移動し、軽く腰を持ち上げられる。

「んっ……ん、ふ」

ツルリ、と下着ごと下肢の着衣が引き下ろされた。そうして、やさしくベッドに裸の尻が降ろされる。キスが解け、シンディアにそっと肩を押された。

「横になろう、サトシ。君の綺麗な身体を、わたしたちに見せてくれ」

「あ……そんな……」

シンディアもラダも、まったく着衣を乱していない。そんな中で、自分だけが裸身にされる恥ずかしさ。

けれど、二人からの愛撫に身体が簡単に蕩けて、抗《あらが》えない。

横たわった聡史から、半ばまで脱がされていたスラックス、下着が肌を擦らないように丁寧に、ラダによって引き抜かれた。靴も、靴下も、恭《うやうや》しいほど丁重に、ラダの手で奪われる。

全裸で横たわる身体を、二人の恋人の目で視姦された。穏やかさの中に欲情をほの見えさせる眼差しに、聡史の身体も熱くなる。

二人をもっと欲情させたい。

聡史の足が自然と開いた。膝を立て、恥ずかしい場所を惜しげもなくさらけ出す。

「二人も……裸に……」

聡史の手で服を脱がせたいが、身体に力が入らない。熱くて、今夜は早く二人が欲しい。

シンディアが嬉しげに目を細め、聡史を見下ろす。

「綺麗だ、サトシ。君の可愛らしいところがよく見えて……ああ、服の上からでもわたしが興奮しているのがわかるか？」

「……ん」

シンディアのスラックスの前が、欲望の猛々しさを表して膨《ふく》らんでいる。

ラダもシャツを脱ぎながら、聡史に自身の興奮を伝えてくる。

「僕もだ。今夜のサトシはいつもより大胆で……ここが苦しいくらいだ」

そう言って、シンディアと同じく膨らんだスラックスの前を押さえてくる。

それらを目にして、聡史ももっと二人に応えたくなる。二人を感じさせて、悦ばせたかった。

――こんなこと……本当は恥ずかしいのに……。

そう思いながら、動く手を止められない。

「もっと……オレで、楽しんで……あっ」

そそり立つペニスを、自身で握った。二人の目を意識しながら、それを上下に動かし始める。

「あ……あっ……あっ……ゃ、恥ずか……し……」

羞恥が込み上げる。だがそれ以上に、聡史の痴態を目にした二人の眼差しが変わるのが、理性を剝ぎ取る。

「あ、あ……ラダ……シンディア……好き、っ」

「サトシ……」

「サトシ……っ」

感に堪《た》えないシンディアの呟き。情熱を押さえきれないラダの上擦《うわず》った声。

二人がもどかしげに、自身の着衣を脱ぎ捨てていく。すぐに、野獣のようにベッドに上がってきた。

右膝裏をシンディアが取り、左膝裏をラダが取った。二人の大きな手が、聡史の足をさらに大胆に開いていく。尻が浮き上がり、はしたない恰好に聡史の目が潤んだ。だが、陰茎を扱《しご》く手は止まらない。

「見て……オレで、気持ちよく……なって……あっ」

後孔に、シンディアの指が触れる。

「これ以上ないほど興奮しているよ、サトシ。早く君に挿《い》れたいと言ったら、淫らすぎるかな」

「ん……ううん……あぅ」

指が触れた蕾《つぼみ》を、シンディアの舌が舐め上げた。

聡史から上がる濡れた声に、ラダが自分もいると主張するように唇を奪った。ラダの舌が口中に忍び込む。まるで、それに応じるように、後孔を舐めるシンディアの舌が下の口を割った。

上も下も、二人の口づけを受けている。聡史はプルプルと震えながら、二人からの舌技に喘いだ。早くも、頭が蕩けていく。

――どうしよう……いつもより……。

やはり香木の効果があるのだろうか。常よりも感じ方が早い気がする。唇へのキスで背筋が蕩け、後孔への舌技で肉奥が溶けていく。

指がヌチ、と後孔の襞《ひだ》を広げた。

「んっ……ん、ぅ……っ」

ラダに唇を塞がれて、言葉が出ない。下肢でシンディアが呻《うめ》くように呟くのが聞こえた。

「なんて柔らかい。今夜はいつも以上にここが綻《ほころ》ぶのが早い」

ラダの唇が離れる。我慢できないといった様子で、ペニスに指が這った。

「僕に扱かせてくれ。サトシに触れたい。もっと、気持ちよくさせたい。僕の……僕たちの手で」

「ぁ……う、恥ずか……し」

けれど、求めに応じて、聡史の手は性器から離れる。代わって、ラダの長い指がペニスを包んだ。

「トロトロだ。こんなに濡れて……先走りが……」

「あぅ……っ」

シンディアの二本目の指が後孔を割り、聡史の口から嬌声《きょうせい》が上がる。身体が、頭が、蕩けた。二人の手にいやらしく触れられるのが、この上なく気持ちよくてたまらない。

「サトシ……今夜もとても綺麗だ」

「サトシ……とても我慢できそうにない」

どちらの言葉をどちらが言ったのか。ラダの手がペニスを扱く。シンディアの指が、はしたない後孔を行き来する。

もう聡史は耐えられなかった。

「……イく……イッちゃう……っ！」

二本の指を根元まで埋め込まれ、ラダの大きな手で性器を愛撫され、聡史は逐情《ちくじょう》の声を上げる。

けれどそれは、ラダに根元を縛《いまし》められ、達せられない。

「あぅぅ……っ！　ラダ……なんで……あ、あ」

「後ろを、僕たちで満たされながらイくほうがいい。そのほうが、サトシも好きだろう？」

そう言いながら、ラダがシンディアをチラリと見る。シンディアが無言で指を引き抜いた。

「ラダ……ラダ……も、イきた……い」

「もう少しだ」

「サトシ、わたしと一緒にイこう」

腿の裏にシンディアの手がかかり、その逞《たくま》しい身体が伸しかかってくる。次の瞬間、グッと太いモノが聡史の肉襞を差し貫いた。

「あっ……あぁ、っ！」

ラダが堰《せ》き止めていた聡史の性器を扱く。貫かれるのに合わせるように、ペニスから蜜液が迸《ほとばし》った。

だが、達しても、二人の聡史を貪る行為は止まらない。

「ラダ……ラダ、待って……シンディア、待って……あ、あ、あっ」

達してもなお、ラダが聡史の陰茎を扱く手は止まらない。根元まで挿入されたシンディアの剛直も、達して戦慄《わなな》く中襞をさらに刺激する。

「サトシ……ああ、すまない。今夜は……うっ、止められない」

シンディアが呻きながら、腰を使う。

ラダが聡史のペニスを握りながら、体勢を変えた。

「サトシ、僕のモノも……君の口で」

「んっ……んぅ、っ」

常になく強引に、ラダの猛りきった逸物《いちもつ》が聡史の口の中に入れられる。

聡史の頭もぼうっとしてきた。気持ちよさと、求められる乱暴さ——そして、鼻腔から今もなお白く広がる香木の発する靄が吸い込まれ、沁み渡っていくことに、なぜか頭の芯まで陶然《とうぜん》となっていく。

「サトシ、イく……っ」

腰を使っていたシンディアが呻く。達したあとも扱かれ続けたペニスが、ビクビクと戦慄く。口中のラダのモノにねっとりと舌が絡みついていく。

——気持ちいい……ああ、どうしよう。気持ちいい。

最初は、香木になにかの作用があるようには感じられなかった。だが今は、いつも以上に自分が感じやすくなっていることが自覚される。このままでは、達すると同時に意識を失ってしまいそうだ。

——まだ……ラダを満足させていないのに……。

泣きたくなる思いで、聡史は快楽に抗う。しかし、後孔から、ペニスから、口中から伝わってくる悦楽は、聡史の身体の芯を、頭の芯を、トロトロに溶かしていく。

「んっ、んんんぅ……っ！」

「サトシ……っ！」

シンディアが吠えるように聡史の名を呼び、それと同時に聡史もシンディアの剛直を肉奥全体で感じながら、二度目の精を迸らせた。熱いものが、身体の内でも放たれる。

束の間、意識が真っ白に塗り潰された気がした。

しかし——。

「次は僕だ。サトシ……ああ、サトシ、君の口で育ててもらったこれを、今度はもっと深い場所に埋めさせてくれ」

「それでは、今度はわたしがサトシのペニスを可愛がろう。胸も……たくさん吸いたい」

声が聞こえる。聡史の意識は失われないまま、はっきりと二人の恋人の遣り取りを聞いていた。

「ぁ……あぅ、ラダ」

シンディアが抜け、すぐにラダの逞しい砲身が聡史の花襞を穿《うが》つ。それに聡史の身体は簡単に蕩けた。

性器にシンディアの指が絡みつく。ツンと尖った乳首には、唇が吸いつく。

「い、やぁぁ……っ」

三ヶ所から同時に与えられる刺激に、聡史は全身を仰《の》け反《ぞ》らせる。だが、意識は失われない。それどころかラダを呑み込んだ下肢がいやらしくうねった。

「あ、あ、あ……あぅ、んっ」

「サトシ……ああ、すごい」

ラダも動く。いつもならもっとやさしく聡史の様子を気遣うだろうに、今夜のラダは貪るように聡史の肉体を責め立てた。

シンディアも聡史の快感をさらに煽《あお》り立てるように、舌で、指で、聡史の性器を、胸を玩《もてあそ》び、愛する。

そうしてラダが達すれば、またシンディアが聡史の中に入ってくる。聡史もまた、三度目の交合に肉体をくねらせた。

「もっと……もっと……あ……愛して……あ、んっ」

「いくらでも……ああ、ここがわたしたちの胤《たね》で溢れるほど、注《そそ》がせてくれ」

「今度は口に出してもいい、サトシ？　上も下も、僕たちの精液でお腹いっぱいになって」

「ん……んぅ、欲し……ん、ん」

まるで儀式の夜のように、あるいはそれ以上に淫らに、聡史もシンディアもラダも、互いを求め合い、愛し合う。

言葉どおりその夜、聡史は上の口からも下の口からも、二人の恋人の愛情をいっぱいに呑み込んだ。聡史も蜜が涸《か》れ果てるまで、いいや、涸れ果ててもなお達して、達して、達し続けて、愛する恋人たちの情熱に応え続けた。

翌々日——。

微かに嗄《か》れた声で、ベッドの上のシンディアが残りの二人に告げる。

「——あの香木は使用禁止だ。使うにしても特別な夜だけにしたほうがいいな」

「ですね」

同じように嗄れた声のラダが同意する。

聡史はと言えば、未だ声が出なかった。

——すごかった……。

最初は特に効果のない香木だと思っていたのに、気がつくと貪るように行為に耽《ふけ》ってしまっていた。

さらにはニーラムの言うとおり、いつもはダウンすることが多い聡史も、最後まで二人の相手をやりきれた。ただし、途中からはイッてもイッてももう精液は出ず、狂うような快感ばかりが続いてどうしようもなかったが。

しかしそれにしても、二人の恋人を満足させられるという意味では、ニーラムの言うとおりであった。おかげで聡史ばかりでなく、ラダもシンディアも丸一日、使いものにならなくなった。狂乱の夜が明けて丸一日、三人でベッドで寝入り、目覚めたらあの夜の翌々日になっていたというわけだ。

恐ろしいほどの効き目である。しかし、である。

「よ……かった……？」

掠《かす》れて、囁くような声で、聡史はなんとか二人に問いかける。思う存分、二人の欲望を受け止められたのだ。二人は満足してくれただろうか。

そんな問いに、シンディアが苦笑する。

「サトシは身体がつらいだろう。大丈夫か？」

ラダも愛しげにこめかみにキスを落とす。

「具合はどうだ、サトシ」

聡史は首を振る。自分のことはいいのだ。

「二、人……を、満足……させ、たい」

それができたかどうかのほうが重要なのだ。

シンディアが軽く目を見開き、ラダがキュッと唇を引き結ぶ。

「……わたしたちの恋人は、なんて愛しいのだろうね」

「本当に。僕たちを愛してくれただけで嬉しいのに、こんなに健気《けなげ》で……たまらない、サトシ」

二人にギュッと抱きしめられる。

「オレ……も、二人……を、愛したい……わかった？」

「ああ、サトシ」

「うん。愛し合いたいんだな、サトシ。一方的に受け取るだけじゃなく」

「……ん」

わかってもらえたことが嬉しくて、聡史は微笑む。シンディアが髪に、ラダが額にキスをした。

「それならたまに――本当にたまにだぞ。あれを使って、三人で愛し合おう。今度は予定をきちんと立ててな」

シンディアが悪戯《いたずら》っぽく囁き、ラダも頷《うなず》く。

「三人とも、昨日の予定が潰れちゃったな。――でも、とことん愛し合えて……満足した。愛してる、サトシ」

「わたしもだ。次は誰かの誕生日にでも愛し合おうか。サトシさえよければ」

もちろん聡史にも異存はない。身体は疲労したが、心は満足感でいっぱいだった。

「ん……いっぱい……しよ」

自然と唇が重なり、ラダと、シンディアと口づける。古代王国の力は、まだまだ三人を離さないようだった。

終わり

神に捧げし姫始め

淫楽の神が住む都～淫花シリーズ番外編～

「あ～、楽しそうだなぁ。オレも参加してみたい」

夜空に星が瞬く頃、王宮の城壁に近い宮まで忍んできた井野瀬《いのせ》涼《りょう》は、その木窓からこっそりと、王都の喧噪《けんそう》を眺めていた。

新年の祝賀の騒ぎだ。この日は王家から民に酒や食事が振る舞われ、それを目当てに王宮前の広場に人々が集まり、昼間からずっと、賑《にぎ》やかに楽しんでいた。ちょっとした屋台も出て、許されるなら涼もその中に混ざってみたい。

特に今日は、王都にいる貴族たちの挨拶《あいさつ》を受けたり、新年の神事として大神殿に詣《もう》でたりといったことをしたため、夜くらいは羽目を外してみたかった。

しかし、王の神子《みこ》である涼が広場に現れれば、いろいろと不都合な騒ぎが起こるだろう。城壁近くの宮まで忍んできて、民の様子を見物するのがせいぜいだ。

窓辺にもたれて、薄布越しに外を眺めている涼を、二人の男が酒を片手に見ている。一人はやや呆《あき》れた眼差《まなざ》しで、もう一人は微笑ましげに。

「あんなところにおまえが出ていったら、楽しむどころではないぞ。男という男に口も尻も犯されたいのか」

鼻を鳴らしてつまらなそうに言うのが、ラーシュ・ドゥルタバ。涼を抱く二人の男のうちの一人で、このラシャクタラ王国の太子だ。

その彼に対して、いま一人の男が鷹揚《おうよう》に諌《いさ》める。

「リョウが気を引かれたからといって民を羨《うらや》むな、ラーシュ。我ら以外の者に抱かれたいなどと、リョウが望んだわけでもあるまいに」

まだ十代のラーシュの若さを揶揄《やゆ》するように、大人の男の余裕を漂わせている男は、シンハ・ドゥルタバ。もう一人の涼を抱く男で、ラシャクタラ王国の王その人だ。同時に、ラーシュの父でもある。

つまり涼は、シンハとラーシュの親子に抱かれているのだ。

涼自身、自分にこんな未来が待ち受けているなど、想像したこともなかった。涼が生きていたのは二十一世紀の世界で、こんな未開の世界などではない。

それが、仕事でインドに赴任中に原因不明の地震に遭《あ》い、そこからどういうわけかインドによく似た、しかし、涼の知るインドとは微妙に違うこの世界に来てしまった。ファンタジー的異世界なのか、それともインドの過去の時代なのか、歴史に詳しくない涼にはわからない。

わからないまま、涼は未知の神への捧げ物となり、王の神子という特別な存在に変貌させられた。

そう。文字どおり、変貌させられたのだ。特別もてるタイプでも、フェロモンたっぷりのタイプでもなかったのに、わけのわからない淫靡《いんび》な儀式を経《へ》て、涼は見る者誰もが劣情をかき立てられる、魅惑的ななにかに変えられてしまった。

そんな涼を巡るあれこれの果て、愚王を廃《はい》して新たな王となったシンハ――さらには次代の王のラーシュ――の神子として、王宮に囲われている。

と、いつまでも窓辺にへばりついている涼にじれたラーシュに、背後から抱きしめられた。

「眺めているだけではつまらないだろう。今夜は年が明けて初めての夜だ。俺たちの神に今年最初の悦《よろこ》びを、そろそろ捧げたほうがいいんじゃないか?」

「……昨日だって、最後の夜だからってヤッただろう」

一応の抵抗として、涼はブツブツとラーシュに文句を言う。涼を抱きしめながら、ラーシュがクックッと笑った。

「俺たち二人に抱かれて、いい声で鳴いたよな、リョウ。今夜も、外の民たちに聞こえるほどの声で、よがり狂うところを見せろよ」

「……悪趣味。ヤるなら、窓を閉めるよ」

不満そうに唇を尖らせるが、結局のところ甘い誘いを拒みきれない涼は、二人を受け入れようと窓を閉めようとする。

しかし、木窓――ここにはガラス窓などというものはまだない――を閉めようとした涼の手を、ラーシュとは別の手が止める。

「民に声を聞かせるのは、新年の趣向としてはいいことだ。外の民にも、おまえの加護を与えてやるといい」

いつの間にか近寄っていたシンハが、まだ若いラーシュとは違う、耳にゾクリとする色気のある低音で囁く。

「ちょっ……シンハまで、なに言ってるんだよ。こんなところで本気でするつも……あっ」

上衣――というより、簡単に身体に巻きつけてあるだけのもの――の隙間からシンハの手が胸へと忍び入り、涼の口から声が上がる。乳首を軽く抓《つま》まれ、そちらに意識が逸《そ》れた隙に、ラーシュが涼の腰巻きを解いていく。

そもそも、こちらの衣服は脱がせやすい形状をしている。元々涼がいた二十一世紀のインドでのサリーを思わせるような、布を身体にうまく巻きつけることで衣服としている。涼などは上半身も布で隠すことが多いが、たいていの男性は腰巻きだけという場合がほとんどだ。

シンハとラーシュも、特に今夜は寛ぐ場であるためか、簡易的な腰巻きだけで、涼から布を奪い取ると、自身もすぐに腰巻きを取り去り、逞《たくま》しい身体を見せつけてくる。ぼんやりとした灯《あか》りの室内に浮かび上がる二人の体軀《たいく》は、焼けた肌が男らしさを際立たせ、それぞれ匂うような色香を漂わせている。

対する涼の身体はほの白い。生まれつき色素の薄い性質で、インドに来てからも日差しで赤くなることはあっても、黒く焼けることはなかった。

その肌に、二人の男の手が這う。

「こんなところで……やめ、ろ……」

木窓はまだ開いたままだ。ガラス窓のないここでは、木板を閉ざさない限り室内と外を遮るものはなく、垂らしている薄布だけがかろうじて涼たちの姿を屋外の目から隠していた。

ただここは、簡単に外出を許されない後宮の妃嬪《ひひん》が、気晴らしに王宮の外を見物できるよう作られた宮のため、王宮前の広場に近い場所に建てられている。そのため、ここで涼がいつもの婀娜《あだ》な声を上げれば、外の群衆に気づかれる恐れがあった。

そんなのはいやだ。すでに秘儀の際に、不特定多数の神官や貴族などに恥ずかしい声を聞かれているとはいえ、今また男に抱かれて喘ぐのを聞かれたいとは思わない。恥ずかしすぎる。

なんとか、涼はもがこうとした。しかし、涼の身体を知りつくした二人の手は、抵抗を許さない。シンハの指が、感じ始めた乳首を柔らかく転がしたり、キュッと抓んだりして、涼の背筋をゾクゾクさせ、ラーシュの手が下肢の弱みを我が物顔で握り、扱《しご》き、涼の足から力を奪う。

涼は木窓の枠に縋《すが》ったまま、首を左右に振った。

「さわ……る、な……ぁ、ぁ……や」

「相変わらず恥ずかしがりだ。布で遮られているのだから、そんなふうに顔を伏せることはないものを」

胸を弄《いじ》りながら、項《うなじ》に吸いついたシンハがおかしそうに囁く。

「そうそう、親父殿の言うとおりだぞ。見えていないのだから、もっといい声を聞かせてやれよ」

性器を扱いていたラーシュがそれだけでは飽き足らないと、空いた手を後孔に忍ばせていく。まだ乾いた指を、爪の先だけ中に挿《い》れられて、涼から濡れた呻きが洩れる。

「……あう、っ」

痛みではない。刺すような快感が、指の先だけ含まされた後孔から背筋を貫いて、膝から力が抜けた。

「や……こんな……」

あっさりと陥落《かんらく》してしまう、こんな身体がいやだ。男なのに、抱かれることに堕《お》ちていく自分の身体が恨めしい。

それは、シンハとラーシュを好ましく思う気持ちとはまた別の感情で、男としてのなけなしのプライドのようなものかもしれなかった。

一方で、力の抜けた腰が落ちた分、爪の先だけだった指がズブズブと根元近くまで身体の中に侵入を果たしてしまう。

「い……や、だぁ……」

「濡らしていない指だったが、痛くなかったか？」

ラーシュが含み笑いをしつつ、訊《き》いてくる。

シンハの吐息が、涼の耳朶《じだ》をくすぐった。

「乳首がピクピク感じていたな、リョウ。気持ちよかったのだろう？」

「すごいぞ、親父殿。リョウの中が、俺の指をもう食いしめてきている。動いてほしそうだ」

「んっ……ゃ、こんな……あ、あ」

シンハの大きな掌《てのひら》が、揉むように胸を大きく摑んだ。後孔のラーシュの指が、中を穿《うが》って上下し始める。

「ぁ……ぁ……やめ……」

まだ声は小さい。外の民衆には、涼の痴態《ちたい》はまだ気づかれないだろう。

だが、その救いは、いったん引いた指が今度は二本に増えて体内に突き刺さったことで、破られた。

「やぁぁぁぁ……っ」

まだ早い、思ってもいない刺激に、涼の声が跳ね上がる。ラーシュが興奮を滲《にじ》ませた様子で、「へへ」と笑った。

「驚いたか？　だが、痛くはないよな。おまえの中が勝手に濡れて、キュウキュウ俺の指に食いついてきているものな。もう、俺を挿れちゃおうかな」

「早すぎないか？」

シンハが問う。ラーシュが父親を誘った。

「親父殿も挿れてみろよ。リョウのここ、今夜は特に柔らかいぞ。早く太いモノで貫いてくれって言うみたいにな」

「どれ」

涼の背後で男たちが会話を交わし、胸を愛撫していた一人の手が下肢へと移動する。ヌチ、と粘ついた音を立てて、ラーシュが中に挿入した指を広げ、シンハの指を招き入れる。

「あ、ぁ……やめ、てぇぇ……あぅ、っ」

三本目の指が後孔に含まされた。

「本当だ。蕩《とろ》けているな。新年のまぐわいを、神も望まれているか」

「どうする、親父殿。先に挿れてもいいか？」

シンハの呟《つぶや》きに、ラーシュが呆れた苦笑を洩《も》らす。

「若いな。だが、わたしのあとでは、おまえが待ちきれないだろう。リョウに挿れる前にイッてしまってはな、ふふ」

「ぬかせ！　ジジイほど遅漏じゃないだけだ。その代わり、何度でも勃つからな」

そう吐き捨てると、ラーシュが涼の中の指を引き抜く。シンハの指もどかせて、性急に腰を摑んできた。

「あ……や、ラーシュ、こんなところで……あぁっ！」

ズブ、とひと息に男根を突き入れられた。乱暴なはずの挿入に、声は悲鳴となるが、ラーシュの雄を咥《くわ》え込まされた肉襞《にくひだ》は戦慄《わなな》いてそれを食いしめる。

——嘘……気持ちいい……。

いつもよりも早急な挿入に、痛みはほとんどなかった。むしろ、悦んで男を呑み込んでいる。

そんな涼の反応がわかったのだろう。背後でラーシュが楽しげに息を弾ませ、抽挿《ちゅうそう》を開始した。木枠に縋りついたまま、涼は身体を揺すぶられる。

「あっ……あっ……あっ……ダメ、やっ……！」

「ダメじゃなくて、いいだろう？　うっ……おまえの中がうねって……すごい、いい時の反応じゃないか」

力強く穿たれるごとに、脳髄まで快感が走る。それをゆったりと、シンハが観賞している。

「いつもより感じやすくなっているみたいだな。どうだ、息子の雄は気持ちいいか、リョウ？」

親子に犯されているのだ、と感じさせる問いに、涼は力なく首を横に振った。

そんなふうに苛《いじ》めないでほしい。倫理にもとることをしているのだと、禁忌《きんき》の思いに……身体がよけい感じやすくなる。

それがわかっているのだろう。シンハが低く笑った。

「舐めるか？　父親と息子、両方を同時に味わえるぞ」

立ち上がり、髪を摑んで涼の顔を上げさせたシンハに、そそり立ったペニスを口元に当てられる。

「ぁ……ぁ……そんな……あぅっ、ラーシュ、やっ」

「気を散らすな。今は、俺のことだけ考えていろっ」

「妬《や》けるのか？　だが、今はまだわたしの神子だ。──王のモノが欲しいだろう、リョウ？　咥えて、味わえ」

したくない。薄布の向こうから民衆のざわめきが聞こえる中、こんな淫らなことなどしたくない。

けれど、どうしてだろう。頭がぼうっとする。口元に当てられたシンハの性器から、むせ返るような雄の芳香がして、欲しくて欲しくてたまらなくなる。

窓に向いていた身体を、涼は這うように捩《よじ》った。

ラーシュが悔しそうに、涼を穿つ動きを激しくする。それに身体を揺すぶられながら、涼はシンハの腰に縋りついた。

「んっ……欲し……んぅ……ふ」

「……くそっ」

ラーシュの悔しそうな呻《うめ》き。それを聞きながら、涼はうっとりと、シンハの怒張に舌を這わせた。同時に、中を貫くラーシュの男根に肉襞を吸いつかせる。

「ん、うっ……気持ち、い……美味《おい》ひ……」

気持ちいいはラーシュに、美味しいはシンハに、涼はそれぞれの男に悦びの言葉を伝えた。

舌で味わう男が美味しい。

後孔を擦り上げてくる男が気持ちいい。

淫楽でいっぱいになり、涼は二人の男に奉仕し、奉仕された。

やがて嬌声《きょうせい》が外に洩れたが、もはやそれを気にする余裕は、涼にない。涼の艶めいた声を聞いた人々が、王宮前の広場で望むままに身体を求め合い始めたことも、涼にはどうでもよかった。

涼は王の神子。王と、次代の王にその身を差し出し、悦楽をともにし、神からの加護を伝える。

まぐわいは愛の悦び。始原の力。

「リョウ、出すぞ……！」

「息子が終わったら、次はわたしだ。奥の奥まで、これで可愛がってやる」

乱暴に涼を犯しながらラーシュが呻き、やさしく口腔《こうこう》を犯しながらシンハが囁く。

涼の脳髄は、二人の熱情に蕩けていく。

――キモチガイイ……ッ！

誰のものとも知れない声が、脳裏に響いた。自分のものなのか、それとも、ラシャクタラの神のものなのか。


だが、どうでもいい。

悦楽の深みに、涼は溶けていった。

終わり

こんにちは、いとう由貴です。またまた暑い夏がきましたが、皆様いかがお過ごしでしょうか。私は順調に溶けています（脂肪ではなく、頭の中身がですが……）。

今回はおかげさまで、短編集なるものを発売することができました。これもひとえに、このシリーズを楽しんで下さった皆様のおかげです。ありがとうございます！

内容は、書き下ろしが二編とあとは雑誌などなど&同人誌からの再録になっております。初出時に見逃してしまった！　あるいは、もう一回読んでみてもいいわ♪　なんてことで、こちらの本も楽しんでいただけると嬉しいです。

インドのエロ神様シリーズは、私も書いていてとても楽しかったお話です。こんなハチャメチャな神様もなんだかインドならありそうな気がして、面白かったです（インドの方には大変申し訳ないですが……）。

この先も信者というか、犠牲者というかを地味〜に増やしていきそうな神様の幸福を祈っています。エロ神様大好きですので、ぷぷ。

それでは、毎回恒例のお礼&謝罪をば。

今回も素敵なイラストを描いて下さったＣｉｅｌ先生。エキゾチックな魅力のあるイラストを、いつもありがとうございます。それなのに、毎回ご迷惑をおかけして……本当に申し訳ないです。

顔向けできる真人間になれるよう、頑張りたいです……。本当にありがとうございました&申し訳ありませんでした。

それから、担当様。毎回ダメ人間なのですが、今年は特に絶不調で、ご迷惑かつご心配をおかけしました。構想していることがすらすらと文章になるヒトになりたいです……。

毎回言っているのですが、次回こそは余裕のある仕事っぷりが見せられるよう、頑張りたいです。申し訳ありませんでした。

そして、最後になりましたが、この本を読んで下さった皆様。ある意味夏に相応しい、エロ神様のエロエロ小話を楽しんで下さると嬉しいです。暑い夏にはカレーとエロだ～っ！　ということで、熱中症に負けないように頑張りましょう。

ではでは、また別のお話でもお会いできることを祈っています。良い夏をお過ごし下さい♪

この頃毎日、ワンコに散歩に連れてけーと起こされている☆いとう由貴

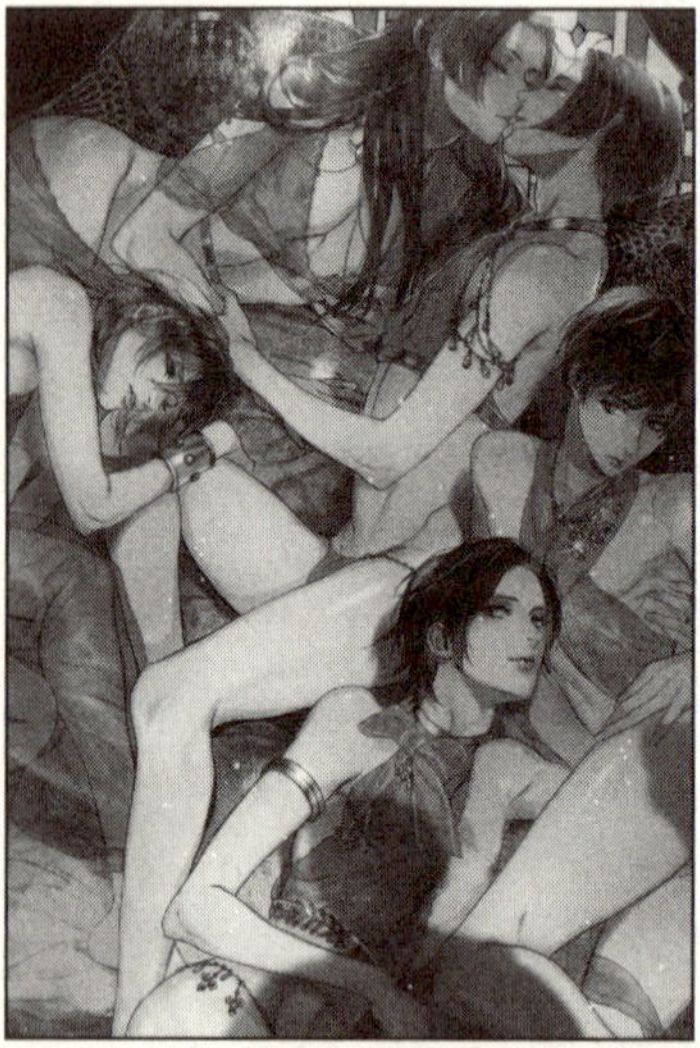

初出一覧

始まりは濃密な夜から	／同人誌（2013年）より収録
淫虐の月	／小説ビーボーイ（2014年1月号）掲載
moon garden	／同人誌（2014年）より収録
Home Sweet Home	／同人誌（2015年）より収録
ニーラムの憂鬱	／同人誌（2015年）より収録
熱く濡れた夏の夜	／夏濡れフェア2015特典小冊子（2015年6月）掲載
sweet moon	／同人誌（2016年）より収録
溺れてはいけない……	／書き下ろし
神に捧げし姫始め	／書き下ろし

イラストレーター大募集!!

あなたのイラストで小説b-Boyや
ビーボーイノベルズを飾ってみませんか？

採用の方は
リブレで
プロとしてお仕事の
チャンスが！

Illustration:Ciel

◆募集要項◆

内容について

男性二人以上のキャラクターが登場するボーイズラブをテーマとしたイラストを、下記3つのテーマのどれかに沿って描いてください。

①サラリーマンもの（スーツ姿の男性が登場）

②制服もの（軍服、白衣、エプロンなど制服を着た男性が登場）

③学園もの（高校生）

原稿について

【枚数】カラー2点、モノクロ3点の計5点。カラーのうち1点は雑誌の作品扉、もしくはノベルズの表紙をイメージしたもの（タイトルロゴ等は不要）。モノクロのうち1点は、エッチシーン（全身が入ったもの）を描いてください。

【原稿サイズ】A4またはB4サイズで縦長使用。CGイラストの場合は同様のサイズにプリントアウトしたもの。**原画やメディアの送付は受けつけておりません。**必ず、原稿をコピーしたもの、またはプリントアウトを送付してください。応募作品の返却はいたしません。

応募の注意

ペンネーム、氏名、住所、電話番号、年齢、投稿＆受賞歴を明記したものを添付の上、以下の宛先にお送りください。商業誌での掲載歴がある場合は、その作品を同封してください(コピー可)。投稿作品を有料・無料に関わらず、サイト上や同人誌などで公開している場合はその旨をお書きください。

Illustration:黒田 屑

◆応募のあて先◆

〒162-0825
東京都新宿区神楽坂6-46
ローベル神楽坂ビル4F
株式会社リブレ
「ビーボーイノベルズイラスト募集」係

募集＆採用について

●随時、募集しております。採用の可能性がある方のみ、原稿到着から 3ヶ月～6ヶ月ほどで編集部からご連絡させていただく予定です。（多少お時間がかかる場合もございますので、その旨ご了承ください）●採用に関するお電話、またはメールでのお問い合わせはご遠慮ください。●直接のお持込は、受け付けておりません。

ビーボーイスラッシュノベルズを
お買い上げいただきありがとうございます。
この本を読んでのご意見・ご感想をお待ちしております。

〒162-0825 東京都新宿区神楽坂6-46
ローベル神楽坂ビル4F
株式会社リブレ内 編集部

アンケート受付中
リブレ公式サイト http://libre-inc.co.jp
TOPページの「アンケート」からお入りください。

SLASH
B-BOY NOVELS

淫話《いんわ》 ～淫花シリーズ短編集～

2018年8月20日 第1刷発行

■著 者 いとう由貴

■発行者 太田歳子
■発行所 株式会社リブレ

〒162-0825 東京都新宿区神楽坂6-46 ローベル神楽坂ビル
■営 業 電話／03-3235-7405 FAX／03-3235-0342
■編 集 電話／03-3235-0317

■印刷所 株式会社光邦

Printed in Japan
ISBN 978-4-7997-3968-6